거문고 타는 소리를 듣다

聽彈琴

맑고 고운 일곱 줄의 켜 거문고
차가운 솔롱목 고 요히 듣는다
옛 가락 스스로 좋아하지만
지금 사람들은 대개 연주하지 않는다

冷冷七弦上
靜聽松風寒
古調雖自愛
今人多不彈

靑城武士

Fantastic Oriental Heroes

백준 新무협 판타지 소설

청성무사

청성무사 8

백준 新무협 판타지 소설

초판 1쇄 찍은 날 § 2006년 9월 18일
초판 1쇄 펴낸 날 § 2006년 9월 28일

지은이 § 백준
펴낸이 § 서경석

편집장 § 문혜영
편집책임 § 김민정
편집 § 서지현 · 심재영

펴낸곳 § 도서출판 청어람
등록번호 § 제1081-1-89호
등록일자 § 1999. 5. 31
어람번호 § 제2-1008호

주소 § 경기도 부천시 원미구 심곡1동 350-1 남성B/D 3F (우) 420-011
전화 § 032-656-4452 팩스 § 032-656-4453
http://www.chungeoram.com
E-mail § eoram99@chollian.net

ISBN 89-251-0313-3 04810
ISBN 89-5831-829-5 (세트)

青城武士

Fantastic Oriental Heroes

백준 新무협 판타지 소설

청성무사

|8|

완결

도서출판 청어람

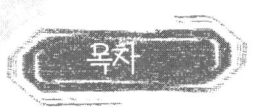
목차

❖第一章❖
뭐가, 어떻게 된 거야?

뭐가 어떻게 된 거야?

옆으로 날아가는 소초산의 머리 위로 검은 그림자가 드리워졌다. 용소야의 모습이었다.

"후랴!"

외침성과 함께 두 개의 손 그림자가 내려쳐 왔다. 소초산은 멍하니 그 모습을 바라보았다. 손을 움직이려 했지만 홍수월의 얼굴이 머릿속에서 떠나지 않았다. 마치 모든 것을 막아버린 듯한 공허감과 허탈감이 마음을 가득 채웠다.

콰쾅!

소초산의 신형이 폭음성과 함께 땅바닥에 꺼져 버렸다. 거대한 먼지 구름이 허공으로 솟구쳐 방원 이십여 장이 둥글게 파여 버렸다. 하나 그것이 끝은 아니었다.

"크윽!"

비틀거리며 먼지 속에서 일어서던 소초산을 향해 용소야가 날아들었다. 순간 거대한 먼지구름이 둥글게 파이면서 좌우로 퍼져 나갔다. 그 사이로 용소야가 섬전처럼 소초산을 덮쳐 갔다.

소초산은 정신이 없었다. 충격이 계속해서 온몸을 진탕시키고 있었기 때문이다. 하지만 육체의 고통보다 머릿속에서 울리는 홍수월의 모습이 더욱 고통스럽게 만들고 있었다.

쉬악!

손바닥이 면전으로 날아들자 소초산의 눈동자가 흔들렸다. 순간 용소야의 장이 가슴을 강타했다.

쾅!

거대한 충격파가 사방으로 퍼지며 소초산의 신형이 뒤로 날아 호수에 떨어졌다. 그 순간 용소야가 허공으로 뛰어오르며 호수를 향해 쌍장을 마구 날렸다.

콰콰쾅! 콰쾅!

호수의 수면이 허공으로 솟구치며 수십 개의 물기둥을 만들어냈다. 그렇게 잠시 물이 허공으로 솟구치는 순간 바닥에 처박혀 있던 소초산의 모습이 용소야의 눈에 들어왔다.

"크으……."

소초산은 저도 모르게 신음성을 흘렸다. 고개를 들자 허공에서 물기둥들이 떨어져 내리기 시작했다.

"하하……."

소초산은 저도 모르게 웃음을 흘렸다. 웃음 위로 물이 떨어져 내렸다. 약간의 비린내가 코끝을 자극했다. 그 순간이었다, 장영이 날아든 것은.

쾅!

호수의 한쪽 면이 파괴되며 소초산의 신형도 뒤로 날아갔다. 순식간에 정원을 지키던 호수가 반쯤 파괴되었다. 거대한 살기를 뿌리던 용소야가 몸을 날리며 뒤로 날아간 소초산의 명줄을 끊어놓기 위해 양손에 기를 모았다.

그 순간이었다. 소초산의 주변으로 두 개의 그림자가 나타나더니 순식간에 허공을 날았다. 용소야의 눈동자가 굳어졌다.

"감히!"

쉬아악!

용소야의 신형이 허공중에 수십 개의 그림자를 만들며 앞으로 뻗어나갔다.

쾅! 쾅!

대나무 숲이 폭음성과 함께 터져 나가고 있었다. 용소야였다. 용소야의 눈동자는 불타오르고 있었다. 이성을 잃었는지 눈앞을 가리고 있는 대나무 숲을 부숴가며 앞으로 나아가고 있었다. 그 섬뜩한 살기와 위력에 대나무들이 터져 나가며 비명을 질렀다.

"헛둘! 헛둘!"

세 명 중 가운데 축 늘어진 청년의 어깨를 한쪽씩 잡은 두 인영은 마치 발이라도 맞추어서 달리는 듯 일사불란하게 양 발을 움직이며 앞으로 뻗어나갔다. 부상자와 함께 이동하는 특수한 교육을 받은 듯 보였다. 그리고 그들의 그림자가 담을 넘는 순간 용소야의 신형이 담장 위에 멈춰 서며 저 멀리 달려가는 그들을 응시했다.

"……."

용소야는 인상을 찌푸리며 사라지는 그들을 바라보았다. 이내 분노와 원한이 불타오르던 눈빛이 사라지며 평상시의 평범한 안색으로 돌아왔다.

"이곳도 안심할 장소는 아니군……."

용소야는 중얼거리며 담장을 내려와 천천히 대나무 숲을 걷기 시작했다.

조용했다. 조용한 정적이 주변을 감싸고 있었다. 일소소는 차마 발을 움직이지 못하고 있었다. 그저 누워 있는 홍수월을 바라만 보았다. 믿을 수가 없었기 때문이다. 어떻게 이런 일이 일어날 수가 있었을까? 자신이 소초산을 이곳에 데리고 왔기 때문에? 일소소는 번민에 빠졌다.

"사형……."

문지홍이 홍수월의 고개를 잡고 들었다. 마장천은 그저 침묵하고 있었다.

스릇!

바람처럼 용소야가 나타나자 모두의 시선이 용소야에게로 향했다. 용소야의 표정은 차갑게 가라앉아 있었다. 그런 용소야의 시선이 일소소를 향했다.

"아직도 있었느냐?"

"예?"

일소소는 저도 모르게 놀라 뒤로 한 걸음을 물러섰다. 살기 때문이다. 용소야는 고개를 저으며 다시 말했다.

"우란이와 함께 가거라. 가서 부모님들께 안부나 전하거라. 그리고 내가 분노했다는 말도 함께 전해야 한다. 아이들의 놀이는 이걸로 끝났다고 말이다."

순간적으로 일소소는 오싹한 기분이 들었다. 아이들의 놀이가 끝났다는 말에서 앞으로 일어날 일에 대한 불안감을 읽을 수가 있었기 때문이다.

일소소는 누워 있는 홍수월을 다시 한 번 바라보다 신우란의 어깨를 잡았다. 신우란은 고개를 들어 마장천을 바라보았다. 하지만 마장천은 자신을 보고 있지 않았다. 그저 침묵하고 있었으며, 그의 시선은 홍수월을 향하고 있었다. 순간적으로 어떻게 해야 할지 망설였다.

"가자."

일소소의 목소리에 신우란은 힘없이 고개를 끄덕였다. 지금 이곳에 남아 있을 자신이 없었다.

*　　　*　　　*

쉬쉭!

바람처럼 숲을 가로지르며 임파영은 달리고 있었다. 그의 가슴에는 란이 안겨 있었다. 란은 울고 있었다. 그것을 임파영은 느낄 수가 있었다. 하지만 지금은 란보다 소초산의 안전이 마음에 걸렸다.

숲을 벗어나자 강이 보였다. 황하였다. 대륙을 위아래로 흐르는 강이 눈앞에 나타난 것이다. 강바람과 물 냄새에 란이 고개를 들었다. 그런 란의 눈동자에 맺힌 눈물 자국이 임파영의 눈에 들어왔다. 임파영은 란은 강하게 안아 들며 강물을 바라보았다. 잠시 동안 그렇게 서서 강바람을 맞고 있었다.

삐익!

가벼운 휘파람 소리가 울리자 임파영은 본능적으로 시선을 돌리며 경계했다. 순간 작은 배가 눈에 들어왔으며 그곳에 두 명의 검은 무복을 걸친 여자가 손을 흔들었다.

'비영단······.'

그녀들이 입고 있는 옷은 지수가 즐겨 입던 옷과 같았다. 그것을 한눈에 알아본 것이다. 그리고 뱃전에 발 하나가 덩그러니 올려져 있었다. 소초산이 신던 신발이 눈에 들어오자 임파영은 재빠르게 숲을 벗어나 강변으로 달렸다.

끼익! 끼익!

노를 젓는 소리만이 강물을 타고 흘러갔다.

"누구지?"

"비영단의 비영과 비형이라 해요. 비자매라고 불리지요."

노를 젓던 비형이 미소 지었다. 경공 하나만큼은 빠른 인물들이었다. 그리고 심아영이 소초산의 뒤에 심어놓은 인물들이었다. 소초산의 행동을 살피기 위함이다. 물론 그가 바람을 피우는 것은 아닌지에 대한 보고 역시 받고 있었다.

"어디로 가나?"

"사천까지 갈 생각이에요. 아마도 이분의 고향인 청성산으로 가야 하지 않을까요?"

비영이 말하자 임파영은 고개를 끄덕였다. 청성산이라면 자신도 가보고 싶었기 때문이다.

*　　　*　　　*

"……."

전서를 읽고 있는 두 손은 떨리고 있었다. 믿을 수가 없었기 때문이다. 자신이 아는 그는 무적이었다. 그렇게 믿고 있었다. 그런데 그런 사람이 죽었다.

주륵!

볼을 타고 눈물방울이 흘러내렸다. 싫어했고 미워했는데 왜 이렇게 슬픈 것일까? 그로 인해 자신의 모든 것이 사라지기도 했었다.

'사랑 때문일까…….'

뚝!

전서를 쥐고 있는 손등으로 물방울이 떨어져 내렸다.

지수는 고개를 들었다. 소매로 얼굴을 문지르던 지수는 이내 자리에서 일어섰다. 자신이 해야 할 일이 있었기 때문이다. 지금 자신을 있게 해준 단주에 대한 보고였다.

해가 지고 하루의 일과를 모두 마친 심아영은 잠을 자기 위해 침소로 향했다. 요즘 들어 크게 할 일은 없었다. 본단의 보수 공사가 우선이었기 때문이다. 공사가 진행되는 상황을 보고받고 이리저리 구경하는 것이 다였다.

욕탕으로 들어선 심아영은 뜨거운 물에 몸을 담그고 가만히 앉아 수증기가 피어나는 천장을 바라보았다. 수증기로 인해 물방울들이 맺히고 있었다.

'잘 하고 있으려나…….'

비영과 비형을 붙였기 때문에 걱정은 없지만 신경은 많이 쓰였다.

'비형과 비영이… 그럴 일은 없겠지만 낭군에게 반하기라도 하면……'

솔직히 이런 생각을 하는 자체가 우스웠다. 평소의 소초산에게 반할 여자는 어디에도 없었기 때문이다. 그런데도 이런 걱정을 하는 이유는 그런 소초산에게 몇 명의 여자들이 따른다는 것 때문이었다.

똑! 똑!

"지 대주께서 오셨습니다."

욕탕의 문밖에서 시비의 목소리가 들려왔다. 심아영은 이내 생각을 접었다. 이런 시간에 지수가 오는 일은 드물었기 때문이다.

"잠시만 기다리라고 전해줘."

"예."

시비의 대답에 심아영은 이맛살을 살짝 찌푸리다 이내 일어섰다. 목욕이야 다시 하면 그만이기 때문이다.

탁! 탁!

심아영의 손가락이 탁자를 치고 있었다. 그 소리만이 정적을 깨고 있었다. 아니, 정적을 깨고 있는 것이 아니라 정적을 더욱 무겁게 가라앉히고 있었다.

지수가 앉아 있는 뒤로 묵룡이 서 있었다. 그녀의 옆에는 양향숙이 앉아 있었다. 이춘식 장로는 다른 일이 있어 이 자리에 없었다. 심아영의 손가락이 작게 움직이며 소리를 만들고 있었다.

"앞으로 어떻게 될 것 같은가요?"

양향숙을 향해 심아영이 눈길을 돌리자 양향숙은 인상을 굳히며 입을 열었다.

"와해되거나… 아니면 그것을 빌미로 사납게 몰아칠지도 모르지요."

"후자를 선택할 것이 분명합니다."

지수가 양향숙의 말을 거들었다. 심아영은 손가락을 멈추며 고개를 끄덕였다. 자신의 생각 역시 그렇기 때문이다.

"후자를 선택한다면 우리의 피해는 어느 정도나 예상되나요?"

"보자… 금전적으로……."

탁! 탁!

주판을 꺼낸 양향숙이 이리저리 계산하기 시작했다. 이내 어느 정도 금액이 나오자 고개를 들어 말했다.

"엄청난 피해입니다."

심아영은 입을 닫았다. 지수도 굳은 표정을 지었다. 엄청난 피해는 예상하고 있었기 때문이다. 다만 얼마인지 확실한 답변을 기다렸기 때문에 양향숙의 대답은 당황스러웠다. 그래도 엄청난 피해는 확실했기에 더 이상 입을 열지 않았다.

'주판은 왜 꺼내서…….'

지수가 생각하며 눈을 빛냈다.

"무림맹도 이 소식을 알까요?"

"물론 알고 있을 것입니다. 장 총관이 무림맹에 있는 이상."

양향숙의 말에 심아영은 짧게 한숨을 내쉬었다. 앞으로 일어날 일들이 눈앞에 훤하게 보였기 때문이다. 분명 일월맹은 성난 파도처럼 몰아칠 것이다. 확실했다. 머리를 잃었다고 우왕좌왕하다 흩어질 그들이 아니었기 때문이다. 무엇보다 일월맹은 뛰어난 부맹주가 있다는 것을 알고 있었다. 지수를 통해 대충은 파악했기 때문이다.

"관우가 죽어 오나라와 위나라가 막대한 피해를 입었던 과거의 고사가 떠오르는군요. 아무래도 무림맹은 이번 일로 막대한 피해를 입을 것 같습니다."

지수가 빠르게 말했다.

"확실히 일월맹의 파죽지세를 막을 만큼 무림맹이 견고한 것도 아니지요. 하지만 무림맹은 무림맹. 망하지는 않을 것이 분명한데… 문제는……."

지수와 양향숙이 심아영을 향해 시선을 집중했다. 심아영은 살짝 인상을 찌푸리며 말했다.

"소 소협이에요."

모두의 표정이 굳어졌다.

"어떻게 되었다고 합니까?"

양향숙이 묻자 심아영은 인상을 찌푸리며 말했다.

"비영과 비형이 구해서 탈출을 했다고 합니다. 그런데 이상하게도 추적은 없다고 하네요. 아마도 소림사가 가까이에 있어서 그런 것이 아닐까 합니다. 하지만 강남으로 넘어오는 것이 가장 큰 걱정이네요. 가만히 앉아서 구경만 할 일월맹이 아니니까."

"그런 것이라면 걱정하지 않으셔도 됩니다."

심아영의 말에 지수가 눈을 빛내며 말했다.

"소 소협의 안전을 위해 청룡과 수룡, 백룡을 보냈으니까요."

지수의 말에 양향숙과 심아영의 표정이 밝아졌다. 그러자 지수가 다시 말했다.

"부상은 생각보다 심하다고 합니다. 명의를 보내기는 했지만 어떻게

18 청성무사

될지… 무엇보다 정신적인 충격이 걱정이라는 내용까지 적혀 있는 게 마음에 걸리는군요. 일단 청성산으로 향하게 하였습니다. 심적인 안정을 취하기 위해서는 청성산이 가장 좋을 것 같아서 그랬습니다."

지수가 다시 말하자 심아영이 이내 말했다.

"그렇다면 저도 청성산으로 가지요. 소 소협의 안전도 생각해야 하고 무엇보다 상처를 치료하기 위해서는 옆에 있어줘야 할 것 같으니까요."

"예? 그렇게 되면 이곳은……?"

"장로님께서 알아서 해주세요. 지수도 나와 함께 가고."

"예, 단주님."

지수가 고개를 숙였다. 양향숙은 살짝 인상을 찌푸렸다. 자신이 해야 할 일들이 귀찮았기 때문이다.

"그럼 청성산으로 갈 인원들을 몇 명 뽑아 며칠 뒤에 떠나기로 해요. 그동안의 강호 정세에 대해서는 철저히 기록하시구요."

"예."

양 장로가 고개를 숙이자 심아영이 자리에서 일어섰다.

"그럼 내일 뵙기로 해요. 지 대주는 남아 있고."

지수는 그 말에 일어서려다 다시 앉았다. 그런 그녀를 양 장로가 한 번 바라보다 묵룡과 함께 나갔다.

지수와 심아영만이 남자 심아영은 가만히 지수를 바라보며 입을 열었다.

"홍수월은 어떤 사람인가요? 저는 지 대주만큼 자세하게 몰라요. 지 대주의 지금 심정이 어떤지… 분명하게 이해는 하지만 홍수월에 대해서 너무 모르고 있다는 생각이 드네요."

"죄송하게 생각합니다, 단주님."

지수가 낮은 목소리로 말했다. 심아영은 손을 저었다. 그러자 지수
가 어렵게 입을 열었다.

"그저… 그냥 좋은 사람이구나 했습니다. 처음에는… 하지만 지금
생각하면 무서운 사람이었구나… 라는 생각이 듭니다."

심아영은 그 말에 고개를 끄덕였다.

"그렇지요… 처음 지 대주에게 접근해서 그가 행한 일들과 나중에
지 대주를 그렇게 살해하려고 한 것까지… 그 모든 것이 계산된 것이
었어요. 이렇게 말하는 내가 싫지만 제 생각이 그래요. 그런 그가 죽었
다라… 소 소협의 손에 죽었으니 기쁘기도 하지만… 그가 죽었다고 믿
으라면 믿을 수가 없겠어요. 한 문파의, 그것도 일월맹이라는 거대한
세력의 맹주가 그렇게 허무하게 죽었다라… 지 대주는 그 말을 믿고
싶나요?"

"그렇지만 보고가……."

"거대 세력의 맹주인 인물이에요. 우리 비영단의 몇 배나 되는 세력
의. 그런 세력의 맹주가 되려면 인간의 한계를 벗어나야 해요… 쉽게
죽을 인물이 맹주가 될 수는 없지요. 그런 그가 죽었다고 했을 때 제
머릿속에는 여러 가지 생각들이 꼬리를 물었어요. 아마도 비영단주가
되고 나서 모든 사실을 사실로 못 보고 꼬리를 물어버리는 습관 때문
에 그런 것인지도 모르지요. 하지만 뭔가 미묘한 냄새가 나네요, 그의
죽음에는."

"……."

지수는 굳은 표정으로 심아영의 눈동자를 바라보았다. 심아영은 깊
게 가라앉은 표정으로 앞을 바라보고 있었다. 곧 그녀의 붉은 입술이

다시 열렸다.

"일월맹에 심어놓은 우리 인물들 중에 고위급은 두 명뿐이지요?"

"그렇습니다."

"그들에게 홍수월의 죽음에 대해서 조사 좀 해달라고 부탁하세요. 그것도 철저하게."

"하지만 분명 홍수월은 죽었다고… 그 일로 인해 그들의 정체가 탄로난다면 그것 또한 저희의 막대한 손해입니다."

"가치가 있어요, 이번 일은. 이 일로 모든 무림의 화살이 소 소협을 향할 것이에요. 그 화살을 피할 수만 있다면……."

지수는 잠시 심아영을 바라보았다. 그녀의 걱정을 어느 정도 느꼈기 때문이다. 분명 일월맹은 소초산을 원할 것이다. 그리고 무림맹 내에서도 소초산을 원망하는 세력이 존재할 것이다. 그리고 무림맹이 사라진다면? 그렇다면 모든 원인은 소초산일 것이고, 소초산은 강호에서 사라져야만 하는 존재가 되고 만다. 소초산 때문에 이렇게 되었다고, 소초산으로 인해서 강호의 정파는 망했다고, 그들은 분명 그렇게 나올 것이 확실했다. 그리고 일월맹은 그렇게 소초산을 고립시킬 것이다.

심아영은 그런 원망과 원한 섞인 소리를 듣고 싶지 않았다. 그것을 막기 위해서라도 이번 일은 중요했다.

*　　　　*　　　　*

무림은 발칵 뒤집혔다. 일월맹주가 소초산에게 살해되었다는 소식이 전 강호에 퍼졌기 때문이다. 무엇보다 일월맹주를 죽인 소초산의 방법이 비겁했다는 것까지 함께 퍼져 나갔다. 비겁한 정파라는 깃발을 일월맹은 내걸었으며 명분과 대의를 얻게 되었다. 그 힘은 거대했으며 강하게 응집되고 있었다.

"믿을 수가 없어… 믿을 수가……."

네 명이 앉아 있었다. 이남이녀였으며 모두의 안색은 굳어 있었다. 심아민이 있었고 그 옆에 마장천과 문지홍, 그리고 영도지도 있었다.

"시신은?"

심아민의 시선에 마장천이 입을 열었다.

"스승님께서 지하 석실로 옮기셨습니다."

"그래?"

"무림맹을 쓰러뜨리고 장사를 지내시겠다고 합니다."

"당연히 그래야지, 당연히… 맹주이기 이전에 우리의 사형인데… 복수를 해야지……."

평소의 심아민이 아니었다. 그녀의 목소리는 굳어 있었으며 평소의 말투도 아니었다. 그녀의 말엔 무게감이 있었으며 차가웠다. 그리고 상대에 대한 배려조차 사라졌다. 그만큼 심적 타격이 크다는 증거이기도 했다.

"도대체… 왜… 왜 사형이… 너희들은 무엇을 하고 있었지?"

차가운 시선이었다. 그녀의 투명한 눈동자가 이처럼 차갑게 빛나는 건 그들은 처음 보았다. 마장천은 침묵했으며 문지홍은 고개를 숙였다. 영도지는 창밖을 바라보고 있었다.

"영 사제는 소초산을 죽여. 당장 나가서 죽이고 와."

"예."

영도지가 자리에서 일어섰다. 영도지는 불만없는 얼굴로 대답하곤 재빠르게 방에서 나갔다. 솔직히 이런 분위기에서 앉아 있기 힘들었다. 그래서 마음 편히 나간 것인지도 모른다.

"휴우······."

깊게 숨을 내쉰 심아민은 안색을 풀며 부드러운 표정으로 돌아왔다. 이미 분노와 슬픔은 어젯밤 소식을 접하는 순간부터 좀 전까지 모두 풀었다. 그런 표정이었다. 그녀의 부드러운 목소리가 마장천을 향해 흘러나왔다.

"듣고 싶군요, 마 사제··· 사형이 어떻게 죽었는지. 소초산과의 비무를 이야기해 주세요."

"예. 스승님의 제의로 내공을 배제한 체력 싸움은······."

천천히 마장천이 입을 열자 이야기가 흘러나오기 시작했다. 문지홍은 굳은 표정으로 심아민을 바라보았다.

'무서운 년······.'

문득 든 생각이었다.

일월맹의 맹주 자리는 공석이 되었다. 다음 대의 맹주는 당연히 심아민과 강무석의 대결이었다. 하지만 모두의 예상과는 다르게 용소야가 직접 나타났다.

대전의 좌우로 오십여 명의 인물이 서 있었다. 그리고 상단에 놓여 있는 의자에는 아무도 앉아 있지 않았다.

끼익!

대전의 문이 열리며 한 중년인이 모습을 보이자 모두의 시선이 그에게로 향했다. 중년인은 천천히 대전을 걸어와 의자 앞에 몸을 멈추더니 이내 신형을 돌리며 사람들을 바라보았다. 그 옆으로 심아민이 다가와 섰다. 중년인은 굳은 표정으로 의자에 앉았다. 그제야 사람들이 한쪽 무릎을 꿇으며 외쳤다.

"천하제일 일월맹! 일월맹주 만만세!"

거대한 대전이 커다란 외침성이 메아리처럼 계속해서 울리는 것 같았다.

"좋군."

용소야는 고개를 끄덕이며 손을 들었다. 그러자 부복했던 사람들이 일어섰다. 용소야는 그런 사람들을 바라보며 기운찬 목소리로 말했다.

"무림맹을 쓸어버린다."

그 말에 모두의 안색이 굳어졌다. 용소야는 차갑게 웃으며 다시 말했다.

"작전도 계획도 필요없다. 이대로 무림맹까지 달려가서 쓸어버린다. 출발은 반 시진 후, 이상이다."

"일월맹주 만만세!"

부복과 함께 거대한 외침이 다시 한 번 대전에 울려 퍼졌다. 심아민은 그런 사람들의 모습과 스승인 용소야의 옆얼굴을 가만히 바라보았다. 홍수월과는 다른 위상을 느꼈기 때문이다.

'어쩌면……'

심아민은 용소야의 옅은 미소를 가만히 바라보았다.

*   *   *

파죽지세처럼 무림맹으로 달려든 일월맹의 무사들은 몸을 아끼지 않았다. 그들의 성난 파도 같은 기세는 무림맹을 힘들게 하고 있었다. 그들의 싸움이 강호를 흔들고 있었다.

거대한 대전은 화려함이 있었다. 그곳은 사람들로 가득했으며 거대한 상석엔 대리석보다 빛나는 황금색의 의자가 빛을 발하고 있었다. 시비 두 명이 나타나 호랑이 가죽을 깔았다. 잠시 후 한 명의 중년인과 한 명의 미부가 나타났다. 중년인은 의자에 앉았으며 미부는 그 옆에 서 있었다. 그 의자에 앉을 수 있는 사람은 천하에 단 한 명뿐이었다. 수많은 사람들이 허리를 숙였다.

"궁주님을 뵙습니다!"

울림이 대전을 흔들었다.

일정신은 고개를 끄덕이며 그들을 바라보았다.

"오랜만에 이렇게 모이게 되었소. 다들 왜 모였는지 알 것이오. 드디어 일월맹이 무림맹을 물어버렸소이다. 하하하하!"

일정신의 웃음소리가 거대하게 울려 퍼졌다. 수많은 사람들이 서로의 얼굴을 바라보며 웅성거리기 시작했다. 이미 다들 알고 있는 사실이지만 그래도 할 말이 많은 사람들이었다.

"기분 좋게 웃을 수만은 없는 상황이오, 궁주."

태상장로인 헌무한이 조용히 입을 열었다. 그러자 웅성거리던 소리조차 모두 사라지며 침묵이 대전을 맴돌았다. 일정신은 가볍게 웃으며 고개를 끄덕였다. 물론 그 옆에 서 있는 일정신의 부인이자 일신궁의 안주인인 전영림의 표정은 굳어 있었다. 아직까지 일소소가 안 돌아왔기 때문이다.

"꼴도 보기 싫은 정파의 얼굴에 주먹을 한 방 갈겼는데 이처럼 기분 좋은 일이 또 어디 있겠소? 하하하!"

일정신이 다시 웃었다. 헌무한은 고개를 저으며 미소를 그렸다.

"솔직히 버러지 같은 놈들이긴 하지요. 허허허허!"

"버러지보다는 파리나 바퀴벌레는 어떻소? 하하하!"

둘이 서로를 바라보며 크게 웃자 대전은 오직 그 둘의 웃음소리만이 맴돌았다.

"궁주, 그러니까 그만 웃으시고 이제 어떻게 본 궁이 대처해야 하는지 의논해야 하지 않겠소? 사실 통쾌한 일이지만 이 일로 정파가 더욱 단결하게 될 텐데… 그것이 걱정이오."

"그렇습니다. 태상장로님의 말씀처럼 이놈들이 워낙에 바퀴벌레 같은 근성들이라 밟아도 밟아도 어디서 나타나는지 모르게 꼬리에 꼬리를 물고 늘어지지요. 생명력은 아마도 바퀴벌레보다 더하면 더했지, 덜하지는 않을 것이오."

"물론 정파가 그렇지요."

"그래서 생각한 것인데, 우리는 그냥 구경만 합시다."

"예?"

순간 모두의 표정이 어리둥절하게 변하였다. 일월맹이 무림맹을 몰아치고 있다. 이 기회에 무림맹을 더욱 몰아쳐서 정파를 완전하게 밟아야 한다는 생각들을 모두 가지고 있었던 것이다. 그런데 방관하자니 모두의 표정이 놀랄 수밖에 없었다.

전영림도 놀란 눈으로 궁주인 일정신을 바라보고 있었다. 하지만 아무런 말도 못하고 있었다. 남자가 하는 일에 토를 달아서는 안 되기 때문이다. 자식 문제나 가정 내의 문제라면 자신의 목소리가 클 것이다. 하지만 이 문제는 일신궁의 문제였다.

"궁주의 생각이 궁금하군."

태상장로인 헌무한이 수염을 쓰다듬으며 말하자 일정신은 고개를 끄덕이며 입을 열었다.

"어부지리."

간단한 말이었다. 모두들 그 뜻을 알고 있었다. 모르는 사람은 없을 것이다. 하지만 부연설명이 부족했다.

"그걸 몰라서 그러나. 그러니까 설명을 조목조목 해보게."

"일월맹과 무림맹이 좀 더 치고 받을 때까지 기다리자는 것이지요. 그들이 지칠 때 한꺼번에 둘 다 족치는 것입니다. 일월맹도 그렇고 무림맹도 그렇고 사실 둘 다 마음에 안 들지 않습니까? 어떤가? 내 생각이. 기가 막히지 않나? 아니, 코도 막힐 것이네. 하하하!"

일정신은 어깨를 펴며 자신의 생각이 대단하다는 듯 말했다. 모두의 안색이 굳어졌다. 무엇보다 일월맹을 치자는 것이 걸린 것이다.

"하지만 궁주님! 일월맹은… 저희와 친분이 있는 곳입니다. 그런 곳을 배신하고 친다 하면 밑에서 동요가 일어날 것입니다."

무장원주인 방대식이 긴 수염을 너풀거리며 말했다. 그는 팔 척 장신이었으며 덩치도 좋았고 얼굴 역시 호안이었다. 그런 그가 입을 열자 꽤나 큰 목소리가 대전을 울렸다.

"오랜만에 보는 방 원주로군. 반갑네."

"저는 계속 여기에 있었지만 말할 기회가 없었을 뿐입니다."

방대식이 고개를 숙이며 말하자 일정신은 수염을 쓰다듬었다.

"그랬나? 아무튼 뭐 그랬다면 그런 것이고, 이 이야기는 문천각에서 나온 말이네. 문천각주!"

"예, 문천각주 임정 여기 있습니다."

일정신의 부름에 일신궁의 책략을 담당하는 문천각의 각주인 임정이 앞으로 한 발 나섰다. 문사건에 학창의를 입고 있는 그의 얼굴은 창백했으며 선한 얼굴을 하고 있었다. 삼십대 후반으로 보이는 그는 허리를 숙이고 있었다.

"오오! 나의 귀여운 임 각주. 그래, 어제 나온 말을 여기 놈들에게 하게나. 아! 태상장로님은 제외입니다. 제가 어찌 태상장로님더러 놈이라고 하겠습니까?"

일정신의 말에 헌무한이 고개를 끄덕였다. 사실 살기를 보냈기에 재빠르게 일정신이 말을 덧붙인 것이다.

임정은 신뢰도가 높은 인물이었다. 특하나 여기 모인 일신궁의 핵심들에게 더없이 중요한 인물이었다. 그들의 자식들에게는 스승이었기 때문이다. 바로 일신궁 최고의 글선생이 그였던 것이다.

"저희들이 모여서 회의를 한 결과 좀 더 지켜보는 것이 훨씬 더 이득인 것으로 나왔습니다. 다름이 아니라 일월맹의 무서운 기세는 한동안 지속될 것입니다. 더욱이 정파는 언제나 초반에는 밀리지만 더욱 단결하여 어려움을 이겨왔습니다."

"그렇지……."

헌무한이 고개를 끄덕이자 모두들 수긍하는 듯 고개를 끄덕였다. 지금의 일월맹은 무서웠기 때문이다. 또한 무림의 정파는 언제나 고전하면 할수록 더욱 단결해 왔다. 그것은 역사가 증명했다. 임정의 말이 이어졌다.

"그런데 그들 중 누구 하나라도 저희 일신궁을 좋게 여기지 않습니다. 무림맹은 단결하여 일월맹을 몰아내면 그 단결된 힘을 우리 일신궁으로 돌릴 것입니다. 눈엣가시 같은 저희를 말살하려 들겠지요. 어차피 정파는 그럴 것이니 우리는 일월맹을 응원해야 한다고 생각했습니다. 하지만!"

임정이 하지만에 힘을 주며 좌중을 둘러보았다. 여기서부터 중요했기 때문이다. 모두의 시선이 집중되어 임정을 향했다. 임정은 옅은 미소를 보이며 만족한 듯 입을 열었다.

"일월맹 역시 저희를 싫어합니다. 그게 중요합니다. 일월맹이 저희와 손을 잡고 무림맹을 몰아낸다고 칩시다. 그 다음은? 일월맹은 분명 일신궁의 힘을 두려워할 것입니다. 아니, 그들은 지금도 무림맹을 치고 나서 저희 일신궁을 없애면서 진정한 천하를 가지려 할 것입니다. 도와줘서 정파를 몰아내어도 일월맹은 기뻐하다가 저희의 뒤통수를 칠 것입니다. 진정한 천하를 얻기 위해서는 저희 일신궁 역시 그들에게 방해가 되기 때문입니다."

"하지만 근본은 같은 우리와 그들이 아니던가? 그들이 설마 형제 같은 우리를 그렇게 하겠나?"

방대식이 다시 큰 목소리로 말하자 임정이 허리를 숙이며 대답했다.

"그런 안이한 생각의 허점을 그들은 노릴 것입니다. 뿌리는 같다고 하지만 그것은 먼 옛날의 일입니다. 또한 그들이 손을 내밀었을 때 저희는 협조하지 않았습니다. 그러다가 정파가 밀리니까 이제 와서 협조한다? 우리들이 그렇게 나온다면 그들은 우리를 치졸한 놈들로 볼 것입니다. 정파가 어렵고 일월맹이 우세하니까 그 힘에 빌붙으려 하는 놈들로밖에 안 보입니다. 또한 지금 그들과 손을 잡는다면 저희는 고개를 숙이고 들어가야 합니다."

실내가 웅성거리기 시작했다. 그 소음이 이어지자 임정은 일부러 입을 닫았다. 소음은 필요했기 때문이다. 일정신이 적당한 때에 손을 들어 침묵을 만들어줄 것이다. 그의 생각처럼 어느 정도 시간이 지나자 일정신이 손을 들었다.

"그만."

그의 낮은 목소리가 대전을 울렸다. 그러자 소음은 거짓말처럼 사라졌다.

"계속 말하게."

일정신의 말에 임정은 헛기침을 몇 번 하더니 다시 말을 이어갔다.

"저희로서는 일월맹에 절대 고개를 숙일 수가 없습니다. 그렇다면 한 산에 호랑이가 두 마리나 있게 되는 상황인데 그들이 과연 저희를 그냥 둘까요? 아닙니다. 배척할 것입니다. 그 상황까지 생각한다면 지금은 잠시 더 두고 보는 것이 좋습니다. 어부지리는 쉽게 오는 것이 아닙니다. 그들의 싸움을 지켜보다 기회다라는 것을 느끼는 순간 치고 가는 것입니다. 그 기회는 궁주님의 본능이 말해줄 것입니다."

임정의 말에 모두의 시선이 일정신에게로 향했다. 일정신은 등을 깊게 기대어 앉아 있었다. 그런 그의 얼굴에 미소가 그려졌다.

"싸움은 본능이지."

일정신의 말에 대전은 침묵했다. 그러던 어느 순간 모두 허리를 숙였다.

"지당하신 말씀이오, 궁주."

태상장로가 대표로 한쪽 눈을 감으며 미소 지었다.

*   *   *

무림맹은 흔들릴 수밖에 없었다. 일월맹주의 갑작스러운 죽음과 상대가 소초산이었으며, 비겁한 승부였다는 소식까지 들려왔기 때문이다. 무림맹은 비상 상태였다.

"허허… 이 일을 좋아해야 하나 아니면 싫어해야 하는 것인가……."

공원의 중얼거림에 작은 내실에 앉은 다섯 명의 인물이 인상을 굳혔다. 그리고 장도사는 한쪽에 서 있었다.

"좋아할 일은 일월맹주가 죽었다는 것이고 싫어할 일은 그들이 기세를 탔다는 것입니다."

대무문의 문주인 조성정이 굳은 표정으로 말했다. 모두들 그 말에 공감하는 듯 고개를 끄덕였다. 그러자 한쪽에 서 있던 장도사가 입을 열었다.

"가장 중요한 것은 그들의 기세가 아닙니다."

모두의 시선이 장도사에게로 향했다. 장도사는 그런 사람들의 시선을 받으며 자신의 생각을 정리해 말하기 시작했다.

"일월맹이 진격해 오는 것보다 더 중요한 일이 있다는 것인가?"

개방의 현 방주인 호정방이 날카로운 시선을 보냈다. 개방과 비영단은 그 뜻이 다르지만 서로가 천하제일의 정보망을 가지고 있다고 자부하는 세력들이었다. 그러니 서로를 의식할 수밖에 없었다. 장도사가 비영단에서 손을 놓았다곤 하지만 장도사의 출신은 비영단이다. 호정방의 입장에서는 장도사를 배제하고 싶은 것이 사실이었다. 하지만 장도사는 무림맹에서 강한 신뢰를 얻고 있는 인물이었다.

'야심가… 다음 대의 맹주가 개방주가 될 법도 하지. 하나 적을 만들어서는 될 것도 안 될 것이야.'

장도사는 호정방의 시선에 짧게 생각을 마쳤다. 그가 자신을 경계하는 것은 어쩌면 당연한 것인지도 몰랐다.

"흠!"

짧게 헛기침을 한 번 한 장도사는 남궁세가의 남궁초영과 화산파의 풍호자를 바라보았다. 그리고 대무문의 조성정과 개방의 호정방까지 바라본 장도사는 맹주인 공원을 바라보며 입을 열었다.

"문제는 소문입니다. 그들의 명분이 되어버린 소문을 최대한 빨리 반전시켜야 합니다. 여론은 무섭습니다. 그들이 퍼뜨린 여론을 바꾸어야지요, 그럴듯하게 만들어서."

"소초산이 비겁하게 일월맹주를 죽였다는 것 말인가?"

"그렇습니다."

호정방의 말에 장도사가 고개를 끄덕였다.

"소문이란 어차피 소문일 뿐, 진실을 아는 자는 직접 본 사람을 제외하고는 없습니다. 그렇지 않습니까? 어차피 진실은 역사의 강자가 책을 쓰면 그것이 진실이 됩니다. 우리는 일월맹의 맹공을 막기 위해 흩어진 전의를 모아야 합니다. 그렇게 하기 위해서는 소초산을 영웅화시켜야 합니다."

장도사의 말에 모두의 표정이 굳어졌다.

"영웅화?"

"그렇습니다. 그가 자신을 희생해서 일월맹주를 죽였고 강호를 구하기 위해서 한 목숨을 바쳤다고 말입니다. 물론 소초산은 죽었습니다. 그것을 밑바탕에 깔아야 합니다."

"허……."

풍호자의 입이 크게 벌어졌다. 정파의 기둥이라 할 수 있는 소림, 무당, 화산, 아미를 대신해서 풍호자가 대표로 앉아 있었다. 남궁초영은 세가들의 대표였고, 군소방파를 대신해서 대무문의 조성정이 앉아 있었다. 그리고 개방의 호정방은 개방이라는 거대 세력을 등에 지고 앉아 있는 것이었다.

"하지만 그게 통할 것 같나?"

"어차피 소문입니다. 소초산은 현재 살아 있고 일월맹은 소초산의 신변을 요구하고 있습니다. 하나 소초산의 행방은 저도 모르고 호 방주님도 모릅니다. 안 그렇습니까?"

"물론이지. 하지만 자네는 알면서도 모르는 것 같네."

호정방이 미소 지으며 장도사를 바라보자 장도사는 고개를 저었다.

"저도 모르는 일입니다."

"그렇다면 그 효과는 어떻게 될 것 같은가?"

조성정이 묻자 장도사는 재빠르게 말을 이어갔다.

"일월맹을 막고 반격을 가하기 위해서는 힘이 필요합니다. 바로 응집된 힘입니다. 그 응집된 힘은 바로 소문과 여론, 그리고 선동에서 나옵니다. 선동하는 것입니다. 무림맹은 정파의 하늘이다. 그리고 일월맹은 사파이며 그들은 악독한 집단이라고 말입니다. 그들의 나쁜 점을 골라 소문을 내고 막아가는 것입니다. 그렇다면 천하에 흩어진 기인이사들이 무림맹으로 모일 것이고, 이내 전세는 역전이 될 것입니다. 간단하지만 행하는 일은 어렵습니다. 또한 최대한 신속하게 움직여야 합니다. 개방의 절대적인 힘이 필요한 일입니다."

장도사의 말에 모두들 어느 정도 수긍하는 듯 고개를 끄덕였다.

"마치 군대 같군. 갑자기 위, 촉, 오나라의 이야기가 떠오른 것은 나만인가?"

남궁초영이 말하자 모두들 고개를 끄덕였다. 그러자 장도사가 굳은 표정으로 딱딱한 목소리에 힘을 주었다.

"무인 두 명 이상 모여서 하는 싸움이라면 그것은 무림인의 싸움이 아니라 전쟁이 되는 것입니다. 그만큼 무림인들은 특별한 존재들입니다. 싸움이 아니라 저희는 지금 일월맹과 전쟁을 해야 합니다."

"급보입니다!"

순간 문밖에서 무사의 다급한 목소리가 들렸다. 장도사가 인상을 찌푸리며 고개를 돌렸다.

"들어오너라."

곧 문이 열리며 먼지를 뒤집어쓴 무사 한 명이 부복했다.

"일월맹이 백 리 밖에 나타났습니다. 열두 개 분대는 모두 전멸했습니다."

"뭐라고!"

"허!"

모두들 놀라 자리를 박차고 일어섰다.

'빠르군……'

공원은 인상을 찌푸렸다. 자신의 예상과는 다르게 너무도 신속한 움직임이었기 때문이다. 장도사 역시 굳은 표정으로 무사를 바라보았다.

'속전속결… 과연……'

장도사는 살짝 이맛살을 찌푸렸다. 일월맹이 나타난 것은 문제가 아니었다. 그가 이맛살을 찌푸릴 수밖에 없었던 것은 다른 이유 때문이었다.

'소초산을 영웅화시켜야 하는데……. 제길, 단주님의 남편감은 무조건 영웅이 되어야 하는데… 아, 걱정이네… 이거 힘들겠어……'

❖第二章❖
제비처럼 날아서

제비처럼 날아서

널브러진 시신들 사이로 심아민은 걷고 있었다. 그녀의 뒤로 세 명의 시비들이 입과 코를 막으며 따르고 있었다. 시신들을 바라보는 심아민의 표정은 변화가 없었다. 불쌍하다는 생각도, 이들에게 좋은 세상에 다시 태어나라는 명복도 필요가 없다고 여겼기 때문이다. 홍수월이 죽어서일까? 심아민은 아직까지 그 사실을 받아들이지 못하고 있었다.

그러한 사실을 사실로 받아들이기에는 아직 시간이 부족했다. 자신은 야망이 없었다. 그저 한 남자와 평생 동안 함께 지내는 것이 바람이라면 바람이었다. 그러한 바람이 사라진 지금 이러한 싸움도 그녀에게는 무의미했다.

일월맹의 많은 무사들이 시신들을 치우며 분주히 움직이고 있었다.

그리고 앞에 보이는 하나의 문을 넘자 꽃향기가 코를 자극해 왔다. 냇물이 흘렀으며 작은 정원은 조용했다. 마치 이곳은 아무 일도 일어나지 않은 듯한 느낌이었다. 밖은 이렇게 시끄럽고 혈향이 진동하는데 이곳만은 그저 풀 냄새와 물 냄새가 코를 자극할 뿐이었다. 새들의 소리를 들으며 걷던 심아민은 은행나무들 사이에 있는 객실을 발견하곤 걸음을 옮겼다.

차를 마시고 있던 강무석과 용소야는 심아민이 들어오자 시선을 돌렸다. 그녀의 인사에 용소야는 고개를 끄덕였고 강무석은 가볍게 포권하며 일어섰다가 다시 자리에 앉았다.

"늦었군."

"처리할 것이 좀 있어서요."

용소야의 말에 심아민이 대답했다. 짧은 대답을 들은 용소야는 고개를 끄덕이며 강무석을 바라보았다. 그리곤 차를 한 모금 마시고 입을 열었다.

"다음 공격은 무림맹의 정문인데, 언제 할까?"

"내일 아침이요."

심아민의 대답에 용소야는 고개를 끄덕였다. 강무석은 인상을 살짝 찌푸렸다.

"휴식이 필요합니다. 며칠 동안 잠도 제대로 못 자며 이곳까지 왔습니다. 피로도를 생각한다면 오늘은 쉬어야 합니다."

강무석의 말은 당연했다. 보름 동안 쉬지도 않고 달려왔기 때문이다. 강행군에 무사들이 지쳐 있었다. 물론 심아민도 그것을 알고 있었다. 용소야 역시 그것을 알고 있었다. 그렇기 때문에 이렇게 모인 것이다. 강무석의 방에는 따로 수십 명의 대주 급 이상들이 모여 있을 것이다. 강무석은 이곳에서 맹주의 명령을 그들에게 전달하면 된다. 문제는 심아민의 말이었다. 그녀의 말을 용소야는 절대적으로 신뢰하기 때문이다.

"물론 힘들겠지만 지금 그만둔다면 먹이를 놓친 호랑이 꼴이 됩니다. 두 번의 기회란 없지요. 오히려 조금 지쳤을 때 정신력은 더욱 집중되고 사기는 더욱 치솟습니다. 무림맹을 차지하는 순간 그곳에서 기다리는 것은 지금까지의 고생을 모두 만족시킬 수 있는 휴식입니다. 강 원주님께서는 수하들을 다독거려서 사기를 더 끌어올리세요. 무림맹 때문에 우리가 지금까지 이렇게 고생했고, 그들 때문에 이렇게 우리가 고통받고 있다고 말입니다."

심아민의 말에 강무석은 시선을 용소야에게 던졌다. 용소야는 미소 지으며 말했다.

"그렇다는군."

강무석은 씁쓸히 말했다.

"한번 기세를 타면 끝장을 봐야지요. 팽팽하게 당긴 활시위를 지금 푼다면 화살은 과녁이 아니라 허공으로 날아간다는 뜻으로 받겠습니다."

심아민은 그 말에 미소 지었다.

"물론입니다. 우리의 목표는 무림맹이에요. 그곳에서 휴식을 취하고 후퇴한 무림맹과, 아니, 정파와 협정을 맺어야 합니다. 아마도 정파는 남궁세가를 중심으로 다시 뭉칠 것이 분명하니까요. 무림맹의 바로 옆에 남궁세가가 있으니 남궁세가 역시 가문의 사활을 걸고 문을 굳게 닫을 것입니다. 휴식의 의미는 남궁세가를 치기 위함이에요. 힘을 응축시켜 정파와의 협정에서 마찰이 일어나는 순간 남궁세가를 치는 것입니다. 그렇게 된다면 정파에서도 협정에 호의적으로 나오겠지요."

"그렇겠지."

"잘 알겠습니다."

용소야와 강무석이 고개를 끄덕였다.

"그럼 저는 조속히 준비하기로 하지요."

강무석이 자리에서 일어나며 말했다. 용소야가 고개를 끄덕이자 강무석은 포권하며 방을 빠져나갔다. 그가 나가자 용소야가 시선을 돌려 심아민을 바라보았다.

"어디 아픈 데라도 있나? 안색이 별로군."

"아무 일도 없습니다. 생각이 많아 푹 쉬지 못해서 그런가 봅니다."

심아민이 공손히 대답했다. 용소야는 차를 따르며 말했다.

"무림맹에 입성하면 푹 쉬어라. 한동안은 정전 상태로 대치하게 될 테니."

"알겠습니다."

심아민은 그렇게 말하며 자리에서 일어섰다.

"그럼."

허리를 숙이자 용소야가 차를 마신 후 조용히 말했다.

"울어도 된다."

심아민은 잠시 어깨를 떨어 보이다 곧 소리없는 발걸음으로 물러섰다.

*　　　　*　　　　*

마차는 대로를 달리고 있었다. 무림맹과 일월맹과의 싸움에서 한참

벗어난 지역인 안휘성을 달리고 있는 마차였다. 배를 타고 운하를 내려와 강남에서 다시 배를 타면 쉽게 사천까지 들어갈 수가 있었지만 굳이 배를 선택하지 않았다. 의원 때문이다. 충분한 약재가 필요했고, 그것을 구하기 위해서는 배보다는 육로가 편했다. 언제라도 달려가서 구해올 수가 있었기 때문이다.

덜컹! 덜컹!

흔들리는 마차 안은 꽤나 넓었다. 그곳에 소초산은 누워 있었으며 임파영과 란이 앉아 있었다. 그리고 중년 서생도 한 명 앉아 있었다. 그는 개봉성에 살고 있는 유명한 의원이었다. 그가 비영단의 단원이라는 사실을 아는 사람은 천하에 몇 없었다.

"일단 고비는 넘긴 것 같습니다. 미약하게나마 숨을 쉬시니 말입니다. 숨을 쉰다는 말은 원활하게 기가 움직이고 있다는 뜻이기도 합니다. 이제 저희가 해야 할 일은 끼니때마다 약을 먹이고 기운을 북돋아 주는 일밖에 없습니다."

"그런가?"

임파영의 무심한 표정에 한줄기 미소가 흘렀다. 다행이라는 생각 때문이다. 아무리 죽이고 싶은 상대라지만 자신에게 꽤나 많은 영향을 준 인물이기도 했다. 또한 은인이기도 하면서 원수였으며 친구였다. 그런 관계가 돈독해진 것일까?

"눈을 뜬다면 좀 더 수월하게 상태를 지켜볼 수가 있는데……."

"자네도 그럼 편해지겠지?"

임파영의 말에 의원은 미소 지으며 고개를 저었다.

"아직 갈비뼈와 오른팔의 골절은 두 달 이상 걸릴 것입니다. 그러니 그때까지 제가 옆에 있어야지요."

"그렇지. 자네도 힘들겠어."

"그저 할 일을 할 뿐입니다."

의원은 책임감있게 대답했다. 임파영은 옆에서 졸고 있는 란의 얼굴을 바라보다 이내 란을 기대게 했다. 자신의 품에서 잠든 한 소녀를 바라보는 그의 얼굴은 어느 때보다 부드러웠다.

마차에는 비영과 비형이 방립을 쓰고 나란히 앉아 사방을 경계하고 있었다. 장강을 넘기 전까지는 안심할 수 없었기 때문이다.

해가 질 때쯤 작은 마을이 나오자 비영은 마차를 그곳으로 몰았다. 환자가 있는 이상 노숙은 자제해야 한다고 생각했기 때문이다.

모두 잠든 새벽녘이 되어서야 영도지는 어두운 하늘을 바라보며 눈을 떴다. 문득 든 생각이지만 운이 좋았다고 생각했다. 의외로 빠른 시간 안에 소초산의 위치가 들어왔다. 비영단은 두 곳으로 연락을 보내고 있었다. 하나는 무림맹이고 하나는 비영단의 본단이었다. 그리고 무림맹은 영도지에게 다시 연락을 주었다. 빠르고 신속하게 정보가 오가고 있었던 것이다.

영도지는 전서를 받자마자 이렇게 달려온 것이다. 다행히 그들의 행보를 발견하고 예측할 수가 있었다. 거기다 소초산은 현재 움직이지도 못하는 상태였다. 그러한 상태까지 알고 있는 영도지에게 소초산은 큰 적수가 못 되었다.

영도지는 잠시 동안 팔짱을 끼고 앉자 고민에 빠졌다.

'검으로 죽일까? 아니면 비수로 그냥 목을 그어버릴까?'

짧은 시간의 고민이었다. 이내 고민을 접고 비수로 깨끗하게 결정을 지어버린다는 결론을 내렸다.

슥!

영도지의 신형이 지붕을 타고 하늘을 날았다. 마을은 어두웠고 사람의 기척은 어디에도 없었다.

임파영은 도를 가슴에 품고 앉아 있었다. 아니, 소초산을 바라보며 앉아 잠을 청하고 있는 중이었다. 혹시라도 모르는 기습 때문이다. 과연 그들이 소초산을 그냥 둘 것인가? 자신이라면 어떻게 해서라도 죽이려 들 것이다.

꿈이 안 좋았을까?

"으음……."

입맛을 다시며 몸을 제대로 하고 다시 깊게 의자에 기대어 눈을 감았다. 순간 임파영의 눈이 떠지며 창문을 바라보았다.

"……?"

가벼운 바람 소리가 창을 통해 들어왔다. 나쁜 꿈을 꾼 것도 운일까? 아니면 바람 소리를 들은 것이 운일까? 어찌 되었든 임파영이 지금 시기에 눈을 뜬 것은 적절했다. 그리고 임파영의 손이 서서히 도의 손잡이를 잡아갔다.

창문에서 불어오는 바람 때문에 머리카락이 잠시 휘날렸다. 임파영의 전 신경이 소리없이 주변을 경계하고 있었다. 본능이 그렇게 말해주고 있었기 때문이다.

한동안 시간이 흘러도 주변에 변화가 없자 임파영은 인상을 살짝 찡그리며 도를 잡았던 손을 놓았다.

'신경이 예민한 것인가……?'

임파영은 고개를 살짝 저으며 다시 눈을 감았다. 그 순간이었다.

쉬악!

"……!"

픽!

임파영의 눈동자가 부릅떠지며 창문을 바라보았다. 그런 그의 시선은 크게 흔들리기 시작했다.

"큭!"

"피했군."

임파영은 시선을 내렸다. 자신의 옆구리 살을 뚫고 들어온 비수가 손잡이만 보였다. 그리고 그런 자신을 올려다보는 시선 역시 눈에 들어왔다. 영도지였다.

"네놈은……."

임파영은 떨리는 시선으로 영도지를 바라보며 도를 잡아 들었다. 순간 영도지의 발이 임파영의 복부를 쳤다.

우당탕!

피를 뿌리며 임파영의 신형이 바닥에 쓰러지자 영도지는 비수를 들어올리며 눈을 빛냈다.

"호오… 피하다니 의외야."

영도지는 더욱 날카로운 시선을 임파영에게 보냈다. 임파영이 일어났기 때문이다. 임파영의 표정은 굳어 있었다. 아니, 무심하게 가라앉아 있었다. 어느새 평정심을 찾은 것이다. 임파영의 손에는 어느새 도가 들려 있었다.

쉭!

임파영을 향해 영도지가 달려들었다. 붉은 피를 머금은 비수는 날카롭게 빛을 발하고 있었다. 임파영의 도가 빠르게 움직이며 비수를 쳐

갔다.

땅!

비수가 도날에 부딪치자 강한 충격이 영도지의 팔을 타고 전해졌다. 영도지의 표정이 굳어졌다. 임파영은 그 기세를 이용해 번개처럼 몸을 회전시키며 원심력을 이용해 도를 위에서 아래로 찍어 내렸다.

슈아악!

섬전 같은 움직임이었다. 좁은 공간에서 최대한의 힘을 실은 일격이었다. 영도지는 어깨에 메고 있던 검을 뽑아 들어 쳐올렸다.

쿵!

거대한 진동이 객잔을 흔들었다. 영도지의 신형 역시 아래위로 흔들렸다. 생각지도 못한 일격을 급하게 막은 영도지는 충격 때문에 뒤로 물러섰다. 순간 임파영은 주저없이 한 바퀴 회전하며 도를 옆으로 쳐 갔다. 영도지의 목을 노리며 잘라간 것이다.

쉬악!

그 바람 소리가 강렬하게 영도지의 목으로 날아들었다. 영도지의 신형이 바닥을 차며 창문 밖으로 빠져나갔다.

횡!

강렬한 바람 소리.

팍!

창문이 붙어 있는 벽면에 도풍이 닿자 벽의 중간 부분이 일자로 갈라졌다. 창문을 사이로 두고 좌우가 갈라져 있었다. 하지만 영도지의 신형은 없었다. 임파영은 옆구리를 잡으며 비틀거렸다. 하나 상대를 그냥 보낼 수는 없었다.

파팟!

영도지는 뒤로 신형을 날려 창문을 빠져나가는 순간 두 개의 바람 소리를 들어야 했다. 좌우에서 날아드는 검날을 발견한 순간 몸을 비틀며 허공중에서 회전했다.

파곽!

좌우의 옆구리를 스치며 두 개의 검날이 교차하듯 지나쳤다.

틱!

바닥에 내려선 영도지는 검날을 재빠르게 가슴 앞으로 들어올리며 좌우를 경계했다. 두 명의 여자가 영도지의 눈에 잡혔다. 비형과 비영이었다.

"쳇!"

영도지의 등줄기로 식은땀이 흘러내렸다. 좀 전의 상황이 그만큼 위험했기 때문이다. 온몸의 근육이 팽팽하게 긴장되었다. 지금까지 살아오면서 이런 경험을 한 적은 없었다. 아니, 그런 상황이 될 일이 없었다. 상대는 언제나 소리없이 죽었기 때문이다. 그만큼 임파영의 무공은 의외였으며 강했다. 그리고 비영과 비형의 움직임 역시 신속했다.

물론 비영과 비형의 무공이 영도지를 따라가기에는 턱없이 부족했다. 하지만 지금의 영도지는 임파영의 공격을 막았으며 그 충격에 흔들리고 있었다. 그 빈틈을 찔렀기에 위험했었다. 하지만 영도지는 비형과 비영보다 창문에서 뛰어내리는 임파영을 더욱 신경 썼다.

주룩!

영도지는 손을 들어 목을 만졌다. 무언가가 촉촉하게 손가락을 적시고 있었다. 따끔한 감각이 목을 타고 전해졌다. 임파영의 도를 피해 창문으로 몸을 날렸지만 도기가 목을 살짝 스친 것이었다. 오른 목 면에서 붉은 피가 선을 그리며 흘러내리고 있었다. 깊게 베인 것은 아니지만 고통은 전해주었다. 영도지의 눈동자가 가늘게 변하며 강렬한 살의를 품기 시작했다.

"미치겠군."

영도지는 중얼거리며 검을 늘어뜨렸다. 상대방을 어쩌지 못하고 자신이 피했다는 것에 분노한 것이다.

임파영은 옆구리를 왼손으로 만지고 있었다. 아니, 지혈하고 있었다. 오른손은 도를 잡고 있었으며 시선은 영도지를 향하고 있었다. 그런 임파영의 전신에서 강렬한 살기가 일어나고 있었다.

"일월맹?"

"일월맹."

"혼자?"

"혼자."

임파영의 물음을 영도지는 같은 말로 반복해 주었다. 임파영은 눈을 빛내며 다시 말했다.

"실수했군."

"그럴까?"

쉬익!

말이 끝나는 순간 영도지의 신형이 번개처럼 임파영을 향해 달려들었다.

팟!

섬광처럼 길게 뻗어나간 검기가 채찍처럼 휘어져 날아들었다. 임파영은 가볍게 상체를 숙이며 도를 위로 쳐올렸다. 강력한 도기가 폭풍처럼 앞으로 뻗어나가자 영도지는 검을 마구잡이로 휘둘렀다. 순간 수십 개의 검기 다발이 채찍처럼 휘어져 임파영의 도기를 몰아쳤다.

쾅!

도기와 검기 다발이 부딪치며 강력한 소음과 바람을 만들어냈다. 임파영이 비틀거리며 물러서자 영도지는 눈을 빛내며 임파영에게 달려들었다. 그 순간 영도지의 좌우로 섬전 같은 빛살이 날아들었다.

"칫!"

영도지는 인상을 찌푸리며 비수를 왼편으로 던지며 몸을 돌려 오른편으로 검을 들어 갔다.

쉬아악!

바람 소리가 일어나며 비수가 번개처럼 비영의 미간으로 날아들었다. 비영은 눈을 부릅뜨며 공중에서 몸을 급작스럽게 회전시켜 피했다.

핏!

어깨를 스치며 비수가 허공을 가르자 비영은 땅에 내려서며 검을 눈앞으로 들어올렸다. 고통보다 영도지의 기민한 움직임에 놀라고 있는 중이었다.

땅!

검과 검이 그 순간 부딪쳤다.

"크!"

비형의 신형이 충격을 이기지 못한 듯 뒤로 빠르게 물러섰다. 영도지보다 장점이 있다면 경공뿐인 그녀들이기에 정면충돌은 피하고 있는 중이었다.

"누가 정파 아니라고 할까 봐 다굴만큼은 잘하는구나."

영도지가 검을 늘어뜨리며 말했다. 그런 영도지의 시선이 비틀거리는 임파영을 향하고 있었다. 임파영의 안색은 어둡게 변하고 있었다. 그 모습에 영도지는 비릿한 조소를 입가에 담았다. 무리하게 움직이고 있다는 것을 알고 있었기 때문이다.

'한 번…….'

임파영은 자신의 상태를 생각하며 단 한 번의 기회에 영도지를 죽여야 한다고 생각했다. 옆구리를 찔리는 순간 머릿속을 스친 생각이었다. 그렇기 때문에 기를 모아 영도지를 쳤었고 그 빈틈을 생각하며 모아두었던 일격을 가한 것이다. 하지만 영도지는 피했다. 창을 통해 밖으로 나온 영도지를 무리해서 상대했지만 이제 한계에 다달은 것이다.

"허억! 허억!"

임파영은 참았던 숨을 몰아쉬며 영도지를 바라보았다. 영도지의 모습이 흐릿해져 왔다. 눈을 감으면 모든 게 편안할 듯했다. 그런 임파영의 귓가에 발소리가 들렸다. 그리고 영도지의 표정이 약간은 굳어지는 것 같았다. 그런 기분이 들었다. 기분 탓이란 생각도 들었지만 들려오는 말소리가 그것이 아니라는 것을 말해주었다.

"너어어! 이 새끼 잘 만났다!"

슈아악!

허공을 날아가는 하나의 백색 그림자가 수많은 검기 다발을 폭포수처럼 영도지를 향해 쏟아내었다. 임파영은 그 모습에 미소를 그렸다.

"좀 자둬."

누군가가 혈도를 짚는 것 같았다. 임파영이 시선을 왼편으로 돌리자 그곳에 덩치 큰 인물이 서 있었다.

"말코도사……."

임파영은 저도 모르게 중얼거리며 눈을 감았다. 그 순간 비영과 비형이 달려와 임파영을 부축했다.

챙!

정수가 검을 뽑아 들고 조영비의 뒤를 이어 몸을 날렸다.

"애먹고 있군."

청룡이 모습을 보이자 비영과 비형이 고개를 숙였다.

"죄송합니다."

"이곳까지 오느라 고생했다."

청룡은 그렇게 말하며 몸을 날렸다. 수룡과 백룡도 어느새 청룡의 뒤에서 검을 뽑아 들었다. 그런 그녀들의 시선은 임파영을 향하고 있었다.

"임 뭐시기? 누구야?"

"마도라고 하는데요."

비영의 대답에 고개를 끄덕인 그녀들은 영도지를 공격하기 위해 빠르게 앞으로 달려나갔다.

사납고 매서운 기세였다. 차갑고 음울하면서도 매서운 기세가 아닌 정직할 정도로 사나웠으며 강한 살기를 동반한 검법이었다.

"으랴라럇!"

슈아악!

기합성과 함께 검날이 앞으로 몰아쳐 갔다. 강렬한 회오리가 폭풍처럼 일어나며 영도지를 향하자 영도지는 조영비를 한눈에 알아보곤 강한 살기를 뿌렸다.

"귀찮은 새끼들."

검날을 위로 쳐올리는 순간 회오리가 반으로 잘리며 조영비의 신형이 나타났다. 영도지는 주저없이 조영비를 향해 달려들었다. 순간 차가우면서도 음습한 살기가 목줄기로 날아들었다. 영도지는 몸을 뒤집으며 옆으로 회전했다.

파팟!

수십 개의 검날이 환영처럼 영도지의 전신을 스치고 지나갔다. 정수의 검이었다.

"큭!"

땅에 내려선 영도지는 연환 공격에 짜증이 치밀어 올랐다. 순간 영도지의 눈동자로 세 개의 그림자가 잡혔다. 좌우에서 날아드는 검날과 머리 위에서 내려쳐 오는 그림자를 발견한 것이다. 삼면을 둘러싼 공격이었다.

"개 같은 정파 새끼들!"

영도지는 욕지기를 뱉어내며 신형을 뒤로 날렸다. 순간 정면에서 사나운 기세로 조영비가 달려들었다.

영도지는 재빠르게 몸을 회전하며 좌우의 검날을 쳐갔다. 순간 정면과 머리 위에서 떨어지는 검날에 영도지는 신형을 띄우며 청룡의 검을 쳐갔다. 한 바퀴 몸을 돌리며 뒤로 떨어진 정면으로 영도지의 검날이 찔러 들어왔다. 영도지는 인상을 찌푸리면서 검면을 눈앞에 세우며 검 끝을 막았다.

쾅!

강력한 충격이 전신을 흔들었다. 뒤로 두 줄기의 선을 만들며 밀려

나간 영도지의 정수로 살기가 닿았다. 영도지는 놀라 고개를 들었다. 그곳에 달 그림자를 받으며 정수가 쳐 내려오고 있었다. 영도지의 눈이 부릅떠지며 전신에 강렬한 살기가 회오리쳤다.

"하아압!"

슈악!

눈이 부실 만큼 강렬한 섬광이 허공중에 떠올랐다. 정수는 이를 굳게 깨물며 정면으로 부딪쳐 갔다.

콰쾅!

"컥!"

정수의 신형이 뒤로 날아갔다. 하지만 일행들은 정수의 안위를 신경 쓰지 않았다. 오직 영도지의 생사에만 관심이 있었다.

슈악!

청룡이 몸을 낮게 깔아나가며 영도지의 무릎을 잘라갔다. 청룡의 좌우로 수룡과 백룡이 검을 늘어뜨리며 달려들었다.

영도지의 안색이 굳어졌다. 검강을 순간적으로 펼쳤기에 짧은 순간 단전의 공허함을 느껴야 했기 때문이다. 그리고 그들과 반 장을 사이에 두고 조영비가 희뿌연 검기를 그리며 날아들었다.

영도지는 재빠르게 검에 정신을 집중했다. 또다시 검이 희미한 빛을 뿌리기 시작했다. 그러자 청룡이 더욱 빠르게 다리를 잘라갔다. 영도지의 신형이 가볍게 허공으로 떠올랐다. 그것을 기다렸다는 듯이 수룡과 백룡이 서로를 교차하며 영도지의 허리부터 어깨까지 교차하듯 잘라갔다.

순간 강력한 섬광이 수룡과 백룡의 시야에 들어왔다.

쾅!

"윽!"

수룡과 백룡이 뒤로 날아가 바닥에 서며 비틀거렸다. 그녀들의 안색은 창백하게 변해 있었다. 단 한 수로 내상을 입은 것이다. 하나 견딜 만한지 수룡과 백룡은 다시 검을 늘어뜨리며 청룡의 좌우로 섰다.

슈아악!

조영비의 사나운 검풍이 영도지의 머리카락을 휘날리게 만들며 날아들었다.

콰쾅!

영도지의 신형이 다시 일 장여나 밀려 나갔다. 조영비 역시 허공중에 몸을 뒤집으며 뒤로 내려섰다. 그리고 재차 달려들자 청룡, 백룡, 수룡 역시 그 뒤를 따라 날아들었다. 그 순간 조영비의 머리 위로 백색의 그림자가 나타나며 섬전처럼 날아들었다. 정수였다.

"잠깐!"

영도지가 손을 내밀며 소리쳤다. 순간 일제히 몸을 멈추며 허공중에 떠 있던 조영비와 정수 역시 땅으로 내려왔다. 그들의 시선이 영도지를 향하고 있었다. 영도지는 한 손으로 무릎을 잡으며 숨을 몰아쉬고 있었다.

"허억! 허억! 다굴 좀 치지 마라! 비겁하다는 생각도 안 하나!"

조영비와 정수가 서로의 얼굴을 바라보며 고개를 끄덕였다. 내심 다굴치는 것에 가책을 느끼고 있었던 터였다.

"좀… 그렇긴 하지……."

정수가 볼을 붉적이며 말하자 조영비도 잠시 생각에 잠긴 듯 고개를 숙였다.

"그런 게 어딨어! 정파 하면 다굴치기지!"

슈아악!

순간 거대한 표효가 울리며 밤하늘을 날아가는 붉은 인영이 있었다. 정수와 조영비가 고개를 들었다. 그들의 머리 위로 늘씬한 여자의 다리 사이가 보였다. 하지만 아쉽게도 바지였다.

쉬아아악!

비쾌하게 허공을 날아 영도지를 향해 뿌려지는 강력한 검기. 영도지의 눈이 부릅떠졌다.

"빌어먹을!"

영도지는 소리치며 검을 들어 막았다.

쾅!

폭음성이 울리며 영도지의 신형이 충격을 이기지 못한 채 허공을 날아 뒤로 튕겨져 나갔다. 순간 붉은 인영은 주저없이 신속하게 영도지를 향해 다시 한 번 날아들며 거대한 검날을 뿌렸다. 검기가 형상화해 거대하게 변한 것이다. 입신지경의 경지에서나 볼 수 있는 모습이었다. 그 강력한 모습에 영도지는 눈을 부릅뜨며 뒤로 날아가는 중에도 검을 앞으로 내밀어 막았다.

콰쾅!

"크아악!"

폭음성과 비명성이 동시에 울리며 영도지의 신형이 더욱 빠르게 뒤로 튕겨 나갔다. 순간 영도지가 몸을 돌리며 담장을 밟고 차 올랐다. 그런 영도지가 고개를 돌리며 혀를 내밀었다.

"병신새끼들!"

쉬아악!

영도지의 신형이 어둠 속으로 사라지는 순간이었다.

"씨팔!"

황유화가 땅을 차며 소리쳤다.

*   *   *

"크아악!"

비명성이 하늘 높이 솟구쳤다. 그리고 병장기 부딪치는 소리가 밤의 조용함을 일깨우고 있었다. 거대한 무림맹의 곳곳에 불꽃이 피어오르며 사방을 밝게 비춰주기 시작했다.

병장기 부딪치는 소리가 문을 통해 들려오고 있었다. 사람들의 고함 소리도 들려왔으며 비명성도 빠지지 않았다.

"어떻게 하시겠습니까?"

공원은 앞에 서 있는 장도사를 바라보며 여전히 가부좌를 한 채 앉아 탁자 위에 올려놓은 책을 보고 있었다. 책은 일월신록이었다. 공원은 몇 번이고 같은 내용의 책을 정독하고 있었다.

"벌써 이 앞까지 왔습니다, 맹주님."

장도사는 급한 표정으로 다시 말했다. 하지만 공원의 표정은 별로 달라지지 않았다.

"좋은 일이지, 좋은 일이야. 하지만 아쉽군, 십 년 후에 쳐들어왔다면 완성할 수가 있었는데… 아쉬워……."

"맹주님!"

장도사가 소리치자 공원이 그제야 고개를 들었다.

"지금 이렇게 느긋이 앉아 계시면 안 됩니다. 일월맹의 맹공을 어떻게 해서라도 피해야 합니다. 신속하게 안전한 장소로 이동하셔야 합니다."

장도사의 말에 공원은 고개를 끄덕이며 수염을 쓰다듬었다.

"저들이 이렇게 빨리 올 줄이야… 우리들의 정보로는 아직 삼 일은 걸려야 할 터인데… 더욱이 비밀스럽게 매복했던 수많은 인원들은 왜 아무런 힘도 쓰지 못하고 죽어갔을까?"

"분명 누군가가 일월맹에 알려주고 있을 것입니다. 그것도 고위급의 인물이. 그렇지 않고서는 이렇게 일월맹의 이동을 모를 리가 없습니다. 우리의 눈을 누군가가 막은 것이겠지요."

장도사는 굳은 표정으로 말했다. 그러자 공원이 눈을 빛내며 장도사에게 다시 말했다.

"자네는 누구라고 생각하나? 그 인물이 말이야. 어차피 매복에 들어간 위치를 정확하게 아는 사람은 열 손가락에 꼽네."

공원의 물음에 장도사는 인상을 굳히며 잠시 생각에 잠겼다.

"제 예상으로는 개방의 방주 정도입니다."

장도사의 굳은 목소리에 공원은 이내 책을 덮으며 고개를 끄덕였다.

"왜 그렇게 생각하나?"

"크아악!"

그때 비명성이 들려왔다. 이십여 장의 거리 정도라고 여겨졌다. 장도사의 표정이 더욱 굳어졌다. 무공 실력은 일류 정도지만 일월맹에는 초일류의 고수들이 많았기 때문에 마주치는 순간 도망가야 했고, 마주쳤을 때 도망가면 살아날 확률이 적었다. 그렇기 때문에 어떻게 해서라도 피해야 했다.

"맹주님, 어서 몸을 피하셔야 합니다."

"자네는 내 질문에 대답을 먼저 해야 하지 않겠나?"

장도사는 창문을 바라보며 불타오르는 건물에 시선을 고정시켰다. 저 멀리 보이는 건물은 얼마 전에 완공한 건물이었다. 그리고 자신의 서재도 그곳에 있었다.

"비영단을 대신해 개방이 모든 정보를 다루었기 때문입니다. 그리고 개방이 들어와서부터 정보의 누출이 빈번해졌습니다."

"하긴… 개방이라면 의심할 만하지. 하지만 자네는 틀렸네."

"예?"

장도사가 고개를 돌려 공원을 바라보는 순간 장도사의 눈동자에 손 그림자가 잡혔다.

쾅!

방의 벽면이 뚫리며 거대한 먼지구름이 피어올랐다. 공원은 인상을 찌푸리며 시선을 오른편으로 돌렸다.

"크윽……"

장도사가 가슴을 부여잡고 쓰러져 있었다.

"스쳤나?"

"맹주님… 왜……."

장도사는 눈을 부릅뜬 채 공원을 바라보았다. 그제야 공원의 안면에 미소가 걸렸다.

"그냥."

슈악!

순간 거대한 장영이 장도사의 안면으로 날아들었다.

콰콰쾅!

폭음성이 울리며 집의 한쪽 벽면이 폭파되어 나갔다. 그 충격으로 거대한 먼지구름이 허공중에 솟구쳤다.

"……."

공원은 인상을 찌푸리며 자신은 손바닥을 바라보았다. 느낌이 없었기 때문이다. 그리고 시선을 돌려 장도사가 누워 있었던 곳을 바라보았다. 장도사의 모습은 어디에도 없었다. 단지 뜯겨져 나간 옷자락이 돌과 나무 틈에 끼어 있었다.

"쥐새끼 같은 놈."

공원은 투덜거리며 옷깃부터 몸에 묻은 먼지를 털기 시작했다. 이내 다리까지 턴 공원이 북쪽을 바라보았다. 갈 곳은 그곳뿐이기 때문이다.

쉭!

공원의 신형이 사라졌다.

"형님."

입술을 타고 흘러내린 핏물을 소매로 훔친 장도사가 양일의 앞에 모습을 보였다. 양일은 가부좌를 한 채 양손은 무릎 위에 올리고 반쯤 주먹을 쥔 채 눈을 감고 있었다.

"형님."

"잠깐. 지금 막 하늘이 내 마음에 들어오려 하는 중이다."

순간 장도사의 안색이 흙빛으로 변했다. 양일은 아직 사태의 심각성을 모르는 것 같았기 때문이다. 거기다 요즘 들어 이름 모를 종교 단체의 교주처럼 무림맹의 무인들이 하나둘 신자로 변해 양일을 모시는 중이었다. 그 재미가 쏠쏠한지 인간이 아닌 부처처럼 행동하는 양일이었다.

"그만 하고 갑시다. 무림맹이 불탔다고요! 여기도 안전한 곳이 못 된다니까요!"

장도사가 순간적으로 분노하여 양일의 멱살을 잡았다. 양일은 눈을 뜨며 장도사의 얼굴을 바라보았다. 사각의 각진 얼굴과 작은 눈이 더욱 작게 빛나며 찢어버릴 듯 장도사를 노려보고 있었다.

"어허, 세상을 평화롭게 바라보면 모든 게 평화로운 법이야. 지금 이렇게 세상이 혼란스러운 것도 모두 혼란하다고 보기 때문에 생겨난 것이네. 평화롭게 보면 평화로운 세상이 펼쳐질 것이야. 어떤가? 자네도 나와 함께 저 멀리 떠오르려 하는 동천의 태양을 바라보는 것이."

빡!

"켁!"

양일의 안면이 옆으로 돌아갔다. 순간 장도사가 멱살을 더욱 강하게 움켜잡고 흔들며 외쳤다.

"정신 차려, 이 놈팡이야! 지금 죽게 생겼다니까! 무림맹이 불타고 있다고! 거기다 맹주가 나를 죽이려 했다니까!"

양일의 고요한 눈동자가 순간 번쩍였다. 마치 귀신이 빠져나간 것처럼 몽롱한 시선이 아닌 맑은 눈동자였다.

"이승에서 돌아왔다. 뭐라 했지? 맹주가 뭐?"

"일단 업어!"

"으샤!"

양일이 장도사를 등에 업자 장도사가 빠르게 말했다.

"제 방으로."

쉭!

양일의 신형이 어느새 장도사의 방에 도달했다.

"두 번째 서랍장을 옆으로 미세요."

"쿵!"

양일이 서랍장을 옆으로 밀자 그곳에 사람 한 명이 들어갈 공간이 나타났다. 장도사가 등에서 내려와 그곳으로 몸을 밀어 넣었다. 바닥에 내려서자 한 사람이 지나갈 정도의 공간이 나타났다. 비밀리에 만든 땅굴이었다. 그런 땅굴이 거미줄처럼 무림맹의 밑으로 이어져 있었다. 장도사가 오랜 시간을 투자해서 만든 땅굴들이었다.

"형님, 들어오실 때 서랍장을 원래 위치로 돌리세요."

"그래."

탁!

양일이 가볍게 서랍장을 닫으며 땅에 내려섰다. 그러자 완전한 어둠이 둘의 신형을 감춰 버렸다.

"우엑!"

장도사가 구토하는 소리가 어두운 공간에 울려 퍼졌다. 그런 와중에 양일의 눈동자가 번뜩이며 장도사의 어깨를 보았다. 장도사의 어깨는 뜯겨져 나간 듯 맨살을 보이고 있었다. 그곳에 금색의 손가락 자국이 선명하게 눈에 들어왔다.

"확실히 금강장(金剛掌)이구나. 가볍게 스친 것 같은데?"

"가볍게 스치긴 뭘 가볍게 스쳤다고! 어깨에 정통으로 맞았는데!"

장도사가 소리치며 양일의 등에 매달렸다.

"쿵!"

양일의 콧소리에 장도사가 미소 지었다.

"내상이… 윽!"

장도사가 어깨에 고개를 처박자 양일은 고개를 저으며 깊은 숨을 내쉬었다.

"후우… 어디로 갈까?"

쿵!

"……!"

순간 위에서 들리는 묵직한 소리에 양일과 장도사의 표정이 굳어졌다. 장도사가 양일의 귀에다 낮은 목소리로 속삭였다.

"형님이 보는 눈앞으로 조용히 움직이세요."

양일은 고개를 끄덕이며 앞으로 이동해 갔다.

스슥!

"쥐새끼 같은 놈!"

콰!

장도사의 독채가 무너져 내리며 먼지구름이 피어올랐다. 그 속에서 공원은 천천히 걸어나와 먼지를 털기 시작했다. 대머리에 쌓인 먼지를 턴 공원은 이내 뒷짐을 지며 불타고 있는 무림맹의 전경을 바라보았다.

"십 년만 참으라니까. 그랬으면 무혈입성하게 해준다고 그렇게 말했건만… 쯧쯧."

공원은 조용히 중얼거리며 걸음을 옮기기 시작했다.

❖第三章❖
평생을 다 바쳐도

평생을 다 바쳐도

　힘든 하루였다. 새벽녘의 하늘은 맑다는 생각이 문득 들었다. 이렇게 누워서 조용히 있으니 몸도 마음도 편해지는 것 같았다.

　끼익! 끼익!

　노를 젓는 소리만이 귓가에 들려왔다. 누워 있던 영도지가 눈을 몇 번 깜박거렸다. 머릿속에 황유화의 모습이 나타났다. 자신을 향해 날아들던 그녀의 모습에 영도지는 인상을 살짝 찌푸렸다.

　'정파에는 그런 고수가 쌓였을까?'

　문득 그런 생각이 들었다. 듣도 보도 못한 고수가 등장했기 때문이다. 조영비와 정수는 이미 알 만큼 아는 상대였다. 하나 황유화는 이름도 모르는 여자였다. 그런 여자의 검격이 자신을 도망치게 만들었다.

　'그래도 그 임가 녀석을 어떻게든 했으니 비긴 건가? 후후.'

마음속으로 후회를 안 남기고 자존심을 세우기 위해 그런 생각을 했다. 임파영을 찌르지 못했다면 분명히 땅을 치고 후회하며 이를 갈았을 것이다.

"뭐 하는 계집이야!"

하지만 아무리 생각해도 화가 나는지 영도지는 이내 상체를 벌떡 일으키며 소리쳤다. 노를 젓던 사공이 놀라 바라보았다.

"아무 일도 아니니 신경 쓰지 말라고."

영도지는 그렇게 말하며 다시 누웠다. 외상은 적었으나 내상이 문제였다. 생각보다 심각한 내상을 입었기에 도착한다면 몇 달 요양이 필요할 듯했다. 물론 영약도 이 기회에 먹어보는 것이 좋다는 생각도 들었다. 이런저런 생각을 하다 보니 잠이 왔다. 영도지는 눈을 감았다.

해는 중천에 떠올라 있었다. 그 아래 문지홍은 서 있었다. 그런 문지홍의 머리카락이 바람에 휘날리고 있었다. 뱃전에 서서 불어오는 강바람을 맞자 그 시원함이 가슴을 상쾌하게 만들어주었다.

그녀의 뒤로 중년 여인이 다가왔다. 여빈청이었다.

"지금 배에 모셨습니다."

"그래요?"

"외상은 적으나 내상이 커서 아직 정신을 차리지는 못하고 계십니다."

여빈청의 말에 문지홍이 고개를 끄덕였다.

"배를 돌리고 남하하세요. 목적지는 구강."

"구강이라면 무림맹과는 거리가 좀 있는 곳인데……."

"이미 무림맹은 본 맹의 손아귀에 들어왔어요. 그러니 그곳에 가본들 할 일도 없어요. 더욱이 저에게 떨어진 명령은 남창으로 들어가 일신궁의 움직임에 대비하고 견제하라는 것이에요. 물론 여 문주도 함께."

"아, 알겠습니다. 그럼 구강으로 가겠습니다. 구강에서 포양호를 타고 남창으로 들어갈까요?"

"그렇게 하세요. 저는 영 사형에게 가보도록 하지요."

문지홍이 가볍게 미소 지으며 지나쳐 가자 여빈청은 살짝 허리를 숙였다. 그런 여빈청의 눈이 문지홍의 등을 향하고 있었다.

'전보다 더욱 차가워진 것 같은 느낌인데… 느낌뿐인가……'

여빈청은 문지홍이 조금 변한 것 같다는 생각이 들었다. 그저 오랜 시간 동안 문지홍을 옆에서 보아온 사람의 감이라면 감일 것이다. 그렇게 여겼다.

문지홍은 누워 있는 영도지를 가만히 내려다보고 있었다. 그런 문지홍의 표정은 복잡했다. 영도지가 다쳤기 때문에 그런 것은 아닌 듯했다. 그저 생각이 많았을 뿐이었다.

투툭!

손가락을 움직여 영도지의 마혈을 짚었다.

"파멸에 이르는 길은 심 언니가 흥분하는 가장 빠른 길이지……"

문지홍은 살짝 미소를 그렸다. 그런 그녀의 손길이 가볍게 영도지의 명치에 가 닿았다. 약간의 힘만 준다면 영도지는 죽을 것이다. 하지만 그녀의 손은 망설이고 있었다. 아무리 자신의 뜻을 이루기 위함이라고 하지만 어릴 때 잠시 동안이나마 함께 자란 사이였다. 그래도 사형이었던 것이다. 자신의 친오빠와도 같은 존재를 자신의 손으로 죽여야

평생을 다 바쳐도 67

한다는 사실에 죄책감이 든 것이다.

"아가씨."

"헉!"

쿡!

문지홍의 손이 저도 모르게 명치를 눌렀다. 영도지의 상체가 가볍게 들리며 몸이 부들부들 떨리기 시작했다. 그런 영도지의 입에서 게거품이 뿜어져 나왔다.

"이럴 수가……."

문지홍은 너무도 놀라 멍하니 영도지의 얼굴을 바라보았다. 그때 문이 열리며 여빈청이 들어왔다.

"아가씨… 헉!"

여빈청은 놀란 토끼 눈으로 영도지의 모습을 바라보았다. 문지홍의 차가운 눈동자가 여빈청을 향했다. 여빈청의 목소리에 놀라 자신도 모르게 손이 움직였던 것이다.

"네년 때문에… 제길."

"예?"

살기가 여빈청의 주변을 맴돌았다. 그것을 모르는 여빈청은 그저 놀란 얼굴로 몸을 떨 뿐이었다. 자신을 향한 문지홍의 살기가 너무도 강했기 때문이다.

"저, 전 아무것도… 못 봤습니다."

여빈청은 저도 모르게 말했다. 그런 말을 해야지만 지금의 위기를 넘길 것 같았기 때문이다.

"휘우……."

문지홍은 숨을 깊게 내쉬며 고개를 저었다. 그리곤 흘러내린 머리카락을 이마 위로 넘기며 여빈청에게 손짓을 했다. 여빈청은 가까이 오라는 그녀의 명령에 몸을 떨며 침을 삼켰다.

"저기… 제발… 저… 전 아무것도……."

"오라니까."

짜증스런 목소리에 여빈청이 놀라 재빠르게 다가갔다. 문지홍은 그녀의 모습에 다시 한 번 한숨을 내쉬며 의자에 앉았다.

"밖에서 여 문주가 소리치는 바람에 힘이 들어가 버렸네요. 영 사형의 사인을 묻는다면 저는 그렇게 말할 것이에요."

"예? 하지만… 그게……."

여빈청의 안색이 노랗게 변했다. 문지홍이 심아민과 맹주에게 지금 한 말처럼 말한다면 자신의 목숨은 끝나기 때문이다.

"저는 영 사형의 내상을 치료하기 위해 손을 쓰려던 참이었어요. 그런데… 그걸 여 문주가 들어오면서 망치게 되었군요. 영 사형……."

문지홍은 눈시울을 붉히며 영도지를 바라보았다. 마치 진짜인 것처럼 여빈청의 눈에는 보였다. 여빈청은 긴장한 표정으로 문지홍과 영도지를 바라보았다.

"하면……."

"절명했어요."

"헉!"

여빈청의 안색이 더욱 검게 변하였다.

"스승님과 사저가 저를 욕할까? 아니면 여 문주를 죽일까?"

문지홍의 싸늘한 시선이 느껴지자 여빈청은 다리에 힘이 풀려 주저앉고 말았다. 지금까지 노력한 모든 게 물거품이 되는 순간이었기 때문이다. 그 모습을 보던 문지홍의 눈동자가 살짝 빛났다.

"무슨 일로 온 것이죠?"

"아! 그건 무림맹으로 오시라는 전서가 날아왔습니다. 그 소식을 전하려고 이렇게……."

"스승님이……."

문지홍은 인상을 살짝 찌푸렸다. 예정과는 달랐기 때문이다. 하지만 그것보다 눈앞의 문제가 먼저였다. 여빈청을 설득하는 일이었다, 모든 문제는 소초산에게서부터 시작되었다는. 다행히 상대가 여빈청이었다. 여빈청과의 관계는 부모와 자식 같은 관계였다. 그러니 다행이 아닐 수가 없었다. 그녀는 분명 자신의 편을 들어줄 것이다.

"알았어요. 그건 그렇고, 살고 싶다면 제 말대로 하세요."

"예? 예, 알겠습니다."

"소초산에게 당한 내상이 커서 도저히 손을 써볼 도리가 없었다고. 최선을 다했지만 어쩔 수가 없었다고 말이에요. 그렇다면 여 문주는 살 수가 있어요. 저와 여 문주가 그렇게 말한다면 말이에요."

"…잘 알겠습니다."

여빈청은 고개를 끄덕이며 대답했다. 그 모습에 문지홍은 자리에서 일어섰다.

"시신은 잘 처리하세요. 어차피 무림맹에 간다면 심 언니가 시신을 살필 것이니."

여빈청은 그런 문지홍의 뒷모습을 바라보며 눈살을 찌푸렸다. 그 순간 문지홍이 문을 나서다 고개를 돌리며 미소를 그렸다.

"행여 쓸데없는 생각을 한다면 그 대가는 클 것이에요. 알았지요?"

"예? 제가 어떻게 감히… 아가씨는 제게 소중한 분입니다. 그것만은 잊지 말아주십시오."

　여빈청의 말에 문지홍은 미소를 거두며 시선을 피했다. 여빈청과의 관계가 남다르다는 것을 스스로도 알기 때문이다. 하늘이 두 쪽 난다 하여도 여빈청은 자신을 도와줄 것이다. 그런 생각이 문득 들었다.

*　　　*　　　*

　작은 별채였다. 마당에는 횃불이 크게 타오르고 있었으며 일 장 뒤에 마장천이 서 있었다. 마장천의 팔짱을 낀 채 눈을 감고 있었다. 그의 뒤로 넓은 마루에 심아민이 앉아 있었다. 긴 머리카락이 가벼운 바람에 휘날리고 있는 모습은 매혹적이었다. 붉은 음영과 어우러진 그녀의 눈동자는 하늘을 바라보고 있었다. 하늘은 별과 달이 반짝이고 있었다.

　"아직 끝난 것은 아니겠지요?"

　마장천이 말하자 심아민은 별을 바라보며 미소 지었다. 마장천이 다시 말했다.

　"앞으로가 걱정입니다."

　심아민은 그 말에 고개를 끄덕였다.

　"끝은 죽음뿐. 무림맹을 차지했다고 해서 그들이 그냥 가만히 있을까. 앞으로 수십 년 동안 이곳을 중심으로 무너지지 않는다면 중원에는 일월이란 이름이 자리매김하게 되겠지."

　"그렇겠지요. 그들이 명문이란 이유는 다른 것보다 오랜 세월 동안 그 지방을 차지하고 있었기 때문이니. 세월을 당할 자는 존재하지 않습니다. 사실 전 앞으로가 걱정입니다."

마장천이 슬쩍 미소 지었다. 심아민은 그 말에 고개를 끄덕였다.

"사형이 죽고 고 사제가 죽고… 참으로 많은 사람이 죽었습니다. 앞으로 얼마나 많은 사람들이 더 죽을지… 걱정입니다."

"마 사제만 안 죽는다면 난 좋다고 보는데?"

심아민이 미소 지었다. 그러자 마장천은 살짝 얼굴을 붉혔다.

"빈말이라도 기분은 좋군요."

"빈말이 아니야."

마장천이 심아민을 바라보았다. 그런 마장천의 눈동자가 미미하게 떨렸다. 심아민은 하늘을 바라보며 다시 말했다.

"사형도 죽고… 이제 남은 것은 마 사제와 문 사매, 그리고 영 사제이지. 하지만 영 사제의 생사는 알 길이 없어. 그런 나에게 무엇이 필요할까? 천하? 중요한 건 같은 시간을 함께 살 수 있는 사람이라고 생각해. 그런 사람들이 줄어들수록 마음이 아프구나."

"그렇지요……."

마장천 역시 별을 바라보았다. 그러다 생각난 듯 다시 말했다.

"그러고 보니 놀랍습니다. 스승님과 무림맹주가 사형제였다니… 전혀 생각지도 못했던 일인데……. 생각해 보면 저희는 스승님에 대해 너무 많은 것을 모르고 있는 것 같습니다. 스승님의 스승님이 누구인지, 또 스승님의 과거가 어떤지, 스승님의 가족 관계라든지……."

심아민은 그 말에 고개를 끄덕이며 눈을 빛냈다. 그녀의 투명한 눈동자가 허공을 향하고 있었다.

"하지만 우리가 알 필요는 없다고 생각해. 스승님은 스승님일 뿐이야."

심아민의 공허한 목소리가 조용히 흘러나갔다.

"십 년만 기다리라는 내 말을 지키지 않았군."

별채의 작은 방 안에 몇 개의 호롱불이 빛나고 있었다. 작은 탁자 위에 등잔불을 사이에 두고 공원과 용소야는 마주 보고 있었다.

"십 년이란 시간은 짧은 시간이네."

"과연… 십 년은 짧은 시간입니다. 하지만 십 년 후에 무림맹에 들어올 수 있을까, 그것이 의문입니다. 사형, 솔직해집시다. 사형은 무림맹의 맹주라는 자리에서 물러설 생각도 없지 않습니까? 아마 십 년이 지나면 더욱더 일월맹을 핍박할 것입니다."

용소야의 말에 공원의 표정이 굳어졌다. 공원은 이내 수염을 쓰다듬으며 미소를 그렸다.

"그럴 리가 있겠나. 무혈입성하게 해준다는 나의 약조를 잊었나? 사제, 어차피 나는 늙었어. 이루지 못한 꿈이 있다면 이것뿐이겠지."

탁!

탁자 위에 일월신록을 꺼내놓은 공원의 눈동자에 열망이 담겨 있었다. 그것은 일월신록을 풀어야 한다는 열망이었다.

"일월신록… 다 구하셨군요."

용소야의 목소리가 미미하게 떨렸다. 그 역시 그 열망을 알기 때문이다. 일월맹의 진정한 평천하를 원하였기에 그것을 위해서라면 일월신록의 무공이 필요했다.

"푸셨습니까?"

용소야가 눈을 빛내며 바라보자 공원은 안색을 찌푸리며 고개를 저었다. 그러자 용소야가 고개를 끄덕였다.

"사형이 못 풀 정도라면… 역시 전설적인 비록은 다른가 봅니다."

"풀고 싶었네."

공원은 창밖을 바라보며 다시 말했다.

"사실 사제가 온다는 말에 조금 놀랐지. 하지만 최대한 도와줘야 한다는 생각을 하게 되었네. 그래도 사제가 아니던가. 최대한 무림맹의 피해를 크게 만들어야 한다고 말이야. 그래도 이렇게 불에 타고 있는 무림맹을 바라보고 있으니 마음이 새롭고 새로워. 지난 세월이 불타는 것인가……."

공원의 시선 안에 불에 타고 있는 대웅전의 모습이 저 멀리서 들어오고 있었다. 오직 그곳만이 불타고 있었다. 다른 곳은 멀쩡한 것 같았다. 무림맹의 상징 같은 곳을 태우고 있는 것이다. 그 의미를 잘 아는 공원이었다.

"이제 무림맹은 없습니다, 사형."

"알고 있네. 소림사는 어떻게 하였나?"

"소림사는 무사합니다. 아무리 저라고 해도 사형의 마지막 부탁을 어떻게 거절하겠습니까?"

"고맙군."

공원이 고개를 끄덕였다.

"그러고 보니 사형과 만난 것도 사십 년 만입니다."

"십 년 정도 같이 보낸 것 같군."

"그 후에 사형은 소림승이 되셨지요……."

"좋은 날들이었네."

"사형은 제게 아버지 같은 분이셨습니다."

"스승님은 할아버지였나?"

용소야가 미소 지었다. 공원도 미소를 그렸다. 이내 공원이 다시 말했다.

"오랜 시간 동안 정체를 숨기고 살았지. 이제는 편해지고 싶네."

"물론입니다."

"뒤를 부탁하지."

"걱정하지 마십시오."

"아… 마지막으로 한 가지 더 말해주는데, 정파를 우습게보지 말게나. 그들의 깊이는 사제의 상상 이상으로 깊다네."

"빨리 가세요."

"……."

공원의 시선이 용소야를 향하자 용소야 역시 느긋한 표정으로 공원을 바라보았다. 공원은 이내 입을 다시 열었다.

"사제… 일신궁도 조심하게."

"거참, 말 많네. 알아서 한다니까."

주룩!

공원의 입술을 뚫고 핏물이 흘러나왔다.

주룩!

용소야의 두 눈에서 눈물방울이 흘러내렸다. 그런 용소야의 모습을 공원은 가만히 바라보며 미소 지었다. 용소야는 소매로 눈가를 훔치며 공원을 바라보다 고개를 숙였다. 그런 그의 어깨가 흔들리고 있었다.

동이 터 오는 아침 햇살을 받으며 용소야는 문을 열었다. 그러자 심아민과 마장천이 눈에 들어왔다.

"스승님."

마장천의 말에 용소야는 고개를 끄덕이며 말했다.

"무림맹주는 죽었다."

그런 용소야의 눈동자는 충혈되어 있었다. 심아민은 눈을 빛내며 그런 용소야의 얼굴을 바라보았다.

*　　　　*　　　　*

남궁세가에도 햇살은 떠오르고 있었다. 그런 남궁세가의 아침은 시끄럽게 시작되고 있었다. 남궁세가의 중심부에 위치한 의사청에 십여 명의 인물이 몰려들었다. 일월맹과의 싸움에서 살아남은 사람들로 현 강호를 지탱하는 인물들이었다.

그들의 중심에 남궁세가주가 앉아 있었다. 이곳이 남궁세가이다 보니 자연스럽게 남궁세가주에게 대리 맹주 자리를 주게 되었다. 좌중은 시끄러웠다. 그리 크지 않은 의사청이 떠나갈 듯했다.

"급보입니다!"

한 명의 무사가 빠르게 달려들어 왔다. 푸른색의 무복을 걸친 남궁세가의 무사였다. 그는 들어와 부복하며 서찰을 건넸다.

"일월맹으로부터 날아온 서찰입니다."

남궁초영은 일어나 서찰을 받은 후 자신의 자리로 가서 읽었다. 그런 남궁초영의 표정이 굳어지고 있었다.

"무슨 내용인가?"

아미파의 자정 신니가 급하게 묻자 남궁초영이 서찰을 구기며 말했다.

"공원 대사께서……."

"불생의 길을 가신 것인가?"

조성정이 빠르게 묻자 남궁초영이 고개를 끄덕였다. 순간 좌중의 분위기가 더욱 험악하게 변하며 살기들이 소용돌이쳤다.

"급보입니다!"

또다시 무사 한 명이 달려들어 왔다. 남궁초영의 표정이 굳어졌다.

"하루에 두 번의 편지라… 정신 사납게 만드는 놈들이군."

개방 방주인 호정방이 인상을 사납게 찌푸렸다. 남궁초영은 서찰을 손에 쥐고 읽었다.

"만나자고 합니다."

남궁초영이 서찰을 접으며 의자에 몸을 묻었다.

"만나자고?"

조성정이 사나운 표정으로 묻자 남궁초영이 고개를 끄덕였다. 그러면서 서찰을 조성정에게 건네주었다. 조성정은 서찰을 받자 소리 내어 읽었다.

" '피는 피를 부르고 원한은 원한을 부르니 이제는 그러한 원한과 피를 멈추어야 할 때. 서로의 칼을 거두고 대화로써 이 강호의 문제를 해결해 봅시다. 보름 후 천여평에서 기다리겠소. 일월맹주 용소야'. 이런, 망할!"

화르륵!

서찰이 불타올랐다. 조성정의 얼굴이 붉게 달아올랐다.

"병 주고 약 주는군."

자정 신니가 인상을 찌푸렸다. 남궁초영은 그런 자정 신니의 말을 들으며 잠시 허공을 바라보았다. 보고 싶은 사람이 생긴 것이다.

"이럴 때 장도사라도 있었다면… 장도사의 생사 역시 불확실하니……."

남궁초영이 아쉬운 듯 중얼거렸다.

벌컥!

"호랑이도 제 말 하면 옵니다."

문이 열리며 짙은 음영을 드리운 사각 진 얼굴의 인물이 나타났다. 그 모습에 모두의 얼굴이 밝게 변하였다.

"오오!"

"이게 누군가! 장 총관이 아닌가!"

조성정이 소리 높여 반겼으며 모두의 표정이 밝아졌다. 오직 한 사람 개방 방주인 호정방만이 인상을 찌푸리고 있었다.

후원의 별채에는 많은 남녀들이 모여들었다. 그들은 별채의 한쪽에 마련된 서재로 들어갔다. 그곳에는 이미 꽤 많은 남녀들이 여기저기 모여 서 있었다. 그들 가운데 위치한 의자엔 한 명의 인물이 앉아 있었는데 그는 꽤 근엄한 표정을 짓고 있었다.

"생각보다 많군."

양일은 모여든 젊은 남녀들을 둘러보았다. 이중에는 아미파의 가정려를 비롯한 여제자들과 남궁세가의 남궁청과 남궁휘도 보였다. 대무문의 조영영도 눈에 띄었다. 그 외에 화산파의 젊은 무인인 황정도 있었으며 그 옆으로 모용전과 모용청도 있었다. 그리고 그 옆엔 당수가 서 있었다. 그 외에도 군소방파의 젊은이들이 다수 모여 있었다. 어림 잡아 서른 명 정도 되는 인원이었다.

"양 선배님의 안위가 걱정되어 이렇게 왔습니다."

"걱정하지 말거라. 내 안에 소우주가 있다. 그런데 누가 나를 범하겠느냐?"

"오오!"

모두들 감탄 섞인 목소리를 뱉어내며 더욱 빛나는 눈동자로 양일을 바라보았다.

"너희들의 얼굴을 보아하니 근심이 가득하구나. 하지만 걱정하지 말거라. 어차피 모든 일이 진리에 맞추어서 돌아가는 법이니까. 일월맹이 이렇게 우리를 핍박하지만 그것은 한순간의 훈풍일 뿐이다."

"하면 길이 있다는 말씀이십니까?"

남궁휘가 묻자 양일은 고개를 끄덕이며 미소 지었다.

"길은 스스로 여는 법. 때가 되면 스스로 가게 될 것이다. 전에도 말했지만 네가 원한다면 이루어지는 법이다. 강함을 원한다면 그 강함을 위해 스스로 노력할 것이고 보답은 내려온다. 자신이 행하고자 하는 바를 열망한다면 그것은 돌아오게 마련이다. 하고 싶은 자에게 기회가 오는 것이 세상의 이치이다."

양일은 그렇게 말하며 모두의 얼굴을 둘러보다 미소 지었다.

"자, 여기에 사랑하는 사람이 있다고 치자. 그 사랑하는 사람을 바라보고 그 사람과 서로 사랑을 나누고 싶다는 마음을 깊이 열망하자. 그러한 열망이 무엇으로 바뀔 것 같으냐? 그것은 바로 용기로 바뀌게 된다. 열망이 용기가 되고 용기는 기회를 만들어준다. 그리고 기회는 사랑이라는 꽃을 피우게 되는 법이다. 무슨 뜻인지 알겠느냐?"

양일의 말에 모두의 귀가 집중되고 있었다. 양일은 좌선하는 자세로 바꾸더니 눈을 감았다.

"아픔도 슬픔도 기쁨도 모두 자신에게서 시작되는 것이다. 이러한 이치가 바로 소우주의 이치다. 인간은 누구나 마음속에 소우주가 존재한다. 그리고 그 소우주는 자기 자신을 중심으로 돌아가는 것이다. 오욕칠정 역시 소우주에 속해 있으며, 그것은 자신이 만들어낸, 아니, 인

간이 만들어낸 하나의 껍질에 불과한 것이다. 그것을 깨거라. 이제부
터 무념의 우주로 들어가 보자꾸나."

양일의 말에 모두들 자리에 앉아 좌선하기 시작했다. 마치 말 잘 듣
는 교도들처럼 그들은 양일의 말에 빠져 들어갔다. 어느 정도 교육을
받고 자란 그들에게 양일의 말은 설득력이 있었으며 양일은 그러한 실
력까지 갖추고 있었다.

그리고 그들에게 양일은 정신교육의 선생님이었다. 무림맹에 있을 당
시 무림맹주가 무료함을 달래고 있는 양일에게 부탁한 일이었다. 그리고
양일은 의외로 자신의 적성과 맞는 것을 알곤 열성적으로 이들을 가르치
기 시작했다. 하지만 언제부턴가 종교 집단처럼 변해가는 것 같았다.

저녁을 먹고 자신의 숙소로 배정된 남궁세가의 별원으로 향하는 장
도사의 발걸음은 무거웠다. 지금의 상황보다 더욱 자신을 난처하게 만
드는 것은 다른 게 아니라 공원의 죽음이었다. 그가 죽음으로써 장도
사는 할 말을 못하게 되었다. 공원은 끝까지 무림맹주라는 신분으로
죽은 것이다. 자신을 향한 공원의 살기와 살수(殺手)는 잊혀진 일이 되
는 것이다.

무림맹주의 죽음으로 중원 무인들의 사기는 하늘을 찌를 듯해졌다.
그러한 사기를 꺾을 수는 없었다. 공원이 사실 배신자라는 것을 전 무
림에 알린다면 하늘로 올라간 사기는 땅으로 떨어진다. 그렇게 된다면
앞으로의 싸움에서 무림은 막대한 피해를 입을 것이다. 중원무림의 정
신적 지주였던 맹주였다. 그런 맹주조차 일월맹이었다면 누가 과연 검
과 도를 들고 싸울 것인가?

장도사는 문득 등골이 서늘해지는 기분이 들었다. 공원은 이러한 점

을 노리고 죽은 것이 아닌가 하는 의문이 든 것이다.

자신이 좀 더 일찍 남궁세가에 도착했다면 분명 공원의 배신을 말했을 것이다. 그리고 오늘 공원의 죽음을 알게 되었다. 중원의 어지러운 상황에서 이루어지는 일월맹과의 대화까지 모든 것이 일사천리처럼 일월맹의 계획대로 되어가는 것 같았다.

'머리를 잡혀 버렸군… 아니, 잡힐 뻔한 것인가?'

장도사는 이끌려 가야 하는 지금의 상황에 이맛살을 찌푸렸다.

방으로 들어오자 장도사의 눈에 양일이 들어왔다. 양일은 침상 위에 좌선한 자세로 앉아 있었다. 그런 양일의 눈이 떠지는 순간 장도사는 순간적으로 온몸이 정지하는 것 같은 느낌이 들었다. 눈을 파고드는 따가운 시선 때문이다. 양일의 눈동자가 마치 번개를 갈무리한 것처럼 날카로웠다.

양일의 시선에 장도사가 굳은 표정으로 마주 바라보자 양일의 입술이 열렸다.

"배고프다."

장도사는 짧게 숨을 내쉬며 양일의 옆 침상으로 다가가 옷을 대충 벗어 던지고는 누웠다. 이불 속으로 들어간 것이다.

"배고픈데……."

양일이 아쉬운 듯 다시 말하자 장도사가 귀찮은지 이불을 목까지 덮으며 몸을 돌렸다.

"아직도 안 먹고 뭐 하셨어요? 밖에 나가면 천지가 먹을 것투성인데."

"사실… 졸았지."

양일은 장도사를 바라보았다. 그 시선 때문일까? 장도사가 몸을 뒤척였다.

"그런데 아직도 믿어지지가 않아… 좋은 분이신데 말이야……."

장도사는 천장을 바라보았다. 공원 대사에 대한 기억들이 떠올랐다.

"좋은 분이십니다."

"그렇지?"

양일이 동의를 구하듯 다시 물었다. 장도사는 고개를 끄덕였다.

쾅!

순간 밖에서 문이 박살나는 소리가 들렸다. 장도사가 놀라 일어섰다. 양일은 인상을 살짝 찌푸렸다.

"장도사! 정말 사실이냐!"

쩌렁쩌렁한 목소리가 울리며 둥근 물체가 안으로 들어왔다. 오랜만에 나타난 주마 오세영이었다. 오세영의 한 손에는 닭이 한 마리 누릿한 빛을 발하고 있었으며 다른 한 손에는 술병이 들려 있었다. 순간 양일의 눈동자가 파랗게 빛나기 시작했다. 오세영은 그런 양일의 눈빛에 잠시 주춤거렸다.

"저기 말이야… 사형이 부처님의 곁으로 가셨다고 하는 소문을 들었는데 사실이냐?"

"사실입니다."

"제길!"

오세영이 사실을 확인하자 소리치며 의자에 앉았다. 탁자 위에 닭고기와 술병을 내려놓자 양일이 달려와 앉으며 닭다리를 잡아 뜯었다.

"보고 싶었습니다."

"쳇! 벌컥! 벌컥!"

오세영은 술을 마시고 입술을 소매로 훔치며 숨을 크게 몰아쉬었다. 그의 안색이 붉게 달아올라 있었다.

"일월맹 새끼들, 다 죽여 버리겠어!"

오세영의 목소리에 살기가 맴돌았다.

"쩝! 쩝! 형님, 너무 흥분하지 마십시오. 쩝!"

"그만 좀 처먹어!"

오세영이 소리쳤다. 양일은 신경도 안 쓰는 듯 계속해서 먹고 있었다. 장도사가 오세영의 옆으로 다가가 앉았다.

"형님께는 이야기를 해야 할 것 같습니다. 무림맹주님에 대한 것은 오 형님이 알아두셔야 하기에… 물론 절대적으로 비밀입니다. 그냥 알아만 두십시오."

"알겠어."

심각한 표정으로 장도사가 말을 하자 오세영은 굳은 표정으로 고개를 끄덕였다.

"쩝! 쩝!"

양일의 목에도 힘이 들어가 있었다.

*   *   *

무림맹의 회의청은 현재 심아민이 사용하고 있었다. 그곳에 강무석과 마장천이 앉아 있었으며 사십대의 중년인이 두 명 더 있었다. 그렇게 네 명이 앉아 앞으로의 문제를 상의하고 있었다. 원주 급 이상만 모인 것이다. 마장천은 맹주 직속이기에 앉아 있었다. 그곳에 용소야는 없었다. 이곳에서 나온 결과에 대해 용소야의 대답만 들으면 그만이기 때문이다. 할 것이냐 말 것이냐의 문제였다.

태성원주 곽노는 긴 수염을 기르고 있는 인물이었으며 그 옆에 앉은 호정원주 방오한은 날카로운 눈매를 지닌 인물이었다.

그들은 약간 굳은 표정으로 대화를 나누고 있었다.

"개방 방주인 호정방을 척살해야 하는데 영 회주가 죽었으니… 암회의 아이들은 어둠 속으로 숨어버렸고… 중요한 순간에 귀중한 인재들을 잃어버리다니 참으로 애석한 일이오."

곽노가 수염을 쓰다듬으며 침중하게 말했다. 상석에 앉은 심아민의 아미가 살짝 찌푸려졌다. 좋지 않았기 때문이다.

"그렇다고 하지만 저희의 전력이 떨어진 것은 아니에요. 곽 원주는 걱정이 많으시군요."

심아민의 말에 곽노가 미소 지었다.

"그럴 리가 있겠습니까? 단지 아쉬워서 그러는 것입니다. 현재 가장 상대하기 껄끄러운 인물은 호정방이지 않습니까? 개방은 죽여도 죽여도 그 끝이 없는 방파입니다. 도대체 방도들의 수가 몇 명인지 개방 방주도 모른다고 하니 천하에 얼마나 깔려 있겠습니까? 그렇다고 눈에 보이는 거지들을 모두 죽일 수도 없는 일이고."

"비영단이 잠적하자 개방이 나선다… 예상했던 일이 아니었나?"

강무석이 곽노의 말을 받으며 말했다. 잠시 입을 닫은 강무석은 차를 한 모금 마시며 다시 말했다.

"원래 그 거지 놈들은 거지 근성이 몸에 배어서 탁마멸사라는 이름을 마지막에 내걸지. 우리 일월맹의 힘이 가장 약해질 때까지 기다리고 기다리다 이때다 싶으면 야비하게 개 떼처럼 몰려나와 인해전술로 밀어붙이는 놈들이야. 그렇게 해서 강호에 입지를 확고하게 만들었던 놈들이네. 정파의 흔한 수법이긴 하지만 이번만큼은 힘들 것이네."

"평화롭게 해결하자는 의견 말인가?"

강무석의 말에 방오한이 물었다. 강무석은 고개를 끄덕였다. 그의 시선이 심아민을 향하자 심아민이 입을 열었다.

"더 이상 피 흘리는 일 없이 평화롭게 지내자는 것에 무림이 반대하고 칼을 뽑는다면 또다시 피를 흘려야겠지요. 하지만 그것을 싫어하는 반대파가 당연히 나타나게 되어 있어요. 물론 반대로 손을 잡고 평화롭게 지내자고 한다 해도 반대파는 분명하게 생기지요. 둘 다 저희에게 이로운 일이에요. 왜냐하면 어떤 결과를 얻는다고 해도 그들은 내분이 일어나기 때문이에요. 강호는 혼란할 것이고 사분오열될 것이에요."

"그 시기를 적절히 이용해 강남을 완전하게 차지해서 강남강북시대를 열어야 한다는 말씀이시군요."

"맹주님도 이 의견에는 찬성하셨어요. 남은 문제는 어떻게 저들의 내분을 조성하느냐예요. 이 문제는 한동안 의견을 조율해 봐야 할 것 같군요."

심아민의 말에 모두들 고개를 끄덕였다. 그리고 각자의 생각들을 이야기하기 시작했다.

*   *   *

어두운 밤하늘 밑으로 많은 그림자들이 움직이고 있었다. 그들은 수풀을 소리없이 지나치며 앞에 보이는 담장과 그 너머의 불빛을 향해 갔다.

폐가가 되어버린 숲 속의 작은 장원은 그 흔적조차 없는 것처럼 변해 있었다. 작은 연무장은 허리까지 닿는 풀로 가득 차 있었으며 꽤나 커 보이는 대전은 금이 가 있었고 반은 허물어져 있었다. 그곳에서 불빛이 흘러나오고 있었다.

"저곳이 확실하겠지?"

척마대(刺魔隊)의 대주인 정마산은 부리부리한 눈을 빛내고 있었다. 영도지와 문지홍이 나선 후에 안심하지 못한 듯 자신까지 보냈기 때문이다. 마무리의 역할을 부여받았다. 그리고 바로 몇 시진 전에 또 하나의 서찰을 받았다. 영도지의 죽음을 헛되이 하지 말라는 전서였다. 그 말은 그곳에서 죽어 시신만 남기라는 뜻과도 같았다. 잠시 갈등했으나 결론을 내릴 수밖에 없었다. 어차피 싸우다 죽을 운명이라면 이것도 좋다고 생각했다. 상대는 홍수월을 죽인 인물이다. 그 하나만으로도 충분했다.

정마산은 옆에 서 있는 부대주를 바라보았다. 호리호리한 키의 부대주인 장용은 눈을 빛내고 있었다. 장용은 정마산의 대답에 살기를 드러내며 미소 지었다.

"틀림없습니다. 하오문의 정보를 종합해 볼 때 이곳이 확실합니다."

"적의 인원은?"

"총 열두 명입니다. 그들의 신분은 대무문의 조영비와 무당파의 정수 도장, 그리고 비영단의 기타 등등 해서 그렇습니다."

"기타 등등이라… 어찌 되었든 모두 척살해야 하니 실수없도록 준비하거라. 달이 지는 시간에 습습할 테니까."

"알겠습니다."

부대주의 대답에 정마산은 만족한 듯 고개를 끄덕이며 나무 위에서 내려왔다.

"부상자들이 있으니 실수만 안 한다면 성공하리라……."

정마산은 짙은 살기를 주변에 뿌리기 시작했다.

부상당한 소초산과 임파영은 누워 있었다. 그 옆에 의원이 앉아 임파영을 살피고 있었다.

"어떤가?"

정수가 벽에 기대앉으며 물었다. 의원은 대답없이 침을 놓기 시작했다. 그 모습에 조영비가 옆으로 다가가 살폈다. 궁금해서였다. 집중력이 대단한지 의원은 조영비조차 신경 쓰지 않고 있었다.

"포위당했는데요."

청룡이 밖을 살피며 말하자 모두의 표정이 굳어졌다. 수룡과 백룡은 서로의 얼굴을 바라보았다. 둘은 눈빛만으로도 뜻이 통했기 때문이다. 둘의 신형이 조용하게 의원의 좌우로 갈라섰다. 소초산과 임파영, 그리고 의원까지 책임질 생각이었던 것이다. 비영과 비형은 정문을 바라보며 서 있었다. 그들 네 명이 안을 지키기로 한 것이다.

"뭐야? 적?"

황유화가 건포를 씹으며 검을 들고 마당으로 나갔다. 그 모습에 정수와 조영비가 고개를 저으며 따라나섰다. 싸움을 좋아하는 그녀였기에 말릴 생각도 없었다.

"자네도 안을 지키게나."

정수가 따라나서는 청룡에게 말하자 청룡은 고개를 끄덕이며 비형과 비영의 앞에 섰다. 정수는 이 정도의 인원과 무공 능력이라면 천명이 와도 능히 막을 수 있다고 생각했다. 뒤를 안심하게 해야 자신도 싸울 때 편하다. 그런 이치를 알기에 다섯 명이나 뒤에 남긴 것이다.

황유화는 마당에 자란 풀들을 검신으로 쳐내며 중얼거렸다.

"졸려 죽겠는데……."

짜증스런 말투였다.

"죽이지는 말아라."

조영비가 말하자 황유화가 인상을 찌푸렸다.

"죽이고 싶어서 죽이는 사람이 누가 있어?"

"나."

조영비가 미소 지으며 검을 꺼내 들었다. 정수는 황유화의 어깨를
두드려 주며 말했다.

"적당히 상대하자. 그들의 무력만 상실하게 만들면 돼. 알았지?"

"걱정하지 마세요."

황유화의 대답에 정수는 고개를 끄덕였다.

쉬쉭!

순간 어둠 속을 빠져나오는 수십 명의 인원들이 그들의 눈에 들어왔
다. 척마대의 공격이 시작된 것이다.

깡! 깡!

"으악!"

"크악!"

비명성과 금속음이 난무하고 있었다.

"어디서 들리는 소리지?"

소초산은 옆을 바라보았다. 주변은 꽃밭이었으며 나비들이 춤을 추
고 사슴과 토끼들이 뛰노는 동산이었다. 그런 동산이 저 멀리 지평선
까지 이어지고 있었다. 그런데 난데없이 금속음과 비명성이라니?

소초산은 누운 몸을 일으켜 주변을 살폈다. 하지만 좀 전에 들린 소

리는 다시 들리지 않았다. 소초산은 귀를 후비며 다시 누웠다. 푹신한 풀이 몸을 안았다. 이런 느낌이 좋았다.

"구름 좋고… 하늘도 좋고… 적당한 바람… 신선이 따로 없구나."

하늘은 푸른색이었고 구름은 맑았다. 그리고 바람도 선선히 불어오고 있었다. 좋은 날씨였으며 좋은 냄새가 코를 자극시켰다.

"나에게… 무승부는 존재하지 않아……. 소초산, 자네는 이 승부에서 이겼지만… 일월맹은 이것으로… 무림맹을 파죽지세처럼 몰아칠 것이네……."

"헉!"

소초산은 놀란 표정으로 몸을 일으켰다. 문득 홍수월의 미소 띤 얼굴이 눈가를 스쳤다. 그의 입술에서 흘러내리던 짙은 붉은 핏물이 머릿속을 헤집고 있었다.

"영웅이 되는 일은 쉬운 일이 아니에요."

심아영의 목소리가 귀를 스쳤다. 소초산은 인상을 찌푸리며 다시 눈을 감았다. 지금은 그저 이렇게 쉬고 싶다는 생각이 들었다. 모든 것이 귀찮았다. 모든 것이 싫었다.

다시 눈을 감으면 편안한 시간이 기다린다. 그런 생각이 들자 눈을 감았다.

"초산!"

순간적으로 들린 목소리에 소초산은 다시 눈을 떴다. 주변은 여전히 조용했으며 하늘은 맑았다. 그리고 심아영의 목소리가 귓가를 스쳤다.

"초산."

자신의 이름을 부르는 그녀의 모습이 떠오르자 소초산은 저도 모르게 미소 지었다. 보고 싶었기 때문이다.

"조금만 더 쉴까……"

소초산은 중얼거리며 눈을 감았다.

퍼퍽!

창을 통해 날아들던 두 명의 사내를 찌른 뒤에 재빠르게 물러선 비영과 비형은 숨을 헐떡이고 있었다. 언제 지붕이 무너질지 모르는 상황이었다. 벌써 집 안에는 십여 구의 시신이 널려 있었다. 의원은 한쪽에 앉아 눈을 감고 있었다. 애써 태연하게 표정을 관리하고 있었으나 어깨는 미미하게 떨고 있었다. 죽을지도 모른다는 공포 때문이다.

"큭!"

청룡의 앞으로 한 명의 시체가 널브러졌다. 청룡은 피에 젖은 검을 늘어뜨리며 싸늘한 안광을 번뜩이고 있었다.

쾅!

"큭!"

도를 받쳐 들며 밀려나는 정마산의 안색은 밝지 못했다. 눈앞에 서 있는 여자의 기세가 그를 그렇게 만든 것이다.

"대체… 어디서 이런 거짓 정보가……"

정마산은 쓰게 중얼거렸다. 이런 고수가 있다는 첩보를 입수하지 못했기 때문이다. 황유화의 일격은 그만큼 강했다. 거기다 자신의 공격은 먹혀들지도 않았다. 초고수가 한 명 있는 것이다.

"크윽!"

신음성이 울리며 정마산의 옆으로 시신 하나가 떨어졌다. 조영비의 검에 허리를 베인 시신이었다.

따다당!

정수와 부대주의 싸움도 눈에 들어왔다. 하나 정수는 여유가 있었으며 부대주는 언제 쓰러질지 모를 정도로 몰려 있었다. 부대주를 도와 달려드는 수하들도 있었지만 정수의 검에는 허수아비들이었다. 빛이 번뜩일 때마다 쓰러졌기 때문이다.

쉬앙!

날카로운 바람 소리가 일어나며 정마산의 눈앞으로 빛줄기가 날아들었다. 검기였다. 검기와 함께 황유화의 신형도 보였다. 일격에 끝낼 생각인 듯 살기가 진했다.

"제길! 후퇴다!"

정마산이 소리치며 도를 휘둘렀다.

쾅!

도날에 금이 가면서 충격을 견디지 못하고 정마산의 신형이 뒤로 떠올랐다. 정마산의 눈동자가 부릅떠졌다. 검기와 부딪친 도날이 부러질 듯 갈라졌기 때문이다.

"크윽!"

입술을 뚫고 핏물이 흘러나왔다. 내상까지 입은 것이다. 정마산은 싸늘한 목소리로 외쳤다.

"두고 보자, 개년아!"

휘릭!

소리치며 몸을 돌린 정마산의 신형이 어둠 속으로 사라지자 황유화의 안색이 급변하며 신형을 날렸다.

"이 개새끼가! 죽고 싶어!"

슈악!

황유화의 신형이 번개처럼 날자 정수가 소리쳤다.

"그만!"

지친 듯이 물러서다 주저앉았다.

"휴우……."

청룡은 한숨을 내쉬며 앞을 바라보았다. 정수와 조영비가 다가왔다.

"잘 끝나서 다행입니다."

청룡은 말을 하며 어느새 다가온 황유화의 신법에 미소 지었다. 그녀의 무공이 상상했던 것보다 더욱 고강했기 때문이다. 그녀가 아니었다면 좀 더 고생했을 것이 분명했다.

"도망칠 거라면 처음부터 덤비지를 말던가……."

황유화가 인상을 찡그리며 중얼거렸다. 주변에 꽤 많은 시신들이 널려 있었기에 그녀가 인상을 찡그린 것이다.

"일단 이곳을 벗어나야겠습니다."

"어디로 말이오?"

청룡의 말에 정수가 시선을 보냈다. 청룡은 이내 다시 말했다.

"비밀 분타입니다. 그곳은 운하를 내려가면 있습니다. 물의 도시라 불리는 곳."

"소주로군."

조영비가 눈을 빛내자 청룡은 고개를 끄덕였다.

"그곳이라면 충분한 시간 동안 저들의 눈을 피할 수가 있습니다. 지금 상황으로 볼 때면 저들은 우리들을 신경 쓰지 못할 것입니다. 남궁세가와의 결전이 남아 있는 상황에서 저희들까지 신경 쓸 여력이 있겠습니까?"

청룡은 가볍게 미소 지었다. 정수는 팔짱을 끼며 인상을 굳혔다. 누워 있는 시신들이 눈에 들어왔다. 살인은 피하려고 했지만 어쩔 수가 없었다.

"시신을 태우고 나면 이동하기로 하지."

정수의 말에 모두들 동의했다. 정수는 이내 팔짱을 풀며 짧게 숨을 내쉬었다.

"험한 강호로군… 험한 세상이야……."

❖第四章❖
시간과 물

시간과 물

펄럭이는 바람을 따라 수십 개의 깃발들이 휘날리고 있었다. 깃발에 쓰여진 일월맹이란 글귀가 시선을 끌고 있었다.

천막은 바람을 막고 있었다. 군부에서나 쓰는 거대 천막을 중앙에 설치하고 그 주변으로 역시나 군부에서 가지고 온 것 같은 천으로 일 장 높이의 벽을 만들어 사방 오십여 장을 막았다. 그 중앙에 천막이 있었으며 동과 서로 나뉜 무인들이 천막을 사이에 두고 서로를 노려보고 있었다.

천막 안에는 여섯 명의 인물이 앉아 있었다. 동과 서로 나뉘어 앉은 그들의 표정은 굳어 있었다. 그리고 그들의 뒤로 열 명 정도의 무인들이 팔짱을 끼고 서 있었다. 그들의 눈매는 날카로웠으며 빈틈없이 상대의 모습들을 관찰하고 있었다. 팽팽한 긴장감이 흐르고 있었다.

중앙에 앉은 남궁초영은 의외의 인물이 중앙에 앉아 있자 약간은 놀란 표정을 지었다. 하나 그런 기색은 이내 지워 버렸다. 우측에 앉은 조성정과 좌측에 무당파의 청원 도장이 앉아 있었다. 조성정 역시 약간은 의외인 듯 앞을 바라보았다.

"이렇게 와주셔서 감사합니다. 맹주님을 대신해 부맹주인 제가 나왔습니다."

심아민의 목소리가 청아하게 주변에 울렸다. 그녀의 빼어난 미모 때문일까? 아니면 의외의 목소리 때문일까? 그도 아니면 그녀의 투명한 시선 때문에 그런 것일까? 무림맹의 인물들이 일순 경직된 표정을 지었다.

"맹주 대리인 남궁초영이라 하오."

심아민이 미소 지으며 포권했다.

"반갑습니다."

심아민의 고운 목소리가 다시 한 번 울렸다. 남궁초영은 헛기침을 하며 말했다.

"흠! 험! 만나자고 한 이유가 무엇이오?"

"이렇게 대화를 하기 위함이지요."

심아민의 미소 띤 말에 남궁초영은 굳은 표정을 지었다.

"대화는 필요하겠지만 타협은 없소이다."

남궁초영의 말에 심아민은 오늘의 핵심을 찌르는 그의 대답인 것을 알 수 있었다. 하지만 심아민의 표정은 변화가 없었다. 그것이 그녀의 특징인지도 몰랐다.

"정말 그런 건가요. 맹주님은 평화를 바라고 계세요. 물론 무림 역시 그럴 것이에요. 저희가 이렇게 싸운다면 슬퍼하는 분들이 많을 것입니다."

그녀의 목소리에는 호소력이 있었다. 하지만 상대는 중원의 산들이었다. 조성정이 인상을 찌푸리며 말했다.

"이제 와서? 이제 와서 무엇을? 이미 건널 수 없는 다리를 건넌 사이가 되었네."

조성정의 말엔 의지가 담겨 있었다. 그것은 싸우겠다는 의지였다.

"아쉽군요……."

심아민은 고개를 살짝 숙이며 긴 속눈썹을 움직였다. 그 모습이 고혹적이었다.

"험!"

그녀의 모습을 바라보던 무림맹의 인물들이 기침 소리에 정신을 차리며 시선을 돌렸다. 장도사였다. 장도사는 청원 도장의 뒤에 서 있었다.

"이렇게 만나자고 했으니 뭔가 준비한 것이 있을 것 같은데… 설마 하니 그저 평화를 원하니 싸우지 맙시다로 끝낼 생각이오?"

"누구신가요?"

심아민의 시선이 닿자 장도사는 인상을 굳혔다. 그녀의 고혹적인 눈동자 때문이다.

'무공… 아니, 마공인가…….'

장도사는 순간적으로 무언가가 머리를 스친다는 느낌이 들었다.

"장도사라 하오."

"아… 그 유명한 장 총관님이시군요. 처음 뵙겠어요."

그녀의 미소 띤 목소리와 눈웃음에 장도사는 순간적으로 심장이 크게 뛰는 것을 느꼈다. 하지만 그런 표정도 잠시였다. 장도사는 마음을 가라앉히며 미소 지었다.

심아민은 자신의 기공을 끊어버린 인물을 대하자 눈을 몇 번 깜박였다.

"처음 뵙겠소. 소저… 아니, 부맹주님의 고견을 듣고 싶소."

장도사는 살짝 시선을 피하며 말했다. 심아민은 가볍게 미소 지으며 손을 들었다.

"좀 더 즐거운 대화를 나누고 싶었지만… 보여주세요."

뒤에 서 있던 마장천이 그녀의 말에 한 걸음 다가서며 옆구리에 끼고 있던 천을 탁자 위에 펼쳤다. 그러자 거대한 중원의 지도가 한눈에 사람들의 시선 속으로 빨려 들어왔다.

장도사의 표정이 확연하게 굳어졌다.

"이것은……?"

남궁초영이 굳은 얼굴로 묻자 심아민은 미소를 그리며 턱을 왼손으로 받쳤다.

"중원지도예요. 그리고……."

탁!

오른손으로 지도의 중앙을 짚었다. 그녀의 손끝을 사람들은 바라보았다. 무한과 동백산의 무림맹, 그리고 남궁세가의 삼각형을 그리는 곳의 중앙.

"이곳이 현재 저희가 있는 곳이에요."

순간 장도사의 눈동자가 빛났다.

"잠깐, 설마 하니……."

장도사의 목소리가 흘렀으나 심아민은 무시하며 손가락을 들었다. 그리곤 산동반도의 끝을 누르며 그었다. 그 손가락은 무림맹과 현재 위치를 지나 귀주성을 가르며 밑으로 지나쳤다.

찍!

백색의 비단폭이 살짝 찢어져 나가며 짙은 소리를 만들었다. 그리고 그녀의 손끝이 지나간 중원은 사선이 그어져 있었다. 천이 눌려 선을 만든 것이다.

"음……."

무거운 음성이 울렸다. 장도사였다. 심아민은 미소 지으며 장도사를 바라보다 남궁초영과 조성정을 바라보았다. 그리고 청원 도장과 눈이 마주치자 미소 지으며 의자에 앉았다.

"이렇게 중원을 나누는 것이 어떨까요?"

"……!"

모두의 안색이 급변했다.

장내는 침묵과 정적감이 맴돌고 있었다. 탁자 위의 중원지도만이 아무것도 모르는 듯 덩그러니 놓여 있었다.

"말이 되는 소리요!"

조성정이 소리치며 일어서자 심아민의 우측에 앉은 강무석이 일어섰다. 순간적으로 일어난 살기가 바람으로 변하며 회오리쳤다. 중원전도가 미미하게 흔들렸다.

"앉지."

남궁초영이 말하자 조성정은 굳은 얼굴로 강무석을 응시하다 의자에 앉았다. 강무석 역시 그가 의자에 앉자 뒤따라 앉았다.

"말이 안 되는 소리요."

남궁초영이 말하자 심아민은 고개를 끄덕였다.

"사선으로 중원을 나누는 것인데… 힘든가요?"

"그렇소."

남궁초영은 분개한 표정으로 말했다. 남궁세가의 터전들도 사선의 동쪽에 들어가 있었다. 날로 먹으려 하는 이들의 말은 날강도나 다름 없었다.

"저희는 정당한 요구를 한 거라고 생각하는데요? 무림맹은 이미 저희들의 손에 들어왔어요. 거기다 강남 땅의 상당수 역시 저희가 손에 쥐었고요. 물론 일신궁까지 포함해서 말이죠."

일신궁이란 말이 나오자 모두의 표정이 어둡게 변하였다. 장도사는 입술을 달싹이며 말을 하고 싶었으나 참았다. 지금은 자신이 나설 자리가 아니었기 때문이다. 전 강호의 문제였다. 그런 문제를 총관인 자신이 뭐라 말할 수 없었다. 현재의 강호를 이끌어 가는 사람들만이 가능한 문제였던 것이다.

"아직 싸움이 끝난 것은 아니네."

남궁초영이 굳은 목소리로 말했다. 그의 전신으로 패기가 흘러나오고 있었다. 그것은 젊은 날의 그를 떠올리게 할 만큼 강한 패기였다. 그러한 기운이 천막 안을 맴돌자 일월맹의 인물들이 굳은 표정을 지었다.

"어려운 일이란 걸 알고 있었어요. 하지만 싸움은 무익할 뿐이지요. 남궁세가주께서도 다시 한 번 생각해 보시는 게 좋을 거예요. 이 물건이 우리 손에 있는 이상은······."

심아민은 소매 안에서 묵직한 호랑이를 잡고 있는 봉황을 꺼내 들었다.

탁!

탁자 위에 올려놓은 심아민은 눈웃음을 지었다.

"그건······!"

무림맹의 인물들이 눈을 부릅떴다.

"맹주의 신물… 봉호각(鳳虎刻)……"

맹주의 인장이었던 것이다. 정파의 상징이자 맹주만이 가지고 있는 무림맹의 신물이었다. 그 인장의 각인이 찍힌 명령은 절대적인 힘이 있었다. 그것이 나타난 것이다. 공원 대사가 가지고 있던 물건이었다.

심아민은 오른손으로 봉호각의 봉황을 쓰다듬으며 말했다.

"제가 이렇게 천막을 치고 기다린 이유에 대해서 궁금하지 않으신가요?"

심아민의 목소리에 은은한 위압감이 있었다. 그것이 긴장감을 불렀을까? 남궁초영이 입을 열었다.

"간계를 꾸몄구나."

"물론이에요."

심아민은 고개를 끄덕였다.

"주위 오십여 장에 바람을 막기 위한 천막을 쳤지요. 바람을 막는 목적이기도 하지만 포위를 할 때 들키지 않으려는 목적도 있었지요."

그녀의 말이 끝나자 모두의 표정이 다시 변하였다.

"포위했다는 말인가?"

조성정이 굳은 목소리로 말하자 심아민은 고개를 끄덕였다.

"물론이지요. 이 안에는 저희뿐이에요. 그리고 밖은 무림맹과 저희 일월맹이 서로를 쳐다보며 으르렁거리고 있지요. 그리고 그 밖에는… 또 다른 저희가 있어요."

"뒤통수를 맞은 것이로군, 그래……"

"일거에 섬멸할 수 있지요."

남궁초영의 말에 심아민이 다시 말했다.

"고약한……"

"칭찬으로 듣겠어요."

조성정의 말에 심아민이 시선을 돌리며 다시 미소 지었다. 남궁초영의 이마에 땀방울이 하나 맺혔다. 그만큼 놀랐기 때문이다. 이곳에 도착해서 천막이 쳐져 있자 배려를 잘했다고 생각했었다. 하지만 이런 숨은 수가 있으리라고 생각지 못했다.

장도사는 인상을 찌푸렸다. 이곳에서 심아민의 명령만 떨어진다면 일월맹과 무림맹은 싸울 것이고 포위당한 무림맹의 인물들은 전멸할 것이다. 근 이백 명에 달하는 인원들이 시신으로 변해 버릴 것이다.

"이런 협박으로 우리가 굴복할 것이라고 여겼나?"

남궁초영의 말투가 전투적으로 바뀌었다. 장내에 긴장감이 맴돌았다. 심아민은 짧게 숨을 내쉬며 남궁초영의 말을 애써 무시하듯 말했다.

"결정을 해주셨으면 좋겠는데요?"

남궁초영은 인상을 찌푸렸다.

"무림의 역사는 깊고 어둡네. 그 깊은 우물이 지금 마른다고 해서 다시 샘이 생기지 않을 것이라 여기나?"

"지금 이곳의 사람들이 모두 죽는다면 암흑기가 오겠지요. 그리고 그 암흑의 시대를 이기려면 몇백 년은 필요해요. 그 시간이면 충분하다고 보는데요? 거기다 그 시간이면 저희도 흙으로 변해 있겠지요. 후손까지 제가, 아니, 우리가 책임질 필요는 없어요. 무슨 뜻인지 아시니요? 우리가 원하는 것은 지금 당장의 영광이란 소리예요."

"지금 당장 행복하면 그것으로 끝이다란 말이군."

"그래요. 내가 죽은 후에는 어떤 일이 일어나도 책임질 생각이 없어요. 책임질 필요도 없겠지요. 하지만 살아 있는 동안만큼은 제 주변의 모든 사람들이 행복해질 필요가 있어요. 그것을 위해서라면 몇백 년 후의 복수는 필요가 없는 일이지요."

심아민의 말에 남궁초영은 더욱 굳은 표정을 지으며 눈을 좌우로 돌렸다. 조성정과 청원 도장의 표정 역시 밝지 않았다. 상대가 죽을 각오로 덤볐기 때문이다. 이럴 때는 한발 물러서는 것이 좋다.

"보름 정도의 시간을 주시오. 지금 당장에 답할 성질이 아닌 듯하오. 다른 여러 문파의 의견도 들어야 하니."

남궁초영의 말에 심아민은 고개를 끄덕였다. 원했던 대답을 얻었기 때문이다.

"그렇게 하세요. 무림맹은 여러 문파의 집합체이니 쉽게 결정 내리기는 힘들 것이에요. 좋은 대답을 하실 거라 믿고 이것을 드리지요."

심아민은 그렇게 말하며 무림맹주의 인장을 남궁초영의 앞으로 내밀었다. 순간 남궁초영의 표정이 흔들렸다. 조성정과 청원 도장의 표정 역시 미미하게 흔들리고 있었다. 심아민은 그들의 그런 변화를 놓치지 않았다.

'욕심이란 아무리 노력해도 없앨 수가 없는 법.'

심아민은 눈을 빛내며 남궁초영을 바라보았다. 남궁초영은 표정을 풀며 평소의 안색으로 인장을 받았다.

"그럼……."

남궁초영은 소매에 넣으며 태연함을 유지하기 위해 노력했다.

"저희가 제의한 것을 긍정적으로 검토해 주길 바라요. 모든 무림인들이 평화롭게 지낼 수 있는 그날이 오기를 기다리지요. 보름 후, 이곳에서……."

심아민의 말에 남궁초영은 자리에서 일어섰다.

"배웅은 필요없소."

이내 무림맹의 인물들이 밖으로 나갔다. 심아민의 시선이 그런 그들을 유심히 바라보고 있었다. 장도사가 천막을 빠져나가다 말고 걸음을 멈춰 고개를 돌렸다. 장도사의 눈과 심아민의 눈이 마주치자 장도사는 굳은 얼굴로 말했다.

"뜻대로 되지는 않을 것이오."

"기대하겠어요."

심아민의 미소 띤 눈동자가 살짝 빛나자 장도사는 얼굴을 붉히며 고개를 돌렸다.

'마공이다……'

장도사는 빠른 걸음으로 심아민의 시야에서 사라졌다.

"잘될 것 같습니까?"

강무석이 걱정스러운 듯 말하자 심아민은 고개를 끄덕였다.

"정파의 단점은 힘이 분산되었다는 것과 너무 많은 우두머리들이 존재한다는 것이에요. 너무 많은 머리가 있기 때문에 서로 가는 방향이 다르지요. 수많은 방파들의 목소리는 다르니까요. 오늘 온 남궁세가주를 비롯해 대무문주, 둘은 언뜻 친해 보이지만 전통의 세가를 이끌어온 사람과 아무것도 없이 시작해 대무문이라는 거대 문파를 만든 사람의 차이는 메울 수가 없지요. 또한 명문의 정파 역시 전통의 세가와는 나른 노선을 걷고 있어요. 그들의 분단만이 우리에게 돌아올 최대의 이익이지요. 그 시간 동안 저희는……."

심아민은 지도를 바라보며 미소 지었다.

"사선의 중원을 장악해야지요?"

강무석과 방오한은 고개를 끄덕이며 미소를 그렸다.

*   *   *

오 일 만에 눈을 뜬 임파영은 앉아 있었다. 아직까지 일어서지 말라는 의원을 말 때문에 일어서지 않은 것이다. 하지만 앉을 수는 있었다. 그것만으로도 대단히 빠른 회복이라고 의원이 말했다. 잠시 상념에 잠겨 홀로 조용히 앉아 있던 임파영은 창밖을 바라보았다. 저 멀리 호수 위에 떠 있는 정자가 눈에 들어왔다. 그곳에 몇 명의 인물들이 앉아 있는 모습도 보였다.

"급박하게 돌아가는 무림의 정세 때문에 요즘 손해가 많아……."

언젠가 한 번 모습을 보였던 대부호이자 상인인 정방이 찻잔을 들어 올리며 말했다. 호수의 물빛이 햇살에 반짝이고 있었으며 정자의 그늘 아래 몇 명이 앉아 있었다. 정방의 앞으로 청룡과 조영비가 앉아 있었으며 옆에는 정수가 앉아 있었다.

"소식이 빠르십니다."

청룡의 말에 정방은 고개를 끄덕였다.

"그렇지. 무림맹과 일월맹이 싸운다면 우리 상계가 크게 흔들리니 말이야. 고정적인 수입이 꽤 많이 감소되니까 벌써 강소성과 호북성, 호남성의 상계는 난리도 아니네."

정방이 한숨을 내쉬며 말하자 청룡이 고개를 끄덕였다.

"그럼 난 가보지. 이곳은 꽤나 은밀한 장소이니까 걱정은 안 해도 될 것이네. 일월맹의 눈이야 내가 알아서 잘 처리할 테니 푹 쉬고. 어느 정도 지금의 형국이 안정을 찾으며 다시 오겠네."

"알겠습니다."

청룡이 일어나 배웅하자 정방은 손을 들어 보이며 정자를 벗어났다. 저 멀리서 시비들이 다가와 정방을 인도했다.

"비영단의 손도 의외로 넓군."

조영비의 말에 청룡은 미소 지었다. 정수야 상계 쪽과는 거리가 멀기 때문에 관심없는 표정이었다. 그의 얼굴은 근심이 가득했다. 다른 이유가 아니라 소초산 때문이다.

"일단 이곳에서 소 대협이 일어날 때까지 기다려야 할 것 같습니다. 부상자 때문에 이동하기도 용이하지 않고 또한 그들의 눈을 피하기도 여의치 않으니 말입니다."

"맞는 말이네. 그런데 너무 이상해… 아직까지 눈 한 번 뜨지 않다니 말이야."

"의원님도 그게 의문이라고 하십니다. 한번 가볼까요?"

청룡이 일어나자 조영비가 고개를 끄덕였다. 정수가 벌떡 일어서며 말했다.

"혹시나 주화입마는 아니겠지?"

"에이, 설마요……."

조영비가 부정했지만 표정은 불안한 듯 보였다.

소초산의 별채는 조용한 곳에 따로 마련되어 있었다. 내실노 와려했으며 시비들도 세 명씩이나 붙어 있었다.

방 안에서 뜨거운 물을 들고 나오는 시비를 바라보며 내실에 앉아 있던 수룡과 백룡은 인상을 찌푸렸다.

"황제가 따로 없네."

"그러게 말이야. 왜 큰언니는 저런 남자를 좋아하는 것일까?"

"낸들 알겠니?"

수룡은 이맛살을 찌푸리며 차를 마셨다. 백룡은 시비가 나가자 언뜻 보이는 방 안을 살폈다. 소초산은 누워 있었으며 그 옆에 시비 한 명이 미음을 먹이고 있었다. 그 모습이 정성이 가득 차 보였다.

"비자매는?"

"정찰."

백룡의 말에 수룡이 창밖을 바라보며 대답했다. 그나마 비자매가 있기에 자신들의 생활도 조금은 편해질 수가 있었다. 비자매가 없었다면 자신들이 서열상 정찰을 나갔어야 했기 때문이다.

"이상해……."

백룡은 시비가 다시 물을 들고 들어가자 고개를 갸웃거렸다. 수룡이 시선을 백룡에게 던졌다.

"뭐가?"

"며칠이 지나도 눈을 뜰 생각을 안 하니까 말이야. 의원님도 이해하지 못하겠다고 했으니까. 이대로 그냥 영원히 눈을 안 뜬다면 좋을 텐데… 그럼 큰언니도… 우리를 더욱 사랑해 주실 텐데 말이야……."

백룡이 얼굴을 붉히자 수룡은 미소 지었다.

"이럴 때 보면 귀엽다니까."

수룡의 손이 백룡의 볼을 만지자 백룡은 손에 기대어 눈을 감았다.

"따뜻해… 큰언니의 손길이 더 좋지만 가끔 수룡도 좋아."

"큰언니는 내 거니까 상상도 하지 마라. 내 손에 그냥 만족하라고."

수룡의 말에 백룡이 눈을 뜨며 손을 밀었다.

"어차피 우리는 생각도 안 할 텐데 뭘. 저기 저 놈팡이나 생각하겠지."

백룡은 방문을 바라보며 중얼거렸다.

"언니들, 질투해요?"

"헉!"

순간적으로 수룡과 백룡이 놀라 눈을 부릅떴다. 수룡과 백룡 사이에 란의 얼굴이 나타났기 때문이다. 그녀는 웃으며 수룡과 백룡을 번갈아 바라보았다. 심심해서 여기저기 다니다 온 것이다.

아침이 밝아오자 의원이 들어왔다. 그 뒤로 일행들이 따라 들어왔다. 란의 손을 잡은 임파영도 있었다. 며칠이 지난 것이다. 어느 정도 호전되어 이제는 걸을 수가 있었다. 그런 그들이 모두 누워 있는 소초산을 바라보고 있었다.

"흐음……."

소초산의 맥을 잡던 의원이 손을 내려놓곤 이내 침가방을 꺼내 펼쳤다. 많은 침들이 사람들의 눈에 들어왔다.

"와……."

란이 신기한 듯 눈을 크게 뜨며 입을 벌렸다.

"저걸 찌르는 거예요?"

란이 고개를 들어 임파영에게 묻자 임파영은 고개를 끄덕였다.

"엄청 아프단다."

수룡이 란의 어깨를 짚으며 미소 짓자 란은 놀란 듯 침을 든 의원을 바라보았다. 그리고 소초산의 몸에 침을 놓기 시작하자 란의 표정이 크게 일그러지기 시작했다. 한쪽 눈을 감기도 하자 그 모습이 귀여운지 수룡이 란을 안아 들었다.

"흐음……."

의원은 침음을 삼키며 중침을 하나 들어 소초산의 상체를 바라보았다. 십여 개의 침이 상체에 꽂혀 있었다. 그런 침들이 미미하게 떨리는 것 같았기 때문이다. 의원은 땀을 소매로 훔치며 명치 아래의 구미혈(鳩尾穴)에 침을 놓으려 손을 이동했다. 그 순간이었다.

"진짜 짜증나네! 이 호로새끼!"

팍!

이불이 날아가며 침들도 날아갔다.

"……!"

사람들은 멍하니 바라보고 있었다. 소초산이 벌떡 상체를 일으켰기 때문이다. 무엇보다 몸에 박힌 침들이 모두 뽑혀져 나가 있었다.

"어라?"

소초산은 주변에 서 있는 사람들을 발견하곤 눈을 크게 떴다. 모두들 놀란 표정으로 소초산을 바라보고 있었다. 소초산은 잠시 인상을 찌푸리다 숨을 크게 내쉬며 고개를 숙였다. 이내 손을 들어 뒷머리를 긁적이며 이불을 덮었다.

"꿈이었군……."

소초산은 눈을 감으며 잠을 청하듯 숨을 몰아쉬기 시작했다.

"으으… 컥!"

쿵!

의원이 바닥에 거품을 물며 쓰러졌다. 의원의 얼굴에 몇 개의 침이 박힌 것이다. 소초산이 일어나며 저절로 생긴 반탄강기가 침을 튕겼고 그것을 얼굴에 맞은 의원이 쓰러졌다.

"의원님!"

모두들 쓰러진 의원에게 몰려들었다.

의원은 별의별 욕을 하며 대문을 나섰다고 한다. 비영과 비형이 그런 의원을 바래다주었는데 그럴 만도 했다. 힘들게 치료해 주고 돌아온 것은 상처뿐이었기 때문이다. 누구라도 화날 만했다. 죽어가는 거 치료했더니 돌을 던져 머리를 깨지게 한 것이다. 하나 당사자인 소초산은 편하게 자고 있었다. 낮잠을 핑계로 누운 것이다.

터벅! 터벅!

발소리가 들리자 소초산은 몸을 벽 쪽으로 돌렸다. 귀찮았기 때문이다.

"배 안 고프다."

발소리를 봐서는 시비들 같았다. 소초산은 그렇게 말하며 눈을 감았다. 그렇게 말한다면 시비들은 바로 나가기 때문이다.

콕! 콕!

어깨를 찌르는 손길이었다. 소초산은 인상을 찌푸렸다. 하지만 왠지 반응을 보인다면 뭔지 모르지만 무언가에 패하는 기분이 들 것 같았다.

콕! 콕!

미동도 없자 다시 한 번 손길이 느껴졌다. 소초산은 미간을 찌푸리다 이내 몸을 돌렸다.

"배 안 고파… 응?"

소초산은 아무도 없자 눈살을 찌푸렸다. 그리고 시선을 내리자 침상 위에 올라온 두 개의 손만 보였다. 그리고 머리가 보이더니 눈이 나타났다. 몸을 숙이다 다시 고개를 드는 사람의 얼굴이었던 것이다.

"이런……."

소초산은 상체를 일으키며 란을 바라보았다. 란은 이내 웃으며 침상에 걸터앉았다.

"나가요."

"응?"

"날씨도 좋은데 나가요."

"흐음… 그게 말이다… 사실 이 오빠가 많이 아프거든? 진짜야. 아이고, 아야……."

소초산은 어깨를 만지며 침상에 쓰러졌다. 란이 찌른 곳이었다.

"그러지 말고 나가요. 네? 다 알아요, 꾀병이라는 거."

소초산을 흔들며 말하는 란의 목소리에 소초산은 다시 상체를 일으켰다. 이내 시선을 창밖으로 돌리자 임파영의 모습이 눈에 들어왔다. 임파영의 시선과 마주치자 임파영은 모르는 척 고개를 돌렸다. 보아하니 임파영이 시킨 것 같았다. 자신이 깨우면 듣는 척도 안 할 테니 란을 시킨 것이다. 그리고 그 생각은 먹혀들었다.

"같이 나가요. 네?"

"그래그래, 알았어……."

소초산은 고개를 끄덕이며 신발을 신었다.

밖으로 나오자 란의 손을 잡은 임파영이 기다리고 있었다. 소초산은 뒷짐을 지며 다가갔다. 란은 웃음을 보였다. 그녀의 미소가 순수해서일까? 소초산도 미소 지었다.

"보아하니 나보다 건강한 것 같군."

소초산은 고개를 끄덕였다.

"좀 걸을까?"

"그러지."

임파영의 말에 소초산은 앞으로 걸음을 옮겼다. 그 옆으로 임파영이 란의 손을 잡고 걸었다. 잠시 동안 입을 열지 않고 조용히 걸었다. 정원에 들어서자 돌담길을 걸으며 임파영이 입을 열었다.

"앞으로 어떻게 할 텐가?"

"글쎄……."

소초산은 별 생각 없는 듯 말했다.

"아아!"

란이 앞을 보곤 눈을 크게 뜨며 달려나갔다.

"언니이!"

란이 소리치며 달려가는 곳에 황유화가 서 있었다. 황유화는 란의 목소리에 고개를 돌리다 소초산과 임파영의 눈이 마주하자 살짝 미소 지었다. 란이 다가오자 란의 손을 잡고 무엇인가를 살피기 시작했다. 손가락으로 어디를 가르키며 뭔가를 말하는 것 같았다.

"저쪽으로 가자."

소초산이 옆으로 나 있는 길에 들어서며 말했다. 황유화를 발견하자 그렇게 한 것이다. 임파영도 그 뒤를 따랐다.

"적응이 빠르군."

"그렇지? 좋은 아이야."

임파영의 대답에 소초산은 고개를 끄덕였다.

"동생은 어떻게 할 건가?"

"글쎄… 일단 어디에 몸을 담아야 하겠지, 혼자도 아니니……."

"청성?"

임파영은 미소 지었다.

"그럴지도."

"오게 되면 비질을 시킬 텐데?"

"그래도 마음 편히 있을 수 있는 곳이면 족하지 않을까?"

"그렇지… 사람도 없는 곳인데 한두 명 온다고 해서 꽉 차는 것도 아니니 말이야."

소초산이 미소 짓자 임파영은 고개를 끄덕였다. 이내 하고 싶었던 말을 하기 시작했다.

"일월맹이 무림맹을 공격해서 무림맹을 차지했다."

소초산은 그 말에 인상을 굳혔다.

"소문도 좋지 않아. 일월맹주는 죽었지만 전대 맹주가 나타나 무림맹을 쓸어버렸지. 복수의 화신처럼 불타는 그들의 전의를 무림맹은 막지 못했어."

"그렇지… 그럴 거야……."

소초산은 선선히 고개를 끄덕였다. 임파영은 그의 건성스러운 말에 인상을 찌푸렸다.

"그리고 자네의 목숨도 원할 것이고."

소초산은 순순히 고개를 끄덕였다.

"원한다면 줘야겠지. 내 목 하나로 강호가 평화롭다면야… 그깟 목숨쯤이야."

"소초산."

임파영의 손이 소초산의 어깨를 잡았다. 소초산은 고개를 돌렸다. 임파영은 한껏 찌푸린 얼굴로 소초산을 노려보았다.

"병신 같은 새끼."

"……."

임파영의 말에 소초산은 대답하지 않았다. 그의 눈을 바라보던 소초산은 임파영의 손을 쳐내며 몸을 돌렸다.

"허약한 소리 집어치우지 그래."

임파영의 목소리가 소초산의 귀를 때렸다. 소초산은 입을 열지 않았다.

"시작은 네가 했다. 그 새끼를 죽인 것도 네놈이고, 나를 이렇게 만든 것도 네놈이다. 그렇다면 끝까지 책임을 져야 하는 게 아닐까?"

"내게 그런 능력이 있을까……?"

소초산은 씁쓸히 고개를 저었다. 임파영은 그 모습에 다가가며 말했다.

"충분하지. 아주 많이 말이야."

임파영의 목소리에는 힘이 실려 있었다. 그러한 힘이 소초산의 귀에 전달되었다. 소초산은 쓰게 웃으며 바닥을 바라보았다. 작은 돌이 하나 있자 가볍게 발로 찼다.

"그런 놈조차도 살리지 못한 내게 무슨 힘이 있을까… 그런 상황에서… 그런 놈을……."

퍅!

휘익!

작은 돌이 하늘을 날아 숲으로 늘어갔다.

"악! 어떤 호로새끼야!"

순간 여자의 외침 소리가 사방으로 진동했다. 그것은 호랑이의 포효 같았다. 순간 소초산의 안색이 퍼렇게 변하였다. 그리고 수풀이 움직이는 순간 황유화와 그녀의 손을 잡은 란의 모습이 나타났다. 황유화의 이마에 붉은 점이 보였다. 그리고 사나운 눈동자와 떨고 있는 그녀의 모습이 잡히자 소초산은 저도 모르게 배를 잡았다.

"크하하하하하!"

빡! 빡!

철푸덕!

"아야야… 젠장… 망할……"

볼을 잡고 있는 소초산의 표정은 굳어 있었다. 아니, 일그러져 있다고 봐야 했다.

"아저씨, 코피."

주륵!

"제길……"

소초산은 코를 잡으며 고개를 뒤로 젖혔다. 그러자 란이 자신의 소매를 뜯어 뭉쳤다.

"이거요."

"응?"

"이거로 막으세요, 콧구멍."

"……"

소초산은 잠시 란의 얼굴을 바라보다 순수함에 졌는지 이내 콧구멍을 막았다.

"내가 아니라니까……"

소초산은 옆에 앉은 란의 머리를 쓰다듬으며 다시 말했다.

"란은 믿지?"

"아니요. 아저씨는 거짓말을 아주 잘한다고 오빠가 그랬어요."

"험! 험!"

옆에 서 있던 임파영이 헛기침을 했다. 소초산은 나무에 기대어 한숨 쉬었다. 옆에는 황유화가 앉아 있었다.

"제길… 속옷을 본 것도 아닌데……."

"관심있어?"

황유화가 어느새 옆에 앉았다. 소초산은 이내 인상을 찌푸렸다. 이내 란을 안아 들곤 다리 위에 앉혔다.

"저 흉포한 언니는 멀리해야 한다. 알았지?"

란에게 말을 하자 란은 황유화를 빤히 바라보았다. 그러자 황유화가 양팔을 벌리며 미소 지었다.

"이리 와. 늑대 같은 사람하고 같이 있으면 안 된다니까."

"예, 언니."

재빠르게 황유화의 품에 란이 안기자 소초산은 투덜거리며 팔베개를 하고 나무에 기대었다. 문득 좋다라는 생각이 들었다.

"평온하군… 조용하고……."

소초산은 중얼거리며 눈을 감았다.

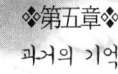

❖第五章❖
과거의 기억

과거의 기억

밤이 되자 소초산은 자리에서 일어나 소리없이 문을 나섰다. 조용히 주변을 둘러보던 소초산은 이내 발에 힘을 주곤 신형을 날렸다. 그의 신형이 소리없이 담장을 넘어 사라져 갔다. 그리고 그의 모습이 완전히 어둠 속으로 사라지자 지붕 위에 있던 비영과 비형이 땅으로 내려서며 고개를 갸웃거렸다.

"어디 가는 거지?"

"어디 가겠지. 일단 보고하자."

비형과 비영은 청룡의 숙소로 향했다.

주강은 동정호로 들어가는 작은 강이다. 강을 사이에 두고 돌담길이 있었으며 작은 다리들도 있었다. 호현이란 마을은 그런 다리를 건너면 나타난다.

호현에서 나온 소초산은 강줄기를 따라 걷기 시작했다. 이 길을 따라가면 동정호가 보이고 악양이 나타나기 때문이다.

악양성에서 비영단까지 멀지 않은 곳에 있었다. 오 일 동안 밤새도록 달리고 달려서 이곳까지 온 것이다. 그의 경공술이 하늘에 닿았기에 이 정도가 가능했다. 그 정도의 인물이 현 강호에 몇이나 있을까? 소초산은 그런 사실에 별로 신경 쓰는 것 같지 않았다.

사람들이 많은 동정호 주변에 와서야 어느 정도 마음에 여유가 생겨 걷는 것이다. 물론 밤이 되면 다시 달릴 것이다. 심아영이 보고 싶었기 때문이다.

한참을 걸었을 때 냇가에 앉아 있는 중년인이 눈에 보였다. 갓을 쓰고 있는 중년인은 낚시를 즐기고 있었다. 소초산은 잠깐 시선을 던지다 이내 길을 걸었다.

'그러고 보니 옥림도 보고 싶군.'

머릿속에 염옥림이 떠올랐다. 그녀의 맑은 미소도 매력적이란 생각이 들었다. 요즘 들어 자주 못 본 것 같은 기분이 들자 보고 싶다는 생각이 들었다. 그래도 그녀는 자신을 사랑해 주지 않았는가?

턱!

소초산은 걸음을 멈추고 발밑을 바라보았다. 그곳에 대나무 죽간이 놓여 있었다. 소초산은 고개를 들어 낚시꾼을 바라보았다. 이내 낚싯대를 들었다.

"이걸로 뭘 어쩌란 말이오?"

소초산은 낚싯대를 들어 찌가 없는 것을 보이며 흔들었다.

"먹이가 없어도 고기는 잡히네."

갓의 인물이 중얼거렸다. 작은 목소리였으나 소초산의 귀에는 분명하게 들렸다. 소초산은 인상을 찌푸리며 중년인의 옆으로 다가가 앉았다.

"대단하군요. 낚시는 해본 적이 없어서……."

죽간을 물에 넣으며 소초산이 말하자 중년인이 미소 지었다. 그의 입술과 턱 부분이 보였기에 웃음을 눈으로 확인할 수가 있었다.

"어이쿠, 이런!"

휘릭!

중년인이 낚싯대를 급하게 위로 당겼다. 순간 붕어 한 마리가 회오리치며 튀어 올랐다.

풍덩!

붕어가 다시 물속으로 들어가자 중년인이 고개를 돌리며 말했다.

"보게. 잡히지 않았나?"

"…다시 물속에 들어갔는데……."

"이미 물 밖으로 나왔다는 것은 잡혔다는 뜻이 되네. 물속에 살아야 하는 물고기가 물 밖으로 나왔다면 이미 세상을 떠났다는 것이 아니겠는가?"

"일리있는 말이군요."

소초산이 고개를 끄덕였다. 그러자 중년인이 다시 말했다.

"무림도 마찬가지지. 무림이라는 세상에서 살다가 튀어나오면 무림인의 생명은 끝났다고 봐야겠지. 모든 세상이 다 그런 것이네. 단지 어릴 때만이 그런 세상을 모르고 지낼 뿐이지."

"무슨 말을 하고 싶은 것입니까?"

소초산은 그의 말을 대강 이해했지만 다시 물었다. 본론을 듣고 싶었기 때문이다.

"강호가 말이야… 강호라는 세상을 뛰쳐나오려고 하네. 그래서 내가 이렇게 여기 있는 것이고. 자네를 죽이고 다시 강호를 강호의 세계로 만들 생각이네."

"누구십니까?"

"염상현."

휘릭!

죽간이 소초산의 미간에 순간적으로 찍혔다.

픽!

터벅! 터벅!

길 위로 올라온 염상현의 손에는 아무것도 없었다. 죽간도 어느새 버린 후였다. 물을 따라 죽간이 흘러 내려가고 있었다.

"붕어를 잡았으니 사람도 오늘은 잡힐 것 같은 날씨야……."

염상현이 하늘을 바라보며 중얼거렸다. 그의 삼 장 앞에 소초산이 서 있었다. 소초산의 이마에서 실낱같은 핏방울이 흘러내렸다.

"원한을 맺은 기억은 없는데."

"일월맹이라면 있겠지. 어린놈들은 믿을 수가 없어서 이렇게 직접 온 것이네."

"아! 일월맹. 확실히 원한이 있지요, 그 썩을 놈은……."

소초산은 홍수월의 얼굴을 떠올리며 중얼거렸다. 그러자 염상현이 고개를 끄덕이며 양손을 늘어뜨렸다. 그의 살기가 뭉게구름처럼 피어나기 시작했다. 소초산은 미소를 그렸다.

"지금 대낮이고 혹시라도 사람들이 지나갈지도 모르는데 이렇게 싸워도 되겠습니까?"

"무슨 상관인가? 어차피 싸우는 사람은 너와 나, 단둘인데."

슈악!

순간 거대한 장영이 소초산의 안면으로 날아들었다. 준비도 없었고 예고도 없었다.

"망할!"

소초산은 소리치며 양손을 앞으로 뻗었다.

쾅!

소초산의 신형이 뒤로 밀려나갔다. 순간 머리 위로 두 개의 손 그림자가 날아들었다. 어느새 염상현이 날아올라 내려치는 것이다. 그의 장심에 검은 점이 그려지고 있었다. 순간 소초산의 검끝에서 두 개의 고리가 피어났다.

따당!

가벼운 소음이 일어나며 주변으로 강력한 파장이 바람처럼 퍼져 나갔다. 염상현의 신형이 허공중에서 회전하며 바닥에 내려섰다. 염상현은 자신의 두 손을 바라보았다.

"대단해……."

두 손바닥에서 핏방울이 피어났기 때문이다.

휙!

소초산이 검끝을 염상현에게로 향했다.

팍!

염상현의 갓이 바람 소리와 함께 갈라지며 바닥에 떨어졌다. 염상현은 눈을 빛내며 소초산을 바라보았다. 어느새 갓까지 조각 냈기 때문이다.

"저는 살인을 좋아하지 않습니다."

"나는 좋아하네."

염상현의 고상한 얼굴에 미소가 그려졌다. 소초산은 인상을 굳혔다.

"내기를 합시다. 제가 이기면 길을 비켜주겠다고."

"자네가 진다면?"

"당연히 목숨을 내놓아야 하겠지요."

"자네가 불리한 내기로군."

"그럴 리가 있겠습니까?"

쉬릭!

소초산의 신형이 바람처럼 사라지며 염상현의 사방에서 나타났다. 네 명의 소초산이 나타난 것이다. 순간 염상현의 신형 역시 네 개로 변하며 소초산을 맞이했다.

파파팍!

바람 소리와 먼지가 허공중에 피어났다. 먼지구름 위로 두 개의 소초산이 나타난 것도 그 순간이었다.

픽!

"큭!"

염상현은 한쪽 무릎을 굽히며 자리에 앉았다. 허벅지에서 피가 샘물처럼 솟아났기 때문이다. 다리를 위에서 찌른 것이다. 그의 신형 뒤로 소초산이 서 있었다. 소초산은 검을 검집에 넣으며 손을 흔들었다.

불과 이 합 만에 엇갈린 승부였다. 염상현은 지혈한 다리를 바라보며 쓰게 웃었다. 그의 옆으로 두 명의 중년인이 나타났다. 염상현을 멀리서 지켜본 다른 장로들이었다.

"죄송합니다."

염상현이 덤덤히 말하자 태상장로인 장무성은 고개를 저었다.

"아니네. 자네는 할 일을 다 했네."

"그보다 이 일에 대해서 어떻게 생각하십니까? 물러서야 할 것 같은데……."

염포가 긴 수염을 쓰다듬으며 말하자 장무성이 고개를 끄덕였다.

"대단한 고수가 등장했으니 한발 물러서는 것도 좋겠지. 맹에는 그리 전하게나."

"알겠습니다."

"최고의 고수들만 모아서 기다려야 하겠지……."

장무성은 중얼거리며 염상현을 부축했다.

*　　　*　　　*

용소야의 별원으로 향하는 문지홍의 발걸음을 무거웠다. 그녀의 머릿속에서 떠나지 않았던 기억 때문이다.

그것은 홍수월이 쓰러지고 반나절 만에 일어난 일이었다. 마장천은 홍수월의 죽음을 알리기 위해 맹으로 떠났으며 문지홍은 장원을 정리하고 있었다. 어느 정도 정리를 마치고 스승인 용소야의 방으로 향하던 그의 귓가에 미약한 말소리가 들려왔다. 그것은 홍수월의 목소리였다. 문지홍은 너무도 놀라 순간적으로 굳어졌었다.

"…그림자는 너무 큽니다……."

그 정도가 다였지만 대충 짐작할 수가 있었다. 문지홍은 그 자리에서 물러섰다. 자신의 존재를 알아차릴 것 같았기 때문이다. 그리고 다

옛날 용소야가 나타났다. 그의 얼굴을 바라본 순간 저도 모르게 온몸에서 식은땀이 흘러내렸다.

그렇기 때문에 피하려고 했다. 지금의 상황을 피해서 어디론가 숨는다면 다음을 기약할 수가 있었기 때문이다. 영도지를 죽이려 했던 이유도 거기에 있었다. 정파와 일월맹은 있는 힘을 다해 싸워야 했다. 물론 일월맹의 힘이 정파보다 약하다는 전제가 필요한 것이다. 그렇기 때문에 영도지를 죽일 때 망설였다. 물론 재수없게 죽었지만 어찌 되었든 죽은 것은 죽은 것이다.

'오늘만 잘 넘긴다면 편할 것이다… 오늘만…….'

문지홍은 마음을 다잡았다.

방 안으로 들어간 문지홍은 의자에 앉았다. 곧 용소야의 모습이 나타나자 문지홍은 일어섰다. 용소야가 손짓으로 앉으라고 하자 앉은 문지홍은 고개를 살짝 숙였다.

"영도지가 죽었다고 들었는데?"

완벽한 목소리였다. 문지홍은 저도 모르게 흠칫 놀라 고개를 들었다. 그것은 목소리 때문이지 영도지가 죽었기 때문은 아니었다. 하지만 오히려 그 모습이 용소야에겐 사실처럼 다가왔다. 문지홍의 놀란 눈동자가 믿음을 전한 것이다.

"죄, 죄송합니다."

"아니야… 홍아는 최선을 다했어. 그렇지?"

"죄송합니다. 최대한 노력했으나……."

"여빈청의 말로는 네 손에 죽었다고 하던데?"

순간 문지홍의 안색이 굳어졌다.

'이런 쌍년…….'

순간적으로 머리를 스친 욕이었다.

"추궁과열을 할 때 여 문주가 놀래키는 바람에 힘이 더 들어갔습니다."

용소야는 가볍게 미소 지으며 차를 마셨다. 그 모습을 문지홍은 자세히 바라보았다. 뭔가 흔적이 필요했던 것이다. 하지만 문지홍의 눈에는 흔적이 보이지 않았다.

'인피가 아니란 말인가?'

순간적으로 머리를 스치는 생각이었다.

"그 실력에 실수라… 과연 실수를 했을까?"

약간의 차가운 목소리였다. 문지홍은 안색을 굳혔다. 이럴 때일수록 평상심이 필요하다는 것을 문지홍은 알고 있었다.

"이미 영 사형은 죽은 것이나 마찬가지였습니다. 제가 손을 쓰지 않았어도… 화타가 살아나 살핀다 하여도 죽을 운명이었습니다. 스승님도 아시다시피 의술에 대한 저의 자부심이 크다는 것을 아시지 않습니까?"

순간 용소야의 표정이 미묘하게 변하였다. 하나 그것도 잠시였다. 이내 미소 지으며 고개를 끄덕였다.

"그렇군. 홍아의 말이 그렇다면 그런 것이겠지. 오는 동안 피곤했을 테니 오늘을 쉬거나. 그리고 부맹주인 민아를 도와주거라."

"명을 받겠습니다."

문지홍이 허리를 숙이며 일어섰다.

밖으로 나온 문지홍은 한숨을 크게 내쉬며 눈을 빛냈다.

'역시… 내가 의술을 배웠다고? 헛소리 집어치워라.'

문지홍은 미소를 입가에 그렸다. 확실했기 때문이다. 그녀의 발이 급박하게 심아민의 거처로 향했다.

세상에서 가장 만나기 싫은 사람을 꼽으라면 문지홍은 첫손가락으로 심아민을 꼽을 것이다. 그녀의 흡성마공은 기괴했으며 공포스러웠고 또한 대단했다. 자신도 그녀의 마공이 무엇인지 정확히 모르고 있었다. 하지만 한 가지 확실한 것은 흡성신공을 익히고 있다는 것이다. 그것 하나만으로도 무서운 존재였다.

방 안으로 들어가자 기다리고 있던 심아민이 고개를 들었다. 문지홍은 그녀의 눈빛을 마주한 순간 신경이 곤두서는 느낌이 들었다.

"앉아."

그녀의 고운 목소리가 귓가에 울렸다. 문지홍은 주변을 둘러보며 물었다.

"마 사형이 안 보이던데요?"

"마 사제는 주변을 쓸러갔어. 조만간 서약서들을 들고 오겠지… 일월맹을 패자로서 인정하겠다는 내용의 서약서를."

"아… 이 주변에 좀 쓸어야 할 문파들이 많지요."

심아민은 고개를 끄덕이며 차를 마셨다.

"그렇지. 크진 않지만 신경 쓰이는 문파들이 있으니……."

심아민은 중얼거리며 문지홍을 바라보았다. 그런 그녀의 눈빛은 맑고 빛났다.

"영도지의 소식은 들었는데… 맹주님께서 뭐라고 말씀하시던?"

"제 소견을 말했더니 용서해 주셨어요. 그리고 언니를 도와주라고 하셨어요."

"그렇구나. 영 사제의 죽음은 정말로 안타까운 일이지. 하지만 문 사매라도 살았으니 다행이야. 그것보다 삼 일 후면 남궁세가에 모인 무림인들과 대화를 하기로 했다. 무림을 나누기 위한 이분계획을 결정하는 자리지."

"벌써 그렇게까지 계획이 진행되었나요?"

심아민은 미소 지으며 고개를 끄덕였다.

"비영단의 단주가 없는 지금이 가장 좋을 시기야."

감미로운 목소리였다. 문지홍은 고개를 끄덕이며 말했다.

"언니는 어떻게 생각하세요? 저들이 언니의 계획처럼 나올까요?"

"지금쯤 신나게 싸우고 있겠지, 그들은 그런 자들이니. 그것보다 문 사매는 새롭게 편성되는 조직을 관리했으면 좋겠어."

"무슨……?"

"우리의 계획이 성공한다면 감찰 기관이 필요해. 큰 조직을 거느리다 보면 여러 가지 사소한 문제들이 발생하게 마련이야."

"그렇지요."

문지홍이 고개를 끄덕였다. 심아민은 다시 말했다.

"네 능력이 가장 적절하게 필요한 조직이라고 볼 수 있지. 정보에 대한 빠른 이해력이 필요할 테니까. 거기다 넌 아랫사람을 다루는 일에 능숙하잖니?"

심아민이 미소 지으며 바라보자 문지홍은 얼굴을 살짝 붉히며 고개를 저었다.

"그건 아니에요……."

"그런데 표정을 보아하니 수심이 있는 것 같구나?"

심아민의 말에 문지홍은 경직된 표정이 되었다. 그것을 놓칠 심아민이 아니었다.

'눈치 하나는……'

문지홍은 속으로 생각하며 겉으로는 미소 지었다.

"…아무런 문제도 없어요."

"그래? 문제가 없다면 좋은 일이지만… 무슨 일이라도 있다면 바로 말하거라. 그래도 네 언니이지 않니?"

심아민의 목소리에 담긴 포근함에 문지홍은 살짝 생각을 끌어내었다. 묻고 싶었기 때문이다.

"저기요… 언니……"

"응?"

문지홍은 주변을 살폈다. 그 모습에 심아민은 미소 지었다.

"아무도 없으니 안심하거라."

문지홍은 고개를 끄덕였다. 사실 말하고 싶지 않았으나 심아민은 알아야 한다고 생각했다. 그렇기 때문에 찾아온 것이다.

"스승님이 조금 이상하다는 느낌 같은 거 없었나요?"

심아민의 표정이 굳어졌다. 그것을 확인한 문지홍이 빠르게 말했다.

"저는 들었어요, 홍 사형의 목소리를. 그림자는 너무 크다는 그 말을요……"

문지홍은 그렇게 말하며 심아민을 바라보았다. 하시만 심아민은 평온한 안색으로 차를 마시고 있었다. 흔들림없는 그녀의 표정이었고 모습이었다. 자신이 이 정도만 말해줘도 심아민은 바로 알 것이다. 그런데 그녀는 변화가 없었다. 문지홍의 안색이 굳어졌다.

"알고 있었군요."

심아민은 고개를 끄덕였다. 문지홍은 놀란 표정으로 다시 말했다.

"어떻게……?"

심아민은 찻잔을 내려놓으며 짧게 숨을 내쉬었다.

"들었으니 알겠지."

"아……."

문지홍은 놀란 얼굴로 심아민을 바라보았다. 심아민은 표정의 변화 없이 차를 마셨다. 그런 그녀의 눈길이 문으로 향하였다. 곧 문이 열리며 시비들이 다과를 들고 들어왔다.

"이렇게 이야기를 나눠보는 것도 오랜만인 것 같구나."

"예? 예… 그렇네요."

문지홍은 고개를 끄덕였다. 알 수 없는 사람이란 생각이 들었다. 그리고 자신이 심아민을 무서워하는 이유도 그것 때문이란 것을 알았다. 알 수 없는 사람이기 때문에 더욱 다가가기 어려운지도 몰랐다. 그러고 보니 심아민에 대해서 자신이 아는 것은 거의 없었다.

시비들이 나가자 심아민이 문지홍을 가만히 바라보았다. 문지홍은 침을 삼켰다. 그녀의 눈길이 그렇게 만든 것이다.

"다른 사람에게는 비밀로 해야 한다."

"물론이에요. 언니까지 알고 있다면… 뭔가 생각이 있는 것이겠죠."

문지홍은 빠르게 대답했다.

"마 사제도 모르는 일이니 그리 알고."

"예, 알겠어요."

당부 어린 말에 문지홍은 고개를 끄덕였다. 만약 다른 사람에게 알린다면 가만히 있지 않겠다는 뜻도 포함되어 있었다.

"그런데 왜… 스승님을……."

문지홍은 가만히 심아민을 바라보았다. 심아민은 찻잔을 빙글 돌리며 중얼거렸다.

"스승님은 죽어도 될 분이야……."

심아민이 용소야의 앞에 나타난 것은 그녀의 나이 십삼 세였다. 열세 살이란 어린 나이에 용소야의 제자가 된 것이다. 그 당시 용소야에게는 홍수월이라는 제자가 있었다.

홍수월은 친절했으며 상냥했다. 고아가 된 자신에게 홍수월은 많은 용기를 주었다. 그리고 용소야는 아버지 같은 존재로서 다가왔다. 그래도 마음속에 걸리는 일이 있다면 어린 동생과 헤어진 일이었다.

그렇게 이 년이란 시간이 흘렀고 그때까지 많은 변화를 겪었다. 그리고 심아민의 미모는 날로 변해가기 시작했다. 그러던 어느 보름달이 뜬 밤 용소야가 찾아왔다.

홍수월은 처음 심아민을 보는 순간 반하고 말았다. 그녀를 보고 반하지 않았다면 남자가 아닐 것이다. 그는 그렇게 생각했다. 그리고 그녀에게 많은 웃음을 선사하기 위해 노력했다. 하지만 그는 울고 있는 심아민을 보고 말았다.

마치 가슴속에서 자라고 있던 꽃이 꺾인 것 같은 그런 절망감이라고 해야 할까? 홍수월은 그것을 그 순간 느꼈다. 그녀의 눈물이 그의 가슴에 비수를 찔렀으며 그의 머리를 도끼로 찍은 것 같은 충격을 전해주었다.

홍수월은 며칠 동안 방황해야 했다. 하지만 그것도 잠시였다. 방황의 끝에서 다시 잡은 것은 심아민의 손이었다.

"죽인다."

단 한마디만 했다. 아니, 그 한마디로 모든 것을 다 말해주었다. 그리고 시간이 흘렀다. 많은 시간이 흘렀으며 어른이 되었다. 그리고 홍수월은 기다리고 있었다. 마침 좋은 먹잇감이 있었다. 그것은 소초산이라는 먹잇감이었다. 홍수월은 그것을 놓치지 않았다. 그리고 기회는 왔다. 심아민도 그 기회를 알고 있었다. 그리고 홍수월은 자신의 모든 것을 걸었다.

밤은 깊었으며 달은 둥근 원을 만들고 있었다. 보름달이었다. 하늘의 어둠을 대다수 먹어치우는 그런 보름달이 둥글게 떠 있었다.

스륵!

방 안의 등불 아래 그림자가 스쳤다. 심아민은 수를 놓던 손을 멈추었다. 곧 그림자가 심아민의 앞에 놓인 의자를 당겼다.

"힘들군."

남자의 목소리였다.

턱!

몸을 실은 홍수월이 심아민을 바라보았다. 심아민은 차를 따랐다.

"며칠 안 남았소."

"그렇군요."

홍수월은 고개를 끄덕였다. 차를 마시던 홍수월은 심아민을 바라보며 눈을 빛냈다.

"보름달만 뜨면 원래대로 돌아오니… 이 무공도 완벽한 것은 아닌가 보오."

"축골공 중에 완벽한 것은 없어요."

"그렇지……."

심아민이 말하자 홍수월은 다시 한 번 고개를 끄덕였다. 그러다 생각난 듯 물었다.

"문 사매가 의술을 배웠던가?"

"의술은 안 배운 것으로 알아요."

"역시… 눈치를 챈 것이군."

홍수월은 인상을 찌푸렸다. 하지만 심아민은 이미 알고 있기에 미소를 그렸다.

"사매라면 걱정하지 않으셔도 돼요. 알고 있지만 입을 열 사매가 아니니… 그 정도의 담량이 그녀에게 과연 있을까요? 문 사매에 대해서 누구보다 잘 아는 저예요."

"하긴… 사매가 업어서 키웠으니……."

"문 사매는 마 사제가 업은 것만 기억하던데요?"

심아민이 미소 지었다. 홍수월은 그 말에 웃음을 보였다. 그리곤 다시 말했다.

"이제 내가 나설 때도 되지 않았을까?"

"아직은… 조금만 더 기다리세요. 영웅은 언제나 마지막에 등장하는 법이에요."

"그렇지… 우리의 약속도 그때 이루어지는 것이고. 참 오랜 시간이었지……."

"그래요… 많은 시간이 흘렀지요."

심아민이 고개를 끄덕였다. 홍수월은 이내 미소를 보이며 자리에서 일어섰다.

"오래 있을 수는 없으니 그만 가겠네."

"그럼……."

심아민이 자리에서 일어서자 홍수월은 심아민을 안았다. 갑작스럽게 일어난 일이었다. 심아민은 매우 놀란 얼굴로 서 있었다. 순간 홍수월이 심아민의 어깨를 잡고 뒤로 물러서며 미소 지었다.

"미안……."

슥!

홍수월의 신형이 사라졌다. 심아민은 잠시 동안 멍하니 서 있었다. 그런 그녀의 눈동자에서 눈물방울이 흘러내렸다.

"미안한 건 나인데……."

마지막의 마지막까지 다 와서 약해지는 것 같았다.

마장천이 앉아 있는 앞에 한 명의 중년인이 서 있었다. 그 중년인의 이마에는 땀방울이 흘러내리고 있었다. 곧 한 명의 검은 무복을 걸친 청년이 들어와 부복했다.

"청월문과 대정문, 마장원과 매화장이 전멸했습니다. 살아 있는 사람은 그 누구도 없습니다."

"수고했다."

마장천의 말에 무인이 일어나 밖으로 나갔다. 마장천은 가만히 중년인에게 시선을 던졌다.

"네 말처럼 이 부근의 문파들을 모두 쓸어버렸다. 이제 이곳의 패자는 자네뿐이야. 어떤가? 속이 후련한가?"

"무, 물론입니다."

"그럼 이곳에 도장을 찍게나."

스륵.

중년인의 발밑으로 서약서가 떨어져 내렸다. 마장천이 날린 것이다. 중년인은 바닥에 엎드렸다. 그리고 인장을 꺼내 자신의 이름 밑에다 도장을 찍었다. 이것으로 맹세를 하게 된 것이다.

"강풍장은 충성을 맹세합니다."

"자네는 확실해서 좋네."

마장천은 미소 지으며 손을 뻗었다.

휙!

바람 소리가 일어나며 서약서가 마장천의 손에 들어왔다. 마장천은 천천히 읽곤 곧 말아서 소매에 넣었다.

"이것으로 우리는 한 형제가 되었다. 이렇게 기쁜 날에 술이 없으면 쓰겠나?"

"물론입지요. 술을 가지고 오너라!"

곧 시비들이 겁먹은 표정으로 술병과 술잔을 들고 들어왔다. 마장천은 술잔에 술을 따르며 한 잔을 던졌다.

핑!

술잔이 급박하게 돌며 중년인의 머리맡으로 날아갔다. 그 주변으로 강력한 경기가 일어났다. 곧 중년인이 손을 뻗자 술잔이 정지했다. 허공중에 정지한 것이다. 그 모습에 중년인은 더욱 놀란 표정으로 마장천을 바라보았다.

"마셔라! 일월맹이 뒤에 있다."

"감사합니다."

마장천과 중년인이 술을 마셨다.

$$*\qquad*\qquad*$$

"일월맹에서 서찰이 왔습니다."

남궁세가의 의사청에 모인 사람들은 들어오는 무사를 바라보았다. 남궁초영이 서찰을 펼쳐 읽었다.

"뭐라 썼소?"

화산파의 풍호자가 묻자 남궁초영이 서찰을 접으며 말했다.

"또다시 보름을 연기하자는 서찰이오. 벌써 두 번째… 도대체 무슨 속셈인지……"

남궁초영이 인상을 찌푸렸다. 그러자 의사청 안에 있던 인물들이 서로를 바라보면서 웅성거렸다. 두 번씩이나 약조를 어긴 것이다.

"꾸미고 있는 것이 있을 것입니다. 우리의 뒤통수를 치기 위한……"

이곳에서 유일하게 서 있던 장도사가 말하자 모두의 시선이 집중되었다.

"그렇게 생각하는가? 내가 볼 때는 그저 단순한 수작 같네. 초조하게 만들려는 수작 말이야."

개방의 호정방이 말하자 고개를 끄덕이는 사람들이 있었다. 동조하는 것이다. 장도사는 인상을 찌푸리며 말했다.

"전에 그들을 만났을 때 우리는 속고 말았습니다. 천막에 눈이 가려 그들의 말처럼 정말 밖에는 일월맹이 포위한 줄 알았습니다. 하지만 밖으로 나왔을 때 어땠습니까? 그저 황량한 벌판과 바람만이 있었습니다. 그런 것처럼 적의 그 여자는 가벼운 인물이 아닙니다. 이번에도 뭔가를 준비해서 우리의 뒤를 칠 것입니다. 그 시간이 앞으로 보름 후라는 말이겠지요."

"자네는 전에도 같은 말을 하지 않았나?"

조성정이 묻자 장도사는 고개를 끄덕였다. 사실이기 때문이다.

"그때와 마찬가지입니다. 단지 이번의 서찰은 개방 방주님의 말씀처럼 우리에게 초조함까지 더해줄 작전도 포함된 것입니다."

"자네의 의견은 어떤가?"

남궁초영이 물었다. 장도사는 재빠르게 대답했다. 이런 기회가 왔을 때 빠르게 말하고 빠르게 결론을 구해 자신의 의도대로 되어야 했기 때문이다.

"그들은 분명 사선으로 나눈 무림을 장악하려 할 것입니다. 그 다음 우리를 치겠지요. 협약은 힘을 기르기 위한 초석입니다. 그리고 언젠가는 쳐올 것입니다, 완전한 무림 장악을 위해서. 일단 우리는 우리가 할 수 있는 일을 해야 합니다. 우리가 할 수 있는 최선책만 주장하면서 나가면 그만입니다."

"무슨 말인가? 그 최선책을 말해보게나."

조성정이 답답한 듯 말하자 장도사는 고개를 끄덕였다.

"알겠습니다. 그들의 요구는 무림과 소초산입니다. 소초산 그를 요구할 것입니다. 소초산은 그들의 원수이기 때문에 협박도 하겠지요. 사선의 무림과 협박, 그리고 소초산."

"확실히… 그놈 때문에 일월맹의 사기가 하늘을 찔렀지. 그놈만 아니었어도 무림맹이 이렇게까지 뒤로 밀렸겠나? 사천무림은 이 일 때문에 일말의 책임을 느끼네."

자정 신니가 차가운 목소리로 말했다. 모두의 표정이 긍정적으로 변하였다. 그 말에 대다수 동의하기 때문이다. 장도사는 재빠르게 말했다.

"그 말씀처럼 소초산은 현재 나쁜 놈이 되었습니다. 하지만 그를 이용한다면 저희는 뜻을 이룰 수 있습니다."

"어떻게?"

자정 신니가 바라보자 장도사는 미소 지었다.

'말 좀 끊지 마라, 이 할머니야!'

물론 속은 그렇게 외치고 있었다.

"일월맹의 요구처럼 소초산을 줘야지요. 그리고 그 대가로 사선이 아닌 강남무림을 주는 것입니다."

"강남을!"

모두의 표정이 굳어졌다. 순간 장도사가 손을 들었다.

"제 말은 다른 뜻이 아닙니다. 그전부터 강소성과 절강성은 그들의 영역이었습니다. 그리고 복건성과 광동성 역시 일신궁의 영역이지요. 그런 그들의 영역인 그곳으로 제한하는 것입니다. 보기에는 강남을 주는 것 같지만 옛날부터 그들이 다지고 있던 그 터전으로 돌아가게 하는 것입니다. 그렇게 된다면 쉽게 그들을 제압할 수가 있습니다. 힘을 합쳐 일월맹을 치고 덤으로 일신궁까지 친다면 일석이조겠지요."

"그런 것이 가능하겠나? 일월맹의 부맹주라 밝힌 그 여자가 그리 쉬운 상대일까?"

"분명 어려울 것입니다. 하지만 대화로써 풀어야지요."

남궁초영의 물음에 장도사는 미소 지었다. 그리고 다시 말했다.

"지금의 강호에는 영웅이 없습니다. 일월맹은 영웅이 있습니다. 그것은 죽은 홍수월이겠지요? 하지만 우리는 그런 인물이 없습니다. 그런 희생이 필요한 영웅이 말이지요. 그 역할을 소초산에게 주는 것입니다. 전 강호의 영웅으로, 그의 희생으로 강호는 평화를 찾았다! 이렇게 말입니다. 어떻습니까? 그렇게 된다면 정파의 사기는 하늘을 찌를 것입니다. 그리고 일월맹의 사기는 떨어질 것이며, 절호의 기회가 올 것입니다."

장도사는 목에 힘을 주었다. 그리고 자신의 계획대로 일이 되어야 했다. 하지만 문제는 소초산이었다. 아무리 계획을 짜도 사람이 안 따르면 그만이기 때문이다.

'알아서 잘 하겠지……'

장도사의 말이 끝나자 모두들 고개를 끄덕이며 장도사의 말에 동조했다. 하지만 쉽게 결정날 것 같지가 않았다. 전부터 계속되어 왔던 중도파들 때문이다. 싸움을 중지해야 한다는 사람들과 싸워야 한다는 사람들로 나뉘어져 현재 하나로 이루어진 결론이 없었다. 그리고 장도사의 말이 끝난 후 그들은 다시 양파로 나뉘어 대화를 나누기 시작했다. 어차피 결론은 안 날 것이란 것을 장도사는 알고 있었다.

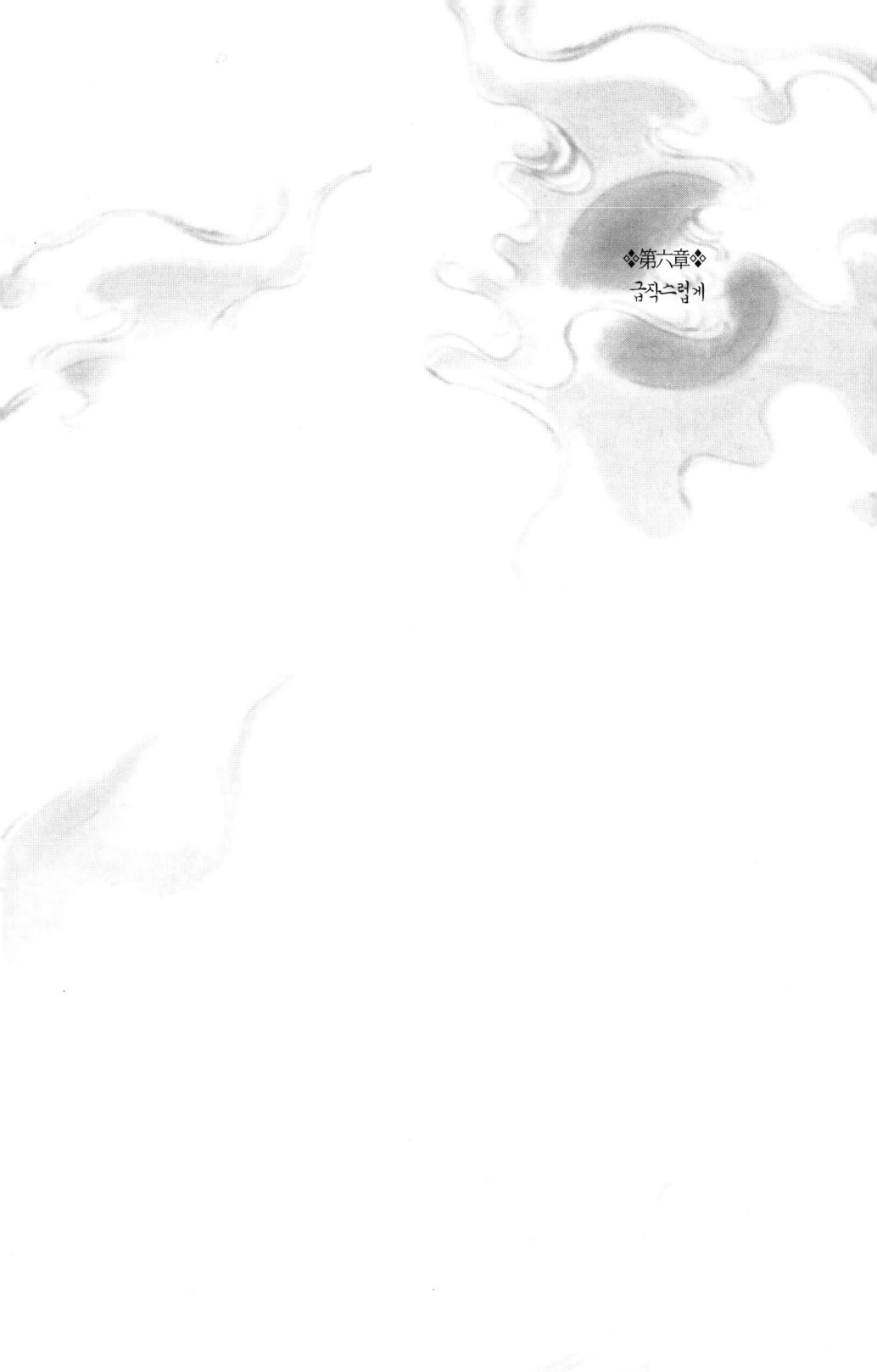

❖第六章❖
급작스럽게

급작스럽게

악양에 도착한 소초산은 한 주루에 들어서 식사를 했다. 그리고 가만히 앉아 기다렸다. 해가 떨어지기 시작할 무렵 주루에 손님이 들어왔다.

"굉장히 빨리 오셨네요."

지수였다. 지수의 반가운 미소에 소초산은 고개를 끄덕이며 웃었다.

"소식은 더 빠른데?"

"경쟁하려고 했었나요? 어제 소식이 들어왔어요. 새도 사흘이나 걸린 것이죠. 그리고 사람들을 풀었는데 악양에서 소식이 또 왔네요."

"잘 있는지 모르겠군."

"잘 지내고 계세요."

지수가 웃음을 보였다.

"그래도 빠르긴 빨라… 내가 최선을 다해 달려왔는데 말이야."

"하늘을 나는 동물을 누가 이길 수 있겠어요?"

"하긴……."

소초산이 고개를 끄덕이며 일어서자 지수도 따라 일어섰다. 밖에는 마차가 한 대 대기하고 있었다. 소초산은 재빠르게 마차에 올라탔다. 그리고 눈을 감았다. 며칠 동안 달렸더니 피곤했던 것이다.

떠오르는 해를 바라보며 소초산은 객실에 앉아 있었다. 단아한 내실이었다, 장식품도 없는 그런.

스륵!

발소리가 들리며 백색 옷을 입은 선녀가 소초산의 눈앞에 나타났다. 소초산은 미소 지었다.

"아영……."

심아영은 웃으며 다가왔다. 그런 그녀의 표정이 많이 흔들리고 있었다.

"소식을 듣고 많이 걱정했어요."

그녀의 말에 소초산은 미소 지었다. 지금은 건강하기 때문이다.

"별일이야 있었겠나… 단지 조금 아팠을 뿐이지. 하하."

소초산이 겸연쩍게 웃었다.

"나가요. 아침 공기가 좋네요."

"그럴까?"

심아영이 손을 내밀자 소초산은 그 손을 잡으며 일어섰다. 문득 든 생각이지만 심아영의 손이 조금 차갑다고 느껴졌다. 그리고 그런 심아영의 오른 손목에 차고 있는 은색 팔찌가 눈에 들어왔다. 어디선가 본 듯한 팔찌였다. 하지만 생각을 접었다. 어디선가 봤다면 그것은 심아영이 차고 있을 때 본 것이 분명하다고 여겨졌기 때문이다.

'안아줄 걸 그랬나?'

정원을 걷는 소초산은 손을 놓지 않았다. 심아영도 싫지 않은 듯 가만히 기대고 있었다. 소초산은 미소 지으며 말했다.

"솔직히… 강호가 싫더라고, 그 녀석이 그렇게 죽을 줄은 몰랐으니까……."

소초산의 말에 심아영은 소초산을 바라보았다. 소초산의 표정이 그리 밝지 못했다. 그것을 읽었기에 심아영은 입을 열지 않았다. 얼마 지나지 않아 소초산이 다시 말했다.

"그래도… 강호는 잘만 굴러가더군……."

소초산은 가만히 중얼거렸다. 심아영도 고개를 끄덕였다. 얼마 안 가 맑은 호수가 보였는데 호수의 중앙에는 정자가 있었으며 그곳으로 향하는 다리가 보였다. 곧게 뻗은 다리가 아니라 일 장 정도의 거리를 두고 꺾이면서 이어진 다리였다. 그 다리 주변으로 잉어들이 보였다.

"앉을까요?"

심아영이 호수 주변에 놓인 의자를 바라보며 말하자 소초산은 고개를 끄덕였다. 곧 둘은 여전히 손을 잡은 채 의자에 앉았다.

"얼마 전에 염 소저가 다녀갔어요."

입을 연 것은 심아영이었다. 소초산은 놀란 표정으로 심아영을 바라보았다. 심아영은 손으로 입을 가리며 미소 지었다.

"제가 걱정돼서 왔다네요. 그리고 당신도… 다행이에요, 건강해서……."

"나야 뭐 건강 빼면 시체가 아니겠소? 하하하."

소초산은 가볍게 웃었다. 심아영은 그런 소초산의 어깨를 살짝 때리며 다시 말했다.

"처음에는 죽었다고 생각했어요. 그런 생각이 들자 너무… 힘들더군요. 그런데 건강하다는 소식을 듣고 너무 기뻤어요. 그래서 알게 되었지요… 내가 정말 이 사람을 생각하는구나라고……."

심아영이 소초산을 바라보자 소초산은 얼굴을 붉혔다.

"하하하……."

"기쁜가요?"

"물론이지. 이보다 기쁜 일이 있겠나? 하하하."

소초산은 겸연쩍게 웃었다. 그러자 심아영이 다시 말했다.

"그런데 다른 소식을 다시 듣게 되었어요. 소초산은 비겁하게 홍수월을 죽였으며 그 분노로 일월맹은 무림맹을 쳐부쉈다… 라고……."

"앗! 불행한 일이로군."

소초산은 쓰게 웃으며 고개를 저었다. 심아영이 다시 말했다.

"그래서 무림은 힘들다고… 내가 마음에 담은 사람 때문에 무림은 많은 고통을 당했다고. 그런 소식을 들었을 때 슬프더군요……."

소초산은 호수의 물빛을 바라보며 옅은 미소만을 입가에 달았다. 심아영은 그런 소초산을 바라보았다. 소초산은 가만히 그렇게 호수를 바라보다 의자에 몸을 깊숙이 기대며 한숨을 내쉬었다.

"처음에는 말이야… 처음에는……."

"무슨 말을 하더라도 저는 옆에 있어요."

소초산은 그 말에 심아영을 바라보며 고개를 끄덕였다. 그리고 손을 굳게 움켜잡았다.

"내 자신이 싫더군. 솔직히 그 자식은 나쁜 놈이야… 정말 나쁜 놈이지. 지 소저를 그렇게 만들었으며 많은 사람들을 손가락 하나, 아니, 입만으로 죽였으니까. 그 녀석이 명령하면 수십 명이 죽었지. 그런 놈이었어. 그런데… 그런 놈조차 나는 살리지 못했다."

"……."

심아영은 가만히 소초산의 옆얼굴을 바라보았다. 소초산은 호수만을 바라보고 있었다. 그의 마음을 읽고 싶었지만 소초산의 마음은 그 어떤 말도 안 하는 것 같았다.

소초산은 그때의 기억을 다시 떠올리며 인상을 살짝 찌푸렸다. 홍수월이 검에 찔리며 중얼거리던 그 말들이 머릿속을 맴돌았다. 결과적으로 볼 때 그의 말처럼 무림맹은 큰 피해를 입고 후퇴했다. 수많은 사람이 죽었으며 일월맹은 그 강대함을 세상에 알리게 되었다.

"그놈은 죽지 않을 수도 있었는데… 내가 너무 나약하기 때문에… 그런 생각이 들더군. 내가 너무 능력이 없어서 그런 썩을 놈조차 살리지 못했다고 말이야. 웃기지 않아?"

소초산은 가볍게 미소 지었다. 하지만 그 속에는 씁쓸함이 묻어나고 있었다. 심아민은 고개를 저었다.

"당신은 열심히 하신 거예요. 그리고 그의 죽음은 운명 같은 것이지요. 이렇게 강호가 변한 것 역시 운명이지요. 물론 우리가 이렇게 손을 붙잡고 있는 것도 운명 같은 것이지요."

소초산은 심아영을 잡고 있던 손을 들어올리며 웃어 보였다.

"사실 그래. 처음에는 이런 강호가 싫더군. 죽고 죽이고… 그렇게 해서라도 세상을 피로 몰고 가려는 놈들이 말이야. 굳이 그렇게까지 해야 했을까? 그런 생각이 들었으니까. 그런데 눈을 떠보니 그것도 아니더군."

"그런가요?"

소초산은 고개를 끄덕였다. 란의 얼굴을 떠올리며 임파영의 미소를 떠올렸다. 임파영은 자신도 구하지 못했다. 하지만 란은 그런 임파영을 구했다.

"아이들에게 평화로운 강호를 주고 싶다란 생각이 들었으니까……."

소초산은 그렇게 말하며 심아영을 바라보았다.

"내가 어떻게 해야 할까? 그 대답이 듣고 싶었어… 다른 사람에게도 아닌 아영의 입으로 그 대답을 듣고 싶어."

소초산의 눈길을 닿자 심아영은 살짝 얼굴을 붉히며 말했다.

"영웅이 되세요."

"영웅?"

심아영은 고개를 끄덕였다.

"현재 무림맹의 힘은 일월맹과 비슷한 무게를 가지고 있어요. 하지만 일월맹에 일신궁이 가세한다면 무림의 정세는 일월맹으로 기울겠지요. 그것을 알기에 무림맹도 쉽게 일월맹을 치지 못하고 있어요. 홍수월이 죽기 전에는 일월맹의 힘이 무림맹보다 약했지만 홍수월의 죽음으로 일월맹은 용맹함을 얻었어요. 또한 명분을 얻었지요. 그 제공자가 당신이지만 그것은 어디까지나 핑계에 불과해요. 그리고 일월맹은 무림맹을 공격해서 차지하게 되었고 무림맹은 굉장히 큰 피해를 입었어요. 바로 맹주인 공원 대사의 죽음이지요."

"공원 대사……."

소초산은 무림맹주의 얼굴을 떠올리며 인상을 찌푸렸다. 심아영은 다시 말했다.

"그의 죽음은 무림의 머리가 없어진 것을 의미해요. 기준점이 사라진 것이지요. 그리고 그 기준점이 없는 무림은 갈 길을 못 찾고 있어요. 그것을 노리고 일월맹은 무림맹을 압박하고 있지요. 조만간 일월맹은 원하는 답을 얻을 수가 있을 거예요. 자신들이 원하는 강남무림을 얻게 되는 것이지요. 그것을 바탕으로 힘을 모아 사천무림과 강북무림을 공격할 것이고, 언젠가는 강호에 지금의 명문정파와 명문세가들이 사라지겠지요."

"그런가. 나는 그렇게까지 생각을 해본 적이 없어서……."

"그렇기 때문에 영웅이 필요해요, 일월맹을 막고 그들을 물러서게 만들. 언젠가는 그들이 이곳으로 올 거예요. 그리고 청성산에도……."

소초산은 고개를 끄덕였다. 심아영은 눈을 빛냈다.

"일월맹주에게 각서를 받으시는 게 가장 빠른 길이에요."

"각서?"

심아영은 고개를 끄덕이며 다시 말했다.

"일월맹의 해체를 약속한다는 각서."

"일월맹의 해체라……."

"가장 빠르면서 가장 간단한 일이에요."

심아영의 말에 소초산은 눈을 빛냈다. 듣고 보니 일리있는 이야기였기 때문이다. 일월맹의 해체를 약속받는다면 더 이상의 문제는 없을 것이다. 그리고 자신도 이렇게 고민하지 않아도 될 것이다.

"조용한 강호에서 행복하게 살고 싶다면 일월맹의 각서가 필요해요. 힘든 일인가요?"

심아영이 난색을 표하며 말하자 소초산은 고개를 저었다.

"그럴 리가. 내가 누구라고 생각하시오? 나는 천하제일 소초산이오, 소초산! 솔직히… 좀 겁나기는 하지만 그래도 한번 해봐야 하지 않겠소? 까짓것… 일월맹에 쳐들어가지 뭐. 가서 죽기밖에 더 하겠소?"

"죽으시면 저는 어떻게 하라고요?"

"아… 그렇지. 하하!"

소초산은 크게 웃어 보였다. 그러자 심아영의 손이 소초산을 강하게 잡으며 물었다.

"자신있으세요?"

소초산은 미소를 거두며 굳은 표정을 지었다. 사실 자신은 없었다. 용의 아가리 속으로 들어가야 했기 때문이다.

"일월맹은 당신을 찢어 죽이고 싶어 할 만큼 원한에 사무쳐 있어요. 그래도… 당신이라면 충분히 가능하다고 생각해요."

"뭘 믿고?"

소초산이 고개를 돌려 바라보자 심아영은 그런 소초산의 입술에 입을 맞추었다. 소초산의 표정이 굳어졌다. 심아영은 살짝 물러서며 다시 말했다.

"당신은 천하제일인이에요."

소초산의 눈동자가 부릅떠졌다.

*　　　　*　　　　*

"생각이 바뀌었소."

용소야는 아침 조회 때 일월맹의 중요 인사들을 모아놓고 말했다.

십여 명의 인물이 고개를 들었다. 용소야는 가만히 찻잔을 들어 한 모금 마시더니 조용한 음성으로 말했다.

"대화가 필요하겠지만 저들이 굴욕을 참을 것 같소? 그들은 굴욕 대신 죽음을 택할 것이오. 그러니 싸움을 선택하는 것이 어떻겠소?"

용소야의 말에 심아민의 표정이 굳어졌다. 생각지도 못했던 말이기 때문이다. 그리고 이 말은 계획에 없었다. 용소야는 심아민을 바라보며 미소 지었다. 심아민은 재빠르게 자리에서 일어나 말했다.

"맹주님의 뜻이 그러하다면… 받들겠습니다."

"복명!"

십여 명의 인물이 허리를 숙였다.

"계획은 간단해요. 대화를 유도하다 싸움을 하는 것입니다. 기습이지요. 가장 먼저 손을 써야 할 상대는 장도사, 장 총관이며 남궁초영과 조성정, 이 둘이 가진 그 통찰력과 지휘력은 살아 돌아갈 경우 큰 문제가 됩니다. 장도사는 그 머리가 문제가 되겠지요? 그 이후에 호정방을 죽여야 해요. 기습의 시기는 제가 차를 세 번째 마실 때입니다."

심아민의 말에 모두의 표정이 굳어졌다. 그 이후 몇 번의 대화가 오간 뒤 조회가 끝났다. 심아민은 멀어지는 용소야의 뒷모습을 가만히 바라보았다.

점심 시간이 되자 용소야의 처소에 심아민이 찾아왔다. 심아민의 방문에 용소야는 반갑게 맞았다.

"의도를 모르겠군요. 하루 전에 계획을 바꾸실 줄이야……."

의자에 앉은 심아민의 투명한 눈동자가 빛났다. 그녀의 목소리도 약간은 높았다. 하지만 여전히 느릿했으며 감미로웠다.

"다른 게 아니라 일월맹의 정보가 자꾸 밖으로 나가는 것 같아서."

심아민의 표정이 굳어졌다. 용소야는 다시 차를 한 모금 마시며 말했다.

"아무래도 고위급인 것 같은데… 우리의 계획을 무림맹에 전하는 것 같은데… 그게 누구인지 모르겠어. 혹시 짐작 가는 것이라도 있나?"

"그랬군요… 하지만 누구인지…….."

심아민의 말에 용소야는 인상을 찌푸리며 다시 말했다.

"영도지의 일도 그렇고 어떻게 그렇게 시간에 맞추어서 비영단이 나타났을까? 전에 비영단주를 죽일 때도. 비영단주는 안 죽었지. 몇 번의 공격을 감행했는데 말이야. 운이 좋아서 그런 것 같지는 않아. 우리도 비영단의 정보를 이용했지만 누군가가 우리의 정보를 흘리고 있는 것이 분명하지. 전부터 든 생각이었어… 짐작 가는 곳은 없나?"

"중요급이라면… 일단 조사부터 들어가야겠지요?"

"그렇지. 무림맹을 칠 때 파죽지세처럼 밀고 나간 이유도 거기에 있어. 미처 정보가 닿기도 전에 달려간 것이지. 그것 때문에 어느 정도 성공은 했지만, 마음 한구석은 석연치가 않아…….."

용소야는 찻잔을 내려놓으며 턱을 괴곤 눈살을 찌푸렸다. 고민이 있을 때 홍수월이 하던 행동을 지금은 용소야가 하고 있는 것이다.

"나는 말이야… 밖에 나가 있는 마 사제가 의심스러워."

심아민의 표정이 눈에 띄게 변하였다.

"사매는?"

심아민은 굳은 안색으로 입을 열었다.

"문제는 내일의 결전이에요. 그리고 마 사제라고 단정 짓기에는 그의 행실에 문제가 없어요. 그는 맹 내에서도 인지도가 높고 인망이 두 터워요. 그런 그가 그랬다면 맹이 흔들릴 게 분명해요."

"그렇겠지……."

심아민은 순간 확신이 들었다. 이 사람은 분명 마장천을 죽일 것이다. 내일의 결전에서 승리한다면 가장 먼저 척살 대상이 될 것이 마장천이었다. 그만큼 그의 인지도가 높았기 때문이다. 자신의 자리를 위협할 위험도가 높은 인물이니 이렇게 경계하는 것도 어쩌면 당연했다. 그렇기 때문에 내일의 거사에서 뒤로 뺀 것이다.

"마 사제는 저희들의 형제예요. 그런 그가 배신을 했다니… 그런 일은 절대 있을 수 없는 일이에요. 분명 싸움을 싫어하는 원로 쪽이란 생각이 들어요. 지금까지 무림맹과의 싸움을 반대한 반대파 중의 한 사람이 확실하다는 생각이 드네요. 그러니 이 일은 승리 후에 해결해야 될 문제라고 여겨지네요."

"그런가? 하긴 내일의 승리가 지금은 가장 중요하지."

용소야가 고개를 끄덕였다. 심아민은 다시 말했다.

"내일의 싸움을 승리로 끝낸 후에 내부의 일을 돌봐야 해요. 그때 사형이 등장하는 거예요. 완벽한 승리 후에 사형의 등장으로 더욱 일월맹의 사기는 하늘을 찌를 것이에요. 이 문제는 그때 가서 확실하게 처리해도 늦지 않아요."

"그렇군. 그렇다면 일신궁은 어떻게 할 건가?"

심아민은 망설이지 않고 말했다.

"일신궁은 그 다음의 문제예요. 내실을 확실하게 다지고 무림을 어느 정도 견제할 힘이 삼 할로 줄어들 때 칠 할의 힘으로 일신궁을 치는 것이죠. 그리고 일신궁의 힘을 흡수해서 다시 십 년이란 시간 동안 힘을 키워 사천과 강북으로 가야 해요."

용소야는 미소 지었다. 마음에 드는 답변이었기 때문이다.

"설익은 과일은 설사를 부르지. 시간은 아직 충분하니 천천히… 그래, 천천히……"

용소야는 눈을 빛내며 차를 마셨다. 심아민은 그 모습을 바라보며 다시 말했다.

"일단 내부의 정보가 밖으로 유출된다는 부분은 제가 나름대로 조사를 시작할게요. 사형은 내일의 승리만을 생각하세요."

"그러지."

용소야가 짧게 대답했다. 심아민은 자리에서 일어서며 용소야에게 다시 말했다.

"고마워요……"

그녀의 서늘한 목소리에 담긴 애정이 용소야의 가슴을 훈훈하게 만들었다. 용소야는 긴장되었던 마음이 갑자기 풀어지는 걸 느꼈다. 그리고 저도 모르게 날카로웠던 신경들도 많이 풀어지는 기분이었다. 그제야 차분함을 찾은 듯 용소야는 부드러운 미소를 입가에 담았다.

"고마워."

살짝 고개를 숙인 심아민의 미소에 용소야는 느긋한 표정으로 의자에 기대앉았다. 그녀가 나가자 용소야는 차를 다시 한 모금 마시며 창밖을 바라보았다. 심아민의 모습이 눈에 들어왔다.

"며칠 후면 내 여자가 되겠지… 며칠 후면. 그때… 당신을 안겠소."

급작스럽게 변한 용소야의 결정에 심아민은 꽤나 긴장하고 있었다. 물론 얼굴 표정은 평소와 다르지 않았지만.

'왜 지금에 와서… 뒤를 생각한 것일까?'

심아민은 자신의 방으로 돌아와 의자에 앉으며 생각했다. 자신의 생각처럼 안 되었기 때문이다.

'소초산 때문인가?'

심아민은 문득 그런 생각이 들었다. 홍수월이 소초산에 대해 어떻게 생각하는지 잘 알기 때문이다. 물론 그로 인해 거사는 성공했지만 그래도 자존심은 상해 있었다. 그렇기 때문에 자신 몰래 척마대를 보냈으며 장로들까지 보낸 것이다. 그것까지 심아민은 알고 있었다.

'나까지도 경계를 하고 있다, 나까지도. 권력을 손에 쥐게 되면 누구도 믿지 않는다고 하더니… 그런 것인가?'

심아민은 조금 실망한 표정으로 상념에 잠겼다. 홍수월이 전과는 다르게 변했기 때문이다. 자신도 모르게 일을 행한다는 것은 그만큼 주변을 경계한다는 뜻이 된다. 거기다 자신에게 오른팔과도 같은 마장천에 대한 의심과 살심(殺心)까지 보여주었다.

마장천은 분명 죽을 것이다. 심아민은 그의 성격을 잘 알고 있었다. 홍수월이 죽으라고 한다면 분명 마장천은 단 한마디도 하지 않은 채 죽을 것이다. 심아민은 괴로웠다.

턱!

탁자 위에 손목에 차고 있던 팔찌가 가볍게 부딪치며 소리를 만들었다. 봉황이 그려진 은빛 팔찌가 눈에 들어왔다. 한 쌍의 팔찌가 하나가 되어 자신의 손에 차고 있는 팔찌였다. 지난 과거의 동생 얼굴이 눈에 들어왔다. 심아민은 왼 팔목의 팔찌를 만지며 자리에서 일어섰다.

'기다려… 원한을 갚는 순간 만나러 갈 테니까……'

＊　　　＊　　　＊

불타는 장원의 여기저기에서 비명성이 메아리치고 있었다. 방의 한쪽 구석에 두 명의 소녀가 서로를 끌어안고 있었다. 그녀들은 몸을 사시나무 떨듯 떨고 있었으며 시선은 공포에 물들어 있었다.

"아악!"

시비 한 명의 비명성이 크게 들려왔다. 그 목소리의 주인공이 누구인지 그녀들은 똑똑히 알고 있었다.

"보모!"

저도 모르게 나이 어린 소녀가 외쳤다. 순간 십대 초반의 소녀가 어린 소녀의 입을 막았다.

"떨지 마… 떨지 마… 언니가 있잖아……."

십대 초반의 소녀가 어린 소녀의 입을 막으며 중얼거렸다. 그런 소녀의 눈동자는 차분해 보였다.

벌컥!

"여기서 늘렸나!"

소리치는 청년이 보였으며, 그리고 몇 명의 무사들이 눈에 들어왔다. 그들은 한쪽 구석에 웅크리고 있는 소녀들을 발견하곤 눈을 빛내며 도를 들었다. 그들의 눈동자는 광기로 가득했다.

"보지 마."

어린 소녀가 눈을 들어 놀란 듯 부릅뜨자 십대 초반의 소녀가 그런 소녀의 눈을 감겼다. 그리고 자신도 고개를 묻으며 눈을 감았다. 저절로 몸이 떨려왔다. 그것은 자신도 어쩔 수가 없는 일이었다. 이제 곧 다가올 고통과 죽음은 견디기 힘든 공포였기 때문이다. 그러한 숨 막히는 공포를 누가 이길 수 있을까?

픽!

고통스러운 소리가 소녀의 귓가에 들려왔다. 소녀는 눈을 떠 앞을 바라보았다. 그리고 쓰러진 사람들의 모습과 함께 한 명의 여인이 서 있는 것을 보았다. 중년의 나이로 보였다. 자신의 어머니와 비슷한 나이의 여인이었다.

"가자."

여인이 손을 내밀자 소녀는 저도 모르게 고개를 끄덕였다.

"그래서? 어떻게 되었는데?"

궁금한 듯 소초산이 다그치자 심아영은 살짝 아미를 찌푸리며 생각에 집중했다. 어릴 때의 일이라 잘 안 떠올랐기 때문이다.

"잘 모르겠어요… 언니가 언제 떠났는지… 단지 기억나는 것은 한 마디 정도……."

소초산이 바라보자 심아영은 미소 지었다. 그런 그녀의 눈매가 살짝 붉게 변하였다.

"미안해……. 그때는 그 말이 무엇을 뜻하는지 몰랐어요. 금방 올 거라고 생각했으니까요."

심아영은 팔찌를 만지작거리며 중얼거렸다. 그 옆으로 등불 하나가 그녀의 고운 얼굴을 비춰주고 있었다.

"그런데 일 년이 지나고… 다시 일 년이 지나고… 다시 일 년이 지나고… 또다시 일 년이 지나고…….'

슥!

소초산은 손을 내밀어 그녀의 손을 마주 잡았다. 심아영이 고개를 들어 소초산을 바라보자 소초산은 부드럽게 미소 지었다.

"보게 될 것이오."

"그렇게 되길 바라요. 하지만 비영단의 정보력을 동원해도 아직까지 못 찾고 있어요… 아직까지…….'

이내 그녀는 미소를 그리며 소초산을 바라보았다.

"내일 떠나시는데 미안하네요."

소초산은 고개를 저으며 말했다.

"아영에 대해 알게 되어서 기쁜데? 하하, 사실 더 알고 싶은데. 하하하. 약속하지, 꼭 각서를 받아서 강호의 영웅이 되겠다고. 그 뒤에 꼭 아영의 언니를 찾겠소."

심아영은 그 말에 고개를 끄덕였다. 그러자 소초산이 은근한 표정으로 심아영에게 말했다.

"저기… 근데 오늘은 같은 방에서 자고 싶은데…….'

심아영은 소초산의 손을 놓으며 고개를 돌렸다.

"아직은 허락할 수가 없네요, 아쉽게도. 후후."

심아영의 미소에 소초산은 한숨을 내쉬며 고개를 숙였다.

"마지막인데… 쳇…….'

밤이 되어 잠 못 이루는 사람이 또 있었다. 그것은 염옥림이었다. 염옥림은 소초산의 소식을 급보로 들은 것이다.

"이것이 내게로 올 것이지 그 불여시에게 먼저 가? 안 되겠어. 이러다가 정실 자리를 뺏길지도 몰라."

벌떡!

이불을 걷어차며 염옥림이 일어나 옷을 걸쳐 입기 시작했다.

❖第七章❖
상처는 커질 뿐

상처는 커질 뿐

아침이 밝아오자 남궁세가의 문이 활짝 열렸다. 그 문으로 수많은 무인들이 나가기 시작했다. 무림맹이 불타면서 남궁세가가 임시 무림맹이 되었기에 많은 정파의 고수들이 남궁세가에 있었다. 그 수만 이천이 넘었다. 그들이 모두 밖으로 나가는 것이다. 오늘은 일월맹과의 결전이 있는 날이었다. 그들은 천여평으로 향했다.

$*$ $*$ $*$

일월맹의 거대한 대문도 활짝 열렸다. 그리고 수많은 무인들이 줄을 지어 빠져나가기 시작했다. 그 수만 사천에 달했다. 무림맹의 두 배에 달하는 숫자였다. 그들 역시 천여평으로 향했다. 그곳에서의 일전이 기다리고 있었기 때문이다.

천막 안은 여전히 조용했다. 입을 여는 사람은 아직 없었다. 잠시 동안 침묵과 긴장감의 시간이 흐른 뒤에 목소리가 흘러나왔다.

"결정은 하셨나요?"

먼저 입을 연 것은 심아민이었다. 남궁초영은 굳은 표정으로 심아민을 바라보았다. 심아민은 찻잔을 들어 한 모금 마셨다. 강무석이 그 모습에 눈을 빛냈다. 그리고 심아민의 입술에서 찻잔이 떨어지는 순간 심아민의 입꼬리가 미미하게 움직였다. 그녀의 소매가 입술을 가렸기에 그 모습을 본 사람은 아무도 없었다. 심아민은 아무렇지도 않게 찻잔을 내려놓았다.

"받아들이기 어려운 요구요. 우리는 아직까지 아무것도 결정한 것이 없소."

남궁초영이 말하자 심아민은 살짝 아미를 찌푸렸다.

"착각을 하신 것 같군요. 지금의 우리와 현재의 무림맹이 지닌 힘은 많은 차이가 있어요. 안 그런가요?"

"그럴 것이오. 하지만 쉽게 상대하기는 어려울 것이오."

"물론이에요. 일단 이것을 보여 드려야겠군요."

심아민이 시선을 돌리자 뒤에 서 있던 문지홍이 다가와 손에 들린 문건을 건넸다. 심아민은 그 문건을 한 장 위로 들어올렸다. 그러자 그 내용이 무림맹의 인물들 눈에 들어왔다.

"일월맹은 우리 검부문의 주인이며, 우리 검부문은 그 충성을 맹세한다. 검부문주 제전원……."

조성정이 읽어 내려갔다. 그런 그의 목소리가 미미하게 떨리고 있었다.

"검부문이라면 강서성의 오대거파 중 하나인 것을……."

"어제 날아온 것이지요. 그 외에 나머지 것들도 모두 같은 내용이에요. 이미 강서성까지도 저희는 확실한 자리를 만들었지요. 초석을 다진 것이에요. 거기다 구룡문까지 우리 일월맹의 산하에 두었어요."

"구룡문……."

남궁초영의 안색이 굳어졌다. 절강성의 패자라 불리는 구룡문이기 때문이다.

"그동안 준비를 철저히 하셨구려."

남궁초영이 굳은 안색으로 말하자 심아민이 고개를 끄덕이며 차를 마셨다. 일월맹의 무인들이 눈을 빛내기 시작했다. 심아민이 다시 말했다.

"한 가지 알려 드릴까요?"

"무엇을 말이오?"

"왜 소림이 안 왔는지?"

심아민의 입에서 소림이 나오자 모두의 표정이 굳어졌다. 그녀의 말처럼 소림사는 이번 일에 참여하지 않았다. 그들도 의문이었다, 소림의 침묵에 대해.

"알고 있다는 듯이 들리는구려?"

남궁초영이 눈을 빛내며 묻자 심아민은 고개를 끄덕이며 찻잔을 만졌다. 남궁초영과 조성정, 그리고 청원 도장은 주변의 공기가 미미하게 차가워지는 걸 느끼며 심아민의 입에 시선을 집중했다. 그녀의 말이 더욱 중요했기 때문이다.

"공원 대사가 우리 일월맹주님과는 사제지간이기 때문이에요."

"헉!"

"그런!"

순간 모두의 표정이 굳어지며 두 눈이 부릅떠졌다. 장도사는 이미 알고 있는 사실이기에 변화가 없었다. 단지 주변을 세밀하게 살피고 있었다.

"믿을 수가 없다!"

쿵!

조성정이 탁자를 치며 일어섰다. 그러자 심아민은 미소를 그리며 찻잔을 들었다.

"그렇다면 소림사에 직접 물어보세요. 제 말이 거짓인지 사실인지 그들이 이야기해 줄 것이에요. 공원 대사의 죽음으로 가장 분노해야 할 소림사가 가장 잠잠한 이유에 대해서 말이에요."

모두의 표정이 상기되었다. 있을 수 없는 일이기 때문이다. 만약 이 사실이 전 무림에 퍼진다면 강호는 순식간에 혼란에 빠질 것이다.

"소림이 이번 거사에 없는 것은 그 사실을 숨겨주는 대가로 그렇게 한 것이에요. 강호에 이 소문이 퍼진다면 소림의 명예는 땅에 떨어질 것이고 그동안 쌓은 소림의 명성은 더 이상 강호의 하늘이 아니게 되어버리니까요."

"그럴 수가……."

남궁초영의 안색이 미미하게 떨리기 시작했다. 그 순간 심아민의 입술에 찻잔이 닿았다. 그리고 기다렸다는 듯이 심아민의 주변에서 섬광이 피어났다.

슈아앙!

쉬악!

백색의 섬광이 천막 안을 가득 메웠다.

콰쾅!

거대한 천막이 하늘 높이 솟구쳤다. 그리고 심아민은 여전히 차를 마시고 있었다. 그런 그녀의 좌우로 검은 그림자들이 날아가고 있었다.

"우와아아아!"

거대한 함성이 터져 나오며 사방에서 병장기 부딪치는 소리가 울리기 시작했다. 곧이어 비명성이 터져 나오기 시작했다.

심아민은 차를 한 모금 마시곤 천천히 탁자 위에 찻잔을 내려놓았다. 그런 그녀의 시선이 앞을 향하고 있었다.

"어리석은……."

[살(殺).]

장도사의 귓가에 들린 것은 단 한마디였다. 그 짧은 목소리가 귓가를 때릴 때 순간적으로 시선이 심아민을 향했다. 그녀는 그때 찻잔을 내려놓고 있었다.

'왜?'

그런 의문이 들었다. 분명히 여자의 목소리였으며 이곳에서 여자는 그녀뿐이었다. 그런 그녀의 목소리가 자신의 귀를 때린 것이다. 그것도 고도의 수법을 이용한 전음이었다.

장도사는 그 의미를 이해하기 위해 수많은 생각들을 머릿속에 굴렸다. 왜 심아민이 자신에게 그런 전음을 날렸을까? 그런 의문부터 해결해야 했다. 하지만 아무리 머리를 굴려도 답은 없었다. 그리고 상황은 급박하게 돌아가기 시작했다. 자신이 나서야 하지만 나설 시간도 없었다.

'살… 살…….'

그 의미를 깨우치는 데 많은 시간이 걸리지 않았다. 일월맹의 인물들이 전과는 다르게 긴장한 것처럼 보였기 때문이다.

'죽음…….'

장도사는 순간적으로 많은 생각들을 하기 시작했다. 그 순간 눈앞에 섬광이 번뜩였다. 장도사는 혼신의 힘을 다해 몸을 뒤로 날리며 소매의 섭선을 꺼내 펼쳤다.

쾅!

강력한 충격에 전신이 고통스럽자 뒤로 날아가는 그의 머리에 하나의 생각만이 맴돌았다.

'망했다!'

자정 신니는 달려드는 일월맹의 무사들을 향해서 수많은 살검을 펼쳤다. 그녀의 검법은 날카로워 날아드는 검까지 부러뜨리며 상대를 격살했다.

"크아악!"

비명성이 메아리쳤다.

"이놈들!"

자정 신니는 분노하여 검을 펼쳤다. 그녀의 검법이 무수한 선을 만들며 사방으로 몰아쳐 갔다. 달려들던 일월맹의 무사들이 뒤로 물러서자 그들의 머리 너머로 용소야의 신형이 나타났다.

"처음 보는 얼굴이로구나. 범부는 아닐 터. 누구신가?"

범상치 않은 그의 기도 때문일까? 자정 신니는 상대의 직위를 알아보려 했다. 용소야는 뒷짐을 지며 미소를 입가에 그렸다.

"일월맹주."

순간 자정 신니의 표정이 굳어졌다. 하나 그것도 잠시, 자정 신니는 입가에 미소를 그리며 검을 늘어뜨렸다.

"나는 아미의 자정이라 한다. 내 손으로 악귀를 죽일 수 있다니 영광이로군."

"영광을 드리리다."

핑!

순간 백색 섬광이 자정 신니의 안면으로 날아들었다. 자정 신니의 신형이 급박하게 뒤틀렸다.

"건방진!"

자정 신니는 회전하며 검기를 뿌렸다. 용소야의 신형이 옆으로 미끄러지듯 움직였다. 그 모습에 자정 신니는 회전을 멈추며 검기를 뿌렸다. 용소야는 검기가 가슴으로 날아들자 검날로 검기를 옆으로 밀었다.

팅!

검기가 밀려나며 자정 신니의 신형 역시 흔들렸다. 그 순간을 놓치지 않고 용소야의 검날이 옆구리로 찔러 들어왔다. 옆구리를 통해 심장으로 찔러 들어가기 위함이다.

"합!"

자정 신니가 신형을 뒤로 젖혔다. 그런 자정 신니의 머리 위로 검기가 스치자 식은땀이 등줄기를 스쳤다. 곧이어 자정 신니의 신형이 일어서며 검날을 찔러갔다.

용소야는 몸을 우측으로 회전시키며 검을 앞으로 찔러갔다. 그러자 '핑!' 거리는 날카로운 소리가 울리며 자정 신니의 검기를 타고 용소야의 검날이 위로 올라갔다.

픽!

자정 신니의 표정이 굳어졌다.

"신니!"

슈악!

그때 용소야를 향해 두 개의 검날이 날아들었다. 화산파의 풍호자
와 풍영자의 검이었다. 용소야는 가볍게 뒤로 물러서며 검을 늘어뜨렸
다. 그의 표정은 여유있어 보였다. 그런 그의 전신으로 십여 개의 검
날이 날아들었다. 풍호자와 풍영자의 검초가 환상을 만들며 날아든 것
이다.

"둘은 비겁하지 않소."

용소야는 가볍게 중얼거리며 뒤로 물러섰다. 그러자 수십 명의 무인
이 용소야의 신형을 가리며 날아들기 시작했다. 그리고 금속음과 비명
성이 울리기 시작했다.

"우아아압!"

콰콰!

폭음성이 울리며 사방으로 흙먼지가 날아올랐다. 그리고 그 주변으
로 십여 구의 시신들이 튕겨져 나갔다.

먼지 속에서 중년인이 걸어나왔다. 일월맹의 장로인 염포였다.

염포의 주변으로 많은 시신들이 널려 있었다. 그런 염포의 눈에 한
사람이 들어왔다. 그것은 호정방이었다. 호정방과 싸우는 사람은 호정
원주인 방오한이었다. 둘은 언뜻 실력이 비슷해 보였으나 방호한이 약
간 밀리는 것 같았다.

슈악!

염포의 옆구리로 검날이 날아들자 염포는 콧방귀를 흘리며 손을 옆

으로 저었다.

퍽!

뒤로 날아가는 무림맹의 무사는 비명도 없었다. 단 일 수에 얼굴을 맞고 목이 비틀려 죽었기 때문이다. 염포는 날카로운 눈을 빛내며 호 정방을 향해 천천히 다가가기 시작했다.

심아민은 조용히 탁자에 앉아 있었다. 그런 그녀는 앞을 바라보며 전체를 살폈다. 예상처럼 일월맹이 밀고 나가는 중이었다. 그런 그녀 의 눈에 시신들이 들어왔다. 이름없는 무사들의 시신이었다. 그들은 나약했기에 가장 먼저 희생되었다.

"슬프구나."

"하지만… 기쁘기도 해요."

옆에 서 있던 문지홍이 대답했다. 심아민은 그 말에 굳은 목소리로 대답했다.

"슬픈 것은… 우리의 형제들이 죽어가기 때문이야……."

문지홍은 그녀의 말에 고개를 끄덕였다. 자신도 그들의 죽음은 슬펐 기 때문이다. 심아민이 자리에서 일어서며 신형을 돌렸다.

"돌아가자."

"예? 하지만 아직……."

"어차피 우리가 이겼어. 우리가 할 일은 돌아오는 형제들에게 따뜻 한 식사를 만들어 대접하는 일이겠지?"

문지홍이 그 말에 미소 지었다.

"예, 언니."

밤이 되었다. 그리고 수많은 싸움들도 끝나가고 있었다. 그런 싸움은 새벽을 지나 한낮이 되었을 때에야 조용함이 찾아왔다. 그제야 사람들은 천여평에서 사라졌으며 시신들만이 그곳에 남겨져 오늘의 혈전을 말해주고 있었다.

천여평의 싸움이 끝난 지 며칠이 지났다. 남궁세가는 여전히 시끄러웠다. 수많은 의원들이 지나다녔으며 많은 환자들이 대연무장의 간이천막에서 신음성을 내뱉고 있었다. 그 주변으로 수많은 사람들이 흩어져 있었다. 그리고 음식을 나르는 남궁세가의 식솔들도 눈에 띄었다.
"식사예요."
대무문의 조영영까지 손에 포자를 들고 환자들에게 음식을 나눠주고 있었다. 그런 그녀의 눈에 가정려가 들어왔다. 가정려는 남궁세가 무사의 다리에 붕대를 감고 있었다. 조영영은 가정려의 곁으로 다가갔다.
"어때?"
조영영의 목소리에 가정려는 고개를 들었다. 곧 무사에게 조영영은 포자를 건네주었다. 가정려는 이내 고개를 저었다.
"목숨은 건졌지만… 한동안은……."
조영영은 고개를 끄덕이며 가정려의 어깨를 다독였다.
"문주님은?"
"좋지는 않아. 그래도 다행이지 뭐."
조영영이 애써 태연한 척 미소 지었다. 가정려는 그런 조영영의 말에 미소를 그렸다.

"지금은 살아 있는 것에 감사하자."

가정려의 말에 조영영은 고개를 끄덕였다. 그런 그녀들의 눈에 저 멀리 뛰어가는 남궁청이 들어왔다. 남궁청은 아직 목욕도 못한 듯 남루한 모습이었다. 자신의 집에 돌아왔으면서도 아직까지 씻지 못하고 있는 것이다. 그만큼 급박했으며 바쁜 시간들이 지나가고 있는 것이다.

"일월맹에서 손님이 오셨습니다!"

순간 거대한 외침이 남궁세가의 연무장에 울려 퍼졌다. 모두의 시선이 대문으로 향했다.

"손님은 무슨 손님!"

누군가가 원한에 찬 목소리로 외쳤다. 하지만 아무도 몸을 움직이지 못했다. 남궁세가의 무사 한 명이 빠르게 안으로 달려들어 갔다.

대청에는 남궁초영이 의젓한 모습으로 앉아 있었다. 그의 옷깃 사이로 흰색의 천이 보였다. 붉게 얼룩은 졌지만 그의 안색은 여전히 굳건했다. 그의 좌측에 화산파의 풍호자가 앉아 있었으며 우측에는 사천당가에서 도착한 당가주 당마진이 앉아 있었다. 당마진의 도착으로 의원들의 부족을 채울 수가 있었다. 당가의 의술은 전 중원이 알아주기 때문이다. 그리고 그 옆에는 모용세가주인 모용천이 앉아 있었다. 그도 하루 전에 도착했다. 또한 오늘 아침에 도착한 점창파의 행운검(行雲劍) 조건이 청원 도장의 옆에 앉아 있었다. 점창파의 삼대고수 중 한 명이었다. 그는 이십 명의 문도를 거느리고 왔다.

그들의 도착으로 남궁세가에 힘이 보태어졌다. 하지만 일월맹과 싸우기에는 많이 부족했다. 더욱이 일신궁은 아직 건재했다.

"일월맹에서 왔습니다."

무사가 달려들어 와 부복하자 남궁초영의 안색이 굳어졌다.

"올 것이 왔군."

남궁초영은 가만히 중얼거렸다. 이내 무사에게 말했다.

"장 총관을 불러오게나."

남궁초영이 말하자 무사가 빠른 걸음으로 달려나갔다.

"그까짓 강호 주십시오."

장도사는 안면의 절반을 붕대로 감고 있었다. 눈을 잃지 않은 것만
으로도 다행이라 해야 했다.

"아니, 자네!"

조건이 놀라 외쳤다. 장도사는 그런 조건을 바라보았다.

"그리고 훗날을 도모하는 것입니다. 그게 최선책입니다."

"흠······."

조건은 이내 침음성을 내뱉으며 팔짱을 끼었다. 사실 이들 외에는
모두 부상당해 누워 있는 상태였다. 거기다 삼 할이 죽었으며 사 할이
부상당했다. 온전한 사람은 불과 삼 할이었다. 당가와 점창, 그리고 모
용세가가 왔다고 하지만 전체 전력으로 볼 때 이 할 정도의 힘이었다.
그것도 당가라는 특수한 집단 덕분에 가능한 것이다.

이런 선택으로 싸우는 것은 힘든 일이었다. 낭마신이 인상을 씨푸리
며 남궁초영을 바라보았다.

"지금은 평화적으로 나가는 것이 현명하다고 생각하네만."

당마진의 말에 남궁초영은 입을 닫았다. 그들의 손에 죽어간 가솔들
때문이다. 거기다 남궁휘도 다쳤다. 그러한 분노가 아직도 풀리지 않

고 있었다. 하지만 한 가문의 문주라면 전체를 생각해야 했다. 지금 일월맹이 쳐들어온다면 분명 남궁세가는 멸문하고 말 것이다.

"총관의 말처럼 훗날을 도모해야겠지……."

남궁초영의 입이 힘들게 열렸다. 하기 싫은 말을 억지로 하는 사람처럼 그의 표정은 떨리고 있었다.

"다른 사람들의 생각은 어떤가?"

화산의 풍호자가 말하자 장도사는 빠르게 대답했다.

"그들의 의견도 훗날을 도모하자는 것에 일치했습니다."

"그래? 그렇다면 할 수 없겠지……."

풍호자가 고개를 숙이며 미미하게 어깨를 떨었다. 패했다는 것에 큰 상심을 얻은 것 같았다.

"오늘의 치욕을 몇 배로 돌려줄 그날까지 힘을 키웁시다."

남궁초영이 입술을 깨물며 말했다.

* * *

과거 무림맹이었고 현재는 일월맹이 되어버린 무림맹의 거대한 성은 밤에도 환한 불빛이 피어났다. 축제가 벌어진 듯 그곳은 시끄러웠으며 수많은 사람들이 승리를 축하했다. 그러한 날은 삼 일 밤낮 동안 계속되었다.

거대한 의사청 안에는 이십여 명의 인물이 늘어서 있었다. 그리고 측문이 열리며 한 명의 청년이 걸어 들어오자 모두의 표정이 굳어졌다. 그 청년의 뒤로 심아민이 걸어 들어오고 있었다.

청년은 너무도 자연스럽게 걸어와 태사의에 몸을 실었다. 그 모습이 자연스러워 누구라도 입을 열지 못하고 있었다. 청년은 손을 들어올리며 미소를 보였다.

"모두 앉으시오."

모두의 얼굴 속에 많은 변화가 일어나고 있었다. 청년은 고개를 돌려 옆에 서 있는 심아민을 바라보았다. 심아민은 앞으로 한 발 나서며 좌중에게 말했다.

"모두들 놀라실 거라 믿어요. 미리 말씀드리지 못한 점 사과드립니다. 이 일은 모두 전대 맹주님의 제안으로 홍 맹주님의 죽음을 가장하게 되었어요."

순간 웅성거리는 소리가 주변을 맴돌았다. 그러자 홍수월이 자리에서 일어섰다.

"스승님께서는 제가 다치자 저의 죽음을 가장해 무림맹을 칠 수 있는 절호의 기회라고 하시며 저를 설득하셨습니다. 저 역시 그 기회를 놓치고 싶지 않아 어쩔 수 없이 몸을 숨겨야 했지요. 그리고 이제 무림맹을 몰아내어 강호를 얻게 되자 저에게 당부하시며 은거에 들어가셨습니다."

"우리에게조차 말씀하지 않으시다니……."

태상장로인 장무성이 흰 수염을 쓰다듬으며 말하자 홍수월은 일어서서 포권하며 미소를 보였다.

"장로님께라도 알려야 했으나 이 일은 기밀을 요하는 일이었기에 알리지 못한 점을 죄송스럽게 생각합니다."

"아니네, 아니야. 맹주의 계획 때문에 오히려 우리는 좋아지지 않았나? 허허."

장무성이 웃음을 보이자 모두의 표정이 부드럽게 변하였다. 장무성은 그런 힘이 있었다. 거기다 이미 오 년 전부터 홍수월이 맹주 직을 가지고 있었다. 그렇기 때문에 이렇게 등장해서 맹주의 자리에 앉는다고 하여도 이상할 것은 없었다.

거기다 이번 거사를 진행한 것도 절반은 그가 한 일이다. 그러니 아무도 그의 재등장에 의심하는 사람은 없었다. 오히려 기뻐하는 사람들이 많았다. 단지 갑작스러워서 놀랐던 것뿐이다.

"맹주님께서 무사하셔서 다행입니다."

강무석이 허리를 숙이자 모두 따라서 허리를 숙였다.

"축하드립니다!"

외침 소리가 울렸다. 홍수월은 미소를 지으며 자리에 앉았다.

"이제부터 우리가 할 일은 복건과 광동에 자리한 일신궁과 마선신가에 대한 대처입니다. 여러분, 일신궁과 마선신가를 무력으로 해결할 것인지, 아니면 평화적으로 해결할 것인지 지금부터 의논하기로 합시다."

홍수월은 재빠르게 의제를 만들어 그들에게 내놓았다. 그리고 사람들은 일신궁과 마선신가에 대해서 의논하기 시작했다. 둘은 함께하기에는 그 뜻이 달랐다. 또한 싸우기에는 많은 전력의 손실이 필요했다. 그렇기 때문에 어려운 문제였다.

*　　　　*　　　　*

일정신은 머리를 짚으며 고개를 저었다. 머리가 아파왔기 때문이다.

"아, 고놈의 새끼들… 빠르기도 하지……."

일정신의 맞은편엔 헌무한이 앉아 있었다. 그리고 문천각주인 임정이 그 옆에 앉아 있고 일정신의 바로 옆에는 무장원주인 방대식이 앉아 있었다. 그렇게 네 명이 따로 모여 앉아 있는 것이다. 벌써 대의사청에서 한바탕한 후였다. 일월맹과 무림맹의 일로 인해 일신궁은 뒤집혀진 상태였다.

"임 각주… 쓰읍!"

임정이 고개를 들었다. 일정신은 아미를 찌푸리며 임정을 바라보았다.

"자네 생각은 어때?"

"제 생각으론 일월맹이 아마 손을 뻗지 않을까 합니다. 현재 큰 싸움을 한 후라 많이 지쳐 있을 것이고 우리와 싸우기에는 거리도 멀고 또한 많은 전력의 손실을 가져오게 됩니다. 그러니 일단 당분간이라도 화평을 요구하고 편하게 지내자는 말을 하겠지요."

"그런가?"

일정신이 다시 묻자 임정은 고개를 끄덕였다.

"물론입니다. 아니, 확신합니다."

임정은 확신이란 어조를 강하게 말하게 대답했다. 일정신은 한쪽 다리를 의자에 올리며 비스듬히 앉아 턱을 괴곤 인상을 찌푸렸다.

"아, 그 새끼들… 이 강호가 얼마나 무서운데… 잠자는 호랑의 코털을 건드리나……."

"기인이사늘이 움직이겠지요."

헌무한이 미소 지으며 말하자 일정신은 고개를 끄덕였다.

"아무래도 그렇겠지, 그런 게 수순이니 말이야. 어디서 튀어나올지 모를 놈이 튀어나와 뒤통수를 치겠지. 다 그렇잖아? 정파가 잘하는 게 뭔가? 다굴이와 뒤통수야, 뒤통수."

일정신이 한 손을 들어 자신의 뒤통수를 치는 척하며 말하자 모두의 얼굴에 미소가 번졌다.

"우리야 한번 당해봤으니 그렇다 쳐도 그놈들이야……."

"걱정하십니까?"

임정의 말에 일정신은 콧방귀를 뀌었다.

"그런 놈들 걱정해서 뭐 하게? 우리에게 시비나 걸 놈들인데. 그건 그렇고, 대단해. 이렇게 쓸어버릴 줄이야… 그것도 속전속결로 말이지."

"병법 중에 가장 상책은 줄행랑이란 말이 있습니다. 하지만 그보다 더한 상책은 아군을 죽이지 않고 적을 죽이는 일입니다. 하지만 가장 많이 쓰는 전법 중에 가장 많은 승리를 안겨준 것은 속전속결이었습니다. 적이 알아차리기도 전에 친다."

임정이 빠르게 말하자 일정신은 고개를 끄덕였다. 잘은 모르지만 그런 것 같았기 때문이다. 여기서 고개를 저으면 자신은 무식한 인간이 될 것 같다는 생각이 들었다. 사실 전법은 모른다. 그래도 한 줄 들은 것은 있었다.

"손자병법이지?"

"그게……."

임정은 잠시 망설이다 일정신의 부리한 눈과 마주치자 고개를 끄덕였다.

"물론입니다. 궁주님의 지식은 광대하고도 넓습니다. 탄복합니다."

"그래그래, 역시 임 각주는 멋있어. 저래야 해. 자고로 내가 하늘이 검다고 하면 검다고 대답할 줄 알아야지 암. 크크."

일정신은 웃음을 보이며 옆을 바라보았다. 방대식의 시선 때문이다.

"자네는 어떻게 생각하나?"

"예? 아무 생각도……."

"생각 좀 하게나. 머리는 어디에 쓰게? 자네는 다 좋은데 생각이 없는 게 문제야."

"죄송합니다."

방대식이 고개를 숙였다. 일정신은 자신을 바라보고 있는 헌무한의 시선에 헛기침을 하며 임정을 바라보았다.

"우리가 어떻게 하면 좋겠나?"

"일단 힘을 응축해야 합니다. 그리고 한번 터질 땐 전 강호를 쓸어 버릴 만큼 강렬하게 터져야 합니다."

"힘을 응축……."

일정신은 허공을 보며 자신의 손으로 뭔가를 잡는 듯 움직였다.

"좋은 생각이군. 힘을 응축시켜 건드리면 폭파시킨다……. 좋아, 그놈들이 신경을 건드리면 바로 죽여 버리지."

"물론입니다."

"그렇다면 모두에게 알려야지요?"

임정의 대답과 헌무한의 말이었다. 일정신은 고개를 끄덕이며 바로 앉았다.

"일신궁은 앞으로 문단속을 철저히 하고 힘을 키우는 방향으로 나가겠네. 앞으로 아이들에게 무공 수련에 더욱 힘을 쓰라고 전하게."

"명을 받겠습니다."

모두의 입이 떨어지자 일정신은 눈을 빛내며 하늘을 바라보았다. 오늘따라 흐려 보였다.

"우리에게 득만 된다면야 강호가 어떻게 되든 무슨 상관이란 말인가. 후후."

강호는 입으로 전해지는 소문이 발보다 더 빠른 곳이었다. 천여평에 대한 소문이 전 강호를 뒤흔들었다.

일월맹의 승리와 천하를 양분한다는 약조 역시 강호를 흔들었다. 무엇보다 사람들이 믿지 못한 것은 거대 문파들이 연합했는데 졌다는 것이었다. 일월맹의 강력함은 그만큼 대단한 것이었다. 사람들은 소문의 진위 여부를 알기 위해 천여평으로 모여들었다. 그런 그들 눈앞에 나타난 것은 소문의 사실 여부와 시신들의 역겨운 냄새뿐이었다.

멀리서부터 바람을 타고 역한 냄새가 코끝을 자극했다. 사람들은 코를 막으며 천여평으로 향했다. 그 사람들 틈에 소초산이 있었다. 소초산은 소매로 코를 막으며 약간의 구릉을 넘었다. 그리고 그 구릉 너머로 보이는 거대한 평원과 수많은 시신들의 모습은 충격 그 자체였다.

"이럴 수가……."

소초산은 저도 모르게 한발 물러섰다. 그처럼 많은 사람들이 놀란 표정으로 넓게 펼쳐진 평원을 뒤덮은 시신들을 바라보고 있었다.

"어떻게… 어떻게……."

소초산은 저도 모르게 신형을 떨며 장대하게 펼쳐진 시신의 밭을 바라보고 있었다. 도저히 상상할 수 없는 모습이 눈앞에 펼쳐졌기 때문이다. 믿을 수가 없었다. 지금까지 만났던 모든 사람들의 얼굴이 머리를 스쳤다.

몇 명의 사람들이 소초산을 지나쳐 시신들에게로 달려갔다. 그런 그
들의 얼굴은 눈물로 범벅되어 있었다. 가족들을 찾는 사람들이었다.
이내 여기저기에서 사람들의 통곡 소리가 들려왔다. 소초산은 멍하니
그 자리에 서 있었다. 코를 자극하는 역한 냄새도 그의 신경을 자극하
지 못하고 있었다.

터벅! 터벅!
천여평을 빠져나오는 발걸음은 무거웠다. 입속에서 토기가 올라올
것 같았지만 참았다.
"가짜였군… 가짜였어… 그래, 가짜였어……."
그렇게 중얼거릴 때 누군가가 옆을 지나치며 말하는 목소리가 들려
왔다.
"과거에 청성산도 시체로 산을 이루었다고 했지. 그런데 천여평도
시체로 평야를 이루었군. 말세야, 말세."
그들이 지나치며 중얼거린 목소리가 똑똑히 귀를 자극했다. 소초산
은 걸음을 멈추었다. 이내 소초산은 입술을 깨물며 신형을 돌렸다. 그
런 그의 발이 시신들을 향해 나아갔다.
"내가 끝내리라……."
소초산은 맹세하듯 주먹을 움켜쥐었다. 그런 그의 눈동자는 붉게 충
혈되었다.

"영웅이 되세요."

"되고말고… 암, 되고말고……."

소초산은 중얼거리며 시신들의 손에 움켜쥐어져 있던 검을 빼서 들었다. 그리곤 다시 다른 시신의 곁으로 다가가 그들의 손에서 검을 빼들었다.

"영웅이 되고 말리라, 영웅이… 제길……."

소초산은 힘을 주어 그들의 손을 펴며 또 다른 검을 빼서 품에 들었다.

"제길… 제길!"

소초산은 소리치며 이리저리 움직이기 시작했다.

슥! 슥!

땅에는 선이 그려지고 있었다. 천여평에서 이어진 그 선은 한없이 멀리 가고 있었다. 그리고 그 선의 끝에는 검들이 늘어져 있었다. 아니, 검 다발이었다. 검 다발이 바닥에 끌리며 선을 만들고 있었다. 허리끈으로 검 다발을 만든 것이다.

청년은 허리끈을 어깨에 올려 당기며 걷고 있었다. 날은 어둠이 되고 다시 아침이 밝아오기 시작했다. 하지만 청년의 발은 멈추지 않았다.

슥! 슥!

청년은 여전히 걸었다. 그리고 저 멀리 그 목적지가 눈에 들어오기 시작하자 그의 주변으로 강렬한 투기가 생겨나기 시작했다. 청년은 망설이지 않고 앞으로 걸어나갔다.

*   *   *

푸드득!

허공에서 날아오는 비둘기를 손에 쥔 염옥림은 전서를 재빠르게 읽어 내려갔다. 순간 염옥림의 안색이 검게 변하였다. 멍하니 잠시 그렇게 서 있던 염옥림은 정신을 차리며 고개를 흔들었다. 그리고 재빠르게 옷을 입기 시작했다.

"이런 미친놈! 거기가 어디라고 혼자 쳐들어가, 쳐들어가길!"

쉭!

염옥림의 신형이 창문을 넘어 밖으로 날았다.

*   *   *

푸드득!

지수는 비둘기의 전서를 손에 쥐곤 너무 놀라 잠시 동안 퍼런 안색으로 서 있었다. 그러다 이내 급박하게 방을 박차고 나와 달렸다.

"단주님!"

벌컥!

쾅!

문이 부서져라 열렸다.

"아니, 좀 조용히 다니지 못하겠어?"

양향숙의 꾸지람에도 지수는 아랑곳없이 심아영을 향해 다가갔다.

"단주님, 급보입니다."

심아영은 지수의 그런 모습에 놀라 건네주는 전서를 읽었다. 순간 심아영의 안색이 퍼렇게 변하였다. 아니, 경직되었다고 봐야 했다.

"어떻게… 어떻게 이럴 수가……."

양향숙이 그 모습에 놀라 전서를 받아 읽었다. 순간 양향숙의 안색 역시 퍼렇게 변하였다.

"이게… 이게 미쳤나!"

양향숙이 벌떡 일어섰다. 순간 심아영도 벌떡 일어섰다.

"가야겠어요."

놀란 양향숙이 심아영을 끌어안았다.

"어딜 말이십니까?"

"어디긴 어디예요! 그 사람에게 가는 거예요! 비키세요!"

"안 됩니다!"

"가겠어요!"

심아영이 소리치자 양향숙은 더욱 강하게 심아영을 끌어안았다. 그런 양향숙의 목소리가 떨리고 있었다.

"가면 안 됩니다. 죽는다구요."

심아영은 그 말을 듣는 순간 미미하게 몸을 떨기 시작했다. 그런 그녀의 충혈된 눈동자가 지수에게로 향했다.

"그가… 그곳에서 살아 나올 확률은 어떤가요……?"

지수는 고개를 저었다. 심아영이 힘없이 주저앉았다. 심아영은 양손으로 얼굴을 가렸다.

"저 때문에… 제가 그 말만 안 했어도… 저 때문에… 미안해요……."

심아영의 어깨가 흔들리기 시작했다.

*　　　　*　　　　*

"거, 미친놈이네……."

남궁초영은 전서를 받아 쥐곤 옆으로 던졌다. 시신 한 구만 더 늘어난다고 생각했기 때문이다. 바닥에 떨어진 전서를 장도사가 읽었다.

그리곤 옅은 미소를 보였다.

'역시… 네 능력을 믿는 사람은 나뿐인가? 이건 전 강호에 알릴 일이로군.'

"나도 보고 싶군."

당마진이 손을 뻗어오자 장도사가 공손히 건넸다. 당마진은 전서를 읽자 이내 너털웃음을 터뜨렸다.

"하하하하! 역시 이 친구 크게 한 건 할 것 같더니만 이렇게 사고를 치는군 그래. 하하하하! 멋진 놈이야. 하하하하!"

당마진이 전서를 손에서 먼지로 만들며 큰 소리로 웃기 시작했다. 모두의 시선이 그런 당마진을 향하고 있었다.

'또 있었군.'

장도사는 그런 당마진을 바라보며 미소를 그렸다.

단 백 명으로

슥! 슥!

뭔가 끌리는 듯한 소리가 울리고 있었다. 일월맹의 정문을 지키는 네 명의 무사는 소리와 함께 다가오는 청년의 모습에 기괴한 표정으로 그를 바라보았다. 난데없이 검을 저렇게 많이 묶어서 가지고 오다니 이상한 청년이라고 생각하면서도 도를 꺼내 막았다.

"어디 대장간에서 홍보차 방문했나 보구나. 하지만 아쉽게도 들어갈 수가 없단다. 돌아가거라."

조장인 듯한 삼십대 초반의 인물이 청년을 막아서며 말하자 청년은 아무 말 없이 왼손을 앞으로 들었다. 순간 미세한 경기가 허공을 날았다.

퍼퍼펙!

네 명의 무인이 일순간에 몸을 굳히며 눈을 부릅떴다. 마혈을 짚였기 때문이다. 청년은 그런 그들을 밀어버리며 앞으로 걸어나갔다.

슥! 슥!

검이 땅에 끌리는 소리만이 울렸다.

청년은 대문의 높이를 재듯 고개를 들어 편액을 바라보았다. 오 장 높이에 있는 일월맹이란 글귀가 눈에 들어왔다. 마치 대붕처럼 화려한 글자였다. 청년은 고개를 내려 대문에 왼손을 뻗었다. 장심이 대문에 닿자 청년은 가볍게 힘을 주었다. 순간 강력한 경기가 장심을 통해 쏟아져 나갔다.

쾅!

거대한 연무장의 안으로 나뭇조각이 회오리치며 날아들었다. 그리고 급박한 종소리가 일월맹에 울려 퍼졌다.

소초산은 고개를 들어 앞을 바라보았다. 자신을 둘러싸고 있는 수많은 사람들의 모습이 눈에 들어왔다.

"죽고 싶어 환장한 놈이로구나!"

소초산은 시선을 던져 소리친 인물을 바라보았다. 사람들의 중앙에 나와 있는 중년인이었다. 소초산은 그런 그를 향해 입을 열었다.

"내 손에는 백 자루의 검이 들려 있다. 단 백 명을 죽일 테니 덤벼보겠나?"

"미친놈!"

중년인의 말에 일순간 장내에 정적이 맴돌았다. 그러던 어느 순간 중년인이 고개를 쳐들었다.

"하하하하하!"

"하하하하!"

거대한 연무장에 큰 웃음소리가 울리기 시작했다. 수많은 사람들의 웃음소리였다. 하지만 소초산은 별반 반응 없는 얼굴로 그들을 바라보았다.

"뭐 하느냐! 쳐라! 곤죽을 만들어 버려라!"

"병신 같은 새끼, 정신을 차리게 해주마!"

일순 수많은 무인들이 소리치며 달려들었다. 그 순간 그들의 눈에 소초산이 손을 드는 모습이 들어왔다. 그리고 허공중에 서른개의 검이 떠오르는 것도 잡혔다. 일순간 그들의 안색이 굳어졌다.

"헉!"

놀라 몸을 멈추고 싶었으나 이미 앞으로 움직인 그들의 몸은 뜻대로 멈춰지지 않았다. 그 찰나의 순간 빛무리가 사방으로 뻗어갔다.

퍼퍼퍼퍽!

"크아아악!"

비명성이 울리며 수많은 사람들이 뒤로 쓰러졌다. 신형을 돌리던 중년인도 놀라 몸을 돌렸다. 그런 중년인의 눈에 부챗살처럼 펼쳐진 서른 구의 시신이 잡혀 들어왔다. 그의 눈동자가 굳어졌다.

조용했다. 아니, 고요했다고 해야 옳았다. 일순간에 보여준 소초산의 한 수는 주변을 압도하기에 충분했다. 그의 자연스럽게 흘러나오는 투기가 강력한 기도로 변하며 소초산의 모습을 더욱 크게 만들어주었다.

"칠십 개가 남았다."

소초산의 입이 열리자 중년인은 안색을 굳히며 소초산을 노려보았다.

"어디의 누구인지 모르나 이미 무림은 우리 일월맹에게 서약했다.

수많은 문파들이 충성을 맹세했으며 많은 문파들이 화평을 이룬 조약을 체결했다. 그런데 네놈은 똥을 뿌리고 있구나. 어디의 누구냐? 어디 문파 소속이지? 말하거라, 친히 명예를 걸고 불태워 주마!"

소초산은 그 말에 눈을 빛내며 입술을 움직였다.

"청성의 소초산이다."

"……!"

순간 중년인이 더없이 놀란 표정으로 굳어졌다. 또한 주변의 모든 인물들 역시 굳은 표정으로 변하였다.

"가서 전하거라, 소초산이 왔다고."

"이놈! 제 발로 이곳에 찾아왔구나! 쳐라! 죽여 버려라!"

중년인의 외침에 주변의 무사들이 서로를 쳐다보며 망설였다. 그의 무공을 봤기 때문이다. 그러자 중년인이 먼저 신형을 날리며 외쳤다.

"이놈의 목에 이 계급 특진이 걸려 있다!"

"우와아아아!"

외침성이 울리며 소초산을 향해 파도처럼 무인들이 날아들었다. 순간 소초산의 손이 허공에 올라가며 검 하나가 뒤에서 튀어나왔다.

셩!

허공을 가르는 소리에 먼저 몸을 날린 중년인의 눈이 부릅떠졌다. 자신의 미간에 뭔가가 날아왔기 때문이다.

픽!

중년인의 눈동자가 튀어나올 듯 커졌다. 그런 그의 눈에 위로 떠오르는 수많은 검날들이 잡혀 들어왔다. 그리고 마치 화살처럼 사방으로 퍼져 나가는 검들의 모습이 눈에 들어왔다. 그 모습이 마치 환상 같다는 생각이 들었다.

"이런 씨발……."

철푸덕!

중년인이 바닥에 쓰러지는 순간 비명성이 사방에서 메아리쳤다.

퍼퍼퍼퍽!

일순간 소초산의 주변으로 원을 그리듯 사람들이 쓰러졌다. 그 모습에 달려들던 무인들이 침을 삼키며 멈춰 섰다. 자신들의 손으로 어떻게 할 수 있는 인물이 아니라는 것을 알았기 때문이다.

"멈춰라!"

순간 외침성이 울리며 연무장 너머에서 서른 명의 인물이 모습을 보였다. 그들이 나타나자 무사들의 안색이 밝아지기 시작했다.

슥! 슥!

소초산은 검을 끌고 앞으로 걸어나갔다. 순간 무인들이 겁에 질려 물러섰다.

"이제 스무 자루만 남았구나."

소초산은 조용히 중얼거렸다. 하지만 그의 목소리는 사방에 울려 퍼졌다. 좀 전의 일격에 오십 자루를 날린 것이다. 그 환상 같은 모습에 모두들 질려 있었다. 하지만 의사청에서 나온 사람들은 그것을 모르고 있었다. 그리고 소초산의 말뜻을 이해하지 못하고 있었다.

강무석은 인상을 찌푸렸다. 일월맹의 무사들이 물러섰기 때문이다. 그리고 시신들의 모습과 그들의 가슴에 일정하게 박힌 검의 모습에 더욱 인상을 찌푸렸다. 일부러 그렇게 한 것처럼 그들은 쓰러져 있었다.

"누구냐?"

강무석이 눈을 부릅뜨며 강렬한 투기를 발산했다. 하지만 상대는 자신을 보지 않고 있었다.

"살아 있었군."

소초산은 시선을 들어 홍수월의 얼굴을 바라보았다. 홍수월도 소초산을 알기에 미소를 입가에 그렸다.

"자네가 무사해서 다행이네."

홍수월은 뒷짐을 지며 말했다. 그가 말하자 모두 뒤로 물러섰다.

"소초산, 정말 대단해. 그런데 뒤에 주렁주렁 달고 온 검은 무엇인가?"

홍수월의 말에 소초산의 입이 무겁게 열렸다.

"천여평에서 가지고 온 검이지. 시신들이 산을 이루었더군."

"멋진 장관이지 않았나?"

소초산은 차가운 눈동자로 홍수월을 바라보았다. 홍수월은 미소 지으며 다시 말했다.

"그들의 희생으로 인해 강호는 평화를 찾았네. 그들의 공덕을 잊으면 안 될 걸세."

"그런 게 평화라면 집어치워라."

"무엄하다!"

방오한이 소리쳤다. 홍수월은 손을 들어 방오한을 막았다. 방오한은 한발 나서다 뒤로 물러섰다.

"천여평에서 검을 들고 와 우리를 죽이겠다는 것이냐?"

홍수월의 차가운 목소리에 소초산은 고개를 끄덕였다. 그런 소초산의 머리 위로 한 개의 검이 뽑히며 떠올랐다. 그 모습에 모두의 표정이 굳어졌다. 하지만 홍수월은 여유있는 표정이었다.

"이 검들은 모두 죽은 무사들의 손에서 놓지 않았던 검들이네. 사실 백 자루는 아니었어. 그 많은 시신들 중에 검을 끝내 손에서 놓지 않았던 사람들이 그만큼 적었다는 뜻이지. 그들의 의지를 이었다고 해야 할까? 그들에게 말했지, 내 손으로 끝내주겠다고……."

소초산의 시선이 날카롭게 빛났다. 순간 바람 소리가 일어나며 허공을 뚫고 검이 날아왔다. 홍수월은 가만히 그 모습을 바라보았다. 그리고 홍수월의 이마에 검이 닿으려는 찰나 옆에서 검이 튀어나왔다.

땅!

검이 허공을 차며 뒤로 날았다. 그 순간 소초산이 오른손을 뻗었다.

슉!

허공을 날아 튕겨 나가던 검이 빠르게 호선을 그리며 날아와 소초산의 손에 잡혔다.

턱!

소초산의 굳은 시선이 홍수월을 향했다. 홍수월의 옆에서 강무석이 검을 거두며 뒤로 물러섰다. 홍수월은 여유있는 표정으로 소초산을 바라보았다.

"자네가 실수한 것이 무엇인지 아나? 그것은 혼자 온 것이네. 혼자서 이 많은 사람들을 상대할 수 있을 거라 여기나?"

소초산은 시선을 돌려 사람들의 얼굴을 바라보았다. 그리고 심아민의 얼굴도 눈에 들어왔다. 소초산은 이내 그녀를 지나 다른 사람들의 얼굴을 스쳐보았다. 그리곤 홍수월을 향해 고개를 돌리며 입가에 미소를 걸었다.

"스무 자루가 남았네."

"……?"

"그런데 스무 자루로 모자라겠군."

"미친놈……."

누군가의 입에서 흘러나왔다. 홍수월은 가볍게 고개를 끄덕였다.

"겁없는 놈이군. 그때 내가 일부러 그렇게 상대한 것을 모르겠나?"

홍수월의 말에 소초산은 고개를 끄덕였다.

"그런 것 같았어. 그런데 말이야, 나도 지금까지 강호에서 단 한 번도 전력을 다해본 적이 없었네. 그럴 상대가 없었거든."

슈숙!

소초산의 등 뒤에서 열다섯 개의 검이 튀어 올랐다. 그리고 소초산이 손을 들자 그 위로 열다섯 자루의 검이 뭉쳐지듯 모아져 손 안에서 회전하기 시작했다.

"해보자고, 누가 이기는지. 이 소초산이 이길까? 아니면 일월맹의 잡다한 녀석들이 이길까?"

소초산의 살기 어린 목소리에 홍수월은 비웃듯 뒤로 물러섰다.

"알아서 하시오."

장무성에게 말하자 장무성은 고개를 끄덕였다. 장무성은 멀리서 소초산의 무공을 보았다. 그의 무공이 측량할 수 없다는 것을 알지만 지금 이 많은 사람들을 상대한다면 그도 승산이 없을 것이다.

"합공하시오."

그의 말에 모두의 안색이 굳어졌다. 자존심 때문이다.

"저런 정파의 애송이를 상대로 합공하자고?"

"그는 장홍도 죽인 놈이네. 거기다 고진도 죽였고 영도지도 죽였다. 더욱이 정파의 어린놈이 검기상인의 경지에 들었다."

장무성의 차가운 목소리에 모두의 표정이 굳어졌다. 그의 말처럼 소초산의 무공은 심상치가 않았다. 그의 손 안에서 돌고 있는 검들의 모습이 무겁게 다가왔다. 심아민은 뒤로 물러섰다. 자신이 나설 자리가 아니기 때문이다.

"먼저 나서지."

염포가 먼저 소매를 걷어 올리며 앞으로 나섰다. 그러자 몇 명의 무인들이 검과 도를 빼 들었다. 염포가 나선다면 어쩔 수가 없었기 때문이다.

염옥림은 마치 바람처럼 신형을 움직여 일월맹의 높은 담에 올라섰다. 그런 그녀의 눈에 사람들에게 둘러싸인 소초산의 모습이 잡혀 들어왔다.

'저 미친놈… 진짜 왔잖아!'

염옥림은 놀라 소리치려 했다. 하지만 문제는 지금부터였다. 어떻게 소초산을 구해서 이곳을 빠져나갈지를 고민해야 하는 것이다. 다행히 아직까지 살아 있었다. 소초산의 앞에 있는 일월맹의 주요 무인들을 살피던 염옥림은 안색을 굳혔다. 쉬운 상대가 없었기 때문이다. 그 순간 소초산을 향해 십여 명의 인물이 날아들었다.

"헉!"

저도 모르게 입을 열었다 급하게 손으로 입을 막았다. 그 순간 그녀의 눈동자가 점점 커지더니 튀어나올 만큼 거대하게 변하였다. 손을 내리자 입도 벌린 채 닫지 못하고 있었다.

"믿을 수가……."

저절로 말이 흘러나왔다.

실전에서 쓰는 것은 처음이었다. 하지만 지금 써야 할 것 같았다. 상대를 압도하지 않는다면 불필요한 희생이 나올 것 같았기 때문이다. 그것을 사전에 막기 위해서라도 위력을 보여줘야 했다.

염포를 선두로 십여 명의 인물이 소초산을 덮쳐 왔다. 염포의 거대한 장영이 시야를 가리기 시작하자 소초산의 손 위에서 강렬한 빛살이 흘러나오기 시작했다. 소초산은 이내 검을 위로 올렸다. 열다섯 자루의 검이 회전하며 위로 솟구쳐 올라갔다. 언젠가 화산의 신선에게 배운 검초가 떠오른 것이다.

쩌적!

처음에는 검들이 균열을 일으켰다. 날아들던 십여 명의 무인도 그 모습을 볼 수가 있었다. 그들의 시선에 그러한 모습이 들어올 때까지 앞으로 일어날 일에 대해서 짐작하지 못하고 있었다.

번쩍!

순간 강렬한 섬광이 소초산의 머리 위에서 빛났다.

빛무리 속에서 우박이 튀어나온 것 같았다. 수많은 사람들의 눈이 반쯤 감겼다. 무엇보다 강력한 경기가 전신을 그물로 감아놓은 것처럼 묶는 것 같았다. 허공중에 떠 있는 그들의 눈 속에 파고드는 빛살은 한두 개가 아니었다. 수백, 수천의 빛살들이 떨어져 내린 것이다.

수십 명이 바닥에 쓰러져 있었다. 계단 중간중간에 쓰러진 사람들도 있었다. 그들 중 몇 명은 신음성을 내뱉고 있었다. 그들 모두의 공통점은 피투성이로 변해 있다는 것이었다.

"……."

할 말이 없었다. 아니, 말을 할 수가 없었다. 소초산의 주변 삼십 장에는 햇살을 받으며 빛나는 조각들이 널려 있었다. 검신이 조각나서 땅에 박혀 있는 모습이었다.

"후후……."

소초산은 웃음소리에 앞을 바라보았다. 쓰러져 있는 염포가 계단에 기대어 앉아 있었다. 그의 발밑으로 핏물이 흘러내리고 있었다. 염포의 전신에는 십여 개의 검신 조각이 박혀 있었다.

"검법은?"

"천둔검법."

"초식은 무엇이냐?"

"만리향(萬里香)."

염포는 입가에 허탈한 웃음을 담았다.

"피의 향기가 만 리를 간다는 것인가? 좋군, 좋아. 천하에서 당할 자가 없을 무공이네……."

염포는 눈을 감으며 중얼거렸다. 그의 목소리가 작아지자 모두의 표정이 더없이 굳어졌다.

"피의 향기가 아닌 검의 향기가 만 리를 간다는 뜻이오."

소초산은 조용한 목소리로 중얼거렸다.

"염포!"

장무성이 소리쳤다. 하나 눈을 감은 사람이 다시 눈을 뜰 리가 없었다.

"이제 다섯 개가 남은 것인가……."

소초산은 사람들의 놀란 눈을 의식하지 못한 듯 가만히 중얼거렸다. 그의 주변으로 일반 무사들까지 바닥에 쓰러져 있었다. 그들은 미처 피하지도 못하고 죽은 것이다. 신음성이 여기저기서 흘러나오고 있었다. 운이 좋아 죽지 않은 사람들도 있었던 것이다.

"허… 허허……."

너무 당황해서 웃음만이 나왔다. 아니, 너무 황당한 일이라서 웃음만 나올 뿐이었다. 장무성은 이내 인상을 굳히며 외쳤다.

"일월맹은 자네를 죽일 것이다!"

그의 외침에 사방으로 강한 살기가 피어났다. 전 무사들이 각오를 다지는 살기였으며 기세였다. 소초산도 그것을 느끼고 있었다. 소초산은 왼손을 들었다. 그러자 두 개의 검이 그의 어깨 너머로 떠올랐다.

"보고도 모르겠나? 나 지금 굉장히 화가 나 있다고."

낮은 목소리가 파장을 만들며 무림맹의 전체에 울려 퍼졌다. 수많은 사람들의 기세도 그 목소리에 눌려 사라지는 것 같았다. 그렇게 소초산은 홍수월을 바라보았다.

홍수월은 굳은 표정으로 한 발 나섰다. 그는 손을 내밀어 주변 사람들을 막았다. 자신이 나서야 했기 때문이다. 자신은 일월맹의 맹주였다. 그런 자신이 상대에게 압도를 당해서는 안 되는 일이다. 그 사실을 스스로도 잘 알고 있었다.

홍수월은 어이가 없다는 시선으로 소초산을 바라보았다. 그가 이곳에 들어왔다는 것 자체가 어이없는 일이었다. 강호상에 누가 감히 혼자서 일월맹에 쳐들어오겠는가? 하지만 눈앞에 소초산은 서 있었다.

그리고 소초산이 펼친 한 수에 그의 어깨가 미미하게 떨렸다. 마치 전설로 전해지는 사천당가의 만천화우(滿天花雨)를 보는 것 같았다. 하지만 만천화우가 아니었다. 그는 암기를 날린 게 아니기 때문이다. 더욱이 현 강호에서 누가 무기를 조각 내며 저런 장관을 만들 수가 있을까?

황당했다. 그런 감정이 들었다는 게 옳을 것이다. 홍수월은 안색을 바꾸며 굳은 표정을 지었다. 자신이 당황하면 안 되기 때문이다.

'대천무유공만 있었어도……'

문득 아쉽다는 생각이 들었다. 만약 몇 년이 더 지났다면 일월신록의 수수께끼를 풀었을 것이다. 하지만 일월신록은 난해하고 어려웠다. 그저 읽어보는 것만이 할 수 있는 최선의 선택이었다. 그것이 아쉬웠다.

"살인을 싫어한다고 들었는데 오늘 보아하니 살인귀가 따로 없구나."

홍수월이 한 발 나섰다. 이대로 물러설 수가 없었기 때문이다. 소초산은 인상을 찌푸리며 굳은 목소리로 말했다.

"내 손에서 모든 것이 끝난다면 피를 묻히는 일도 참을 수가 있다."

소초산의 싸늘한 목소리에서 그의 굳은 결심을 읽을 수가 있었다.

"내 목숨과 자네의 목숨, 어떤 것이 더 중요하다고 생각하나?"

소초산은 눈을 빛내며 손을 내렸다. 그러자 그의 머리 위에 떠 있던 검이 홍수월과 소초산의 가운데 지점에 꽂혔다.

픽!

검이 흔들리며 '웅웅!' 거리는 소리를 냈다.

"중요한 것은 다섯 자루의 검이 남았다는 것과 다섯 명의 목숨이 남았다는 것이네."

홍수월은 검을 꺼내 들었다. 그의 손에 검이 들리자 강력한 기도가 소초산을 압박해 갔다. 소초산은 그가 결심한 것을 알고 전신으로 내공을 돌렸다.

슈악!

그의 옷자락과 머리카락이 허공에 휘날리며 주변으로 바람이 몰아치기 시작했다. 홍수월의 머리카락도 위로 휘날리며 강력한 기운이 사방을 맴돌았다.

"처음부터 자네가 나섰다면 일이 쉽지 않았을까?"

"문제는 자네가 죽인 사람들이고 자네의 검이 살검이라는 것이네."

홍수월은 여전히 소초산을 자극했다. 소초산은 그 말에 고개를 끄덕였다.

"오늘만."

"훗."

홍수월은 가볍게 웃음을 흘렸다. 순간 홍수월의 신형이 빛살처럼 소초산을 압박해 갔다. 소초산의 앞으로 다섯 개의 검이 튀어나왔다.

쾅!

멀리서 지켜보는 염옥림은 주먹을 움켜쥐고 있었다. 긴장감이 전신을 휘감았기 때문이다. 마음 같아서는 이 자리에서 도망치고 싶었다. 앞으로 일어날 참혹한 광경 때문이다. 아무리 소초산의 무공이 하늘에 닿았다고 하지만 아직도 모여드는 이 많은 일월맹의 무인들을 당해낼 리가 없었다. 수천 명의 무인들을 상대해야 하는 것이다. 그 순간 홍수월과 소초산의 모습이 겹쳐졌다.

쾅!

귓가를 때리는 소음에 염옥림은 귀를 막았다.

"제발……."

심아민은 홍수월이 나서자 신형을 돌렸다. 그리곤 대전으로 걸음을 옮겼다. 그녀가 움직이자 강무석이 인상을 찌푸리며 그녀를 바라보았다. 그런 시선을 모르는지 심아민은 빠른 걸음으로 걸었다.

그녀의 발이 대전을 지나 태사의로 다가갔다. 그녀는 태사의 뒤편에 있는 벽면을 바라보았다. 벽면에는 용과 호랑이가 그려져 있었다. 그것을 바라보던 심아민은 손을 들어 옆으로 밀었다. 순간 바람 소리가 일어나며 용과 호랑이의 모습이 손길을 따라 사라졌다.

스르륵!

흙먼지가 바닥에 쌓였다. 밋밋한 벽면을 바라보던 심아민은 손가락을 들었다. 그리곤 힘차게 손가락을 움직였다.

청성이 일월맹을 이기다.

단순한 글귀였다. 그것을 다 쓰자 심아민은 손을 내리며 입을 열었다.

"조금… 직설적인가요?"

"아니오."

시선을 돌리자 강무석이 서 있었다. 강무석은 심아민을 바라보며 굳은 표정을 지었다.

"우리가 패한 것이오?"

"그래요."

"일월맹이 패할 수가 있는 것이오?"

"물론이에요."

심아민은 고개를 끄덕였다. 강무석은 살기를 피우며 심아민을 바라보았다.

"인정할 것이라고 여기는 것이오? 진정 부맹주는 그리 생각하시오? 단 한 명 때문에 우리가 다시 포기할 거라 여기는 것이오!"

강무석이 소리치자 그의 살기와 강한 기도가 심아민을 핍박해 갔다. 심아민은 그럼에도 별다른 변화 없는 얼굴로 말했다.

"단 한 명이 아니에요. 강 원주는 모르겠지만 수백, 수천의 사람들이 일월맹을 무너뜨리기 위해 목숨을 내놓았어요. 또한 수많은 음모들이 난무했으며 지금에 이르렀어요. 마치 저처럼……."

퍽!

순간 강무석의 눈동자가 튀어나올 듯 부릅떠졌다. 하지만 목소리가 흘러나오지 않았다. 심아민의 손이 입과 코를 막았기 때문이다.

"크륵! 큭!"

강무석은 발버둥 치며 심아민의 손목을 양손으로 잡고 있는 힘을 다해 비틀었다. 하지만 온몸의 힘이 순식간에 빨려 나가는 것 같은 착각과 함께 정신이 혼미해져 왔다.

슈아아악!

강력한 바람이 일어나며 강무석의 전신이 미미하게 떨리기 시작했다. 강무석을 바라보는 심아민의 표정은 변화가 없었다. 그저 담담하게 빛날 뿐이었다.

"미안하군요, 당신에게는……."

심아민은 고개를 저으며 손을 놓았다.

털썩!

눈이 뒤집힌 강무석의 신형이 바닥에 대자를 그렸다. 심아민은 그런 강무석을 바라보다 고개를 들었다. 문 너머로 치열한 싸움이 벌어지고 있을 것이다. 그것을 심아민은 알고 있었다. 심아민은 신형을 돌렸다. 그런 그녀의 모습이 흐릿하게 변하기 시작하더니 먼지처럼 사라졌다.

소초산의 신형이 뒤로 미끄러지듯 밀려났다. 하지만 표정은 변화가 없었다. 양팔의 소매가 찢겨져 나가 푸르스름하게 변하였지만 고통도 느끼지 못하는 것 같았다.

소초산은 고개를 들어 주변을 바라보았다. 좌우로 멀리 물러선 수많은 무사들도 있었지만 그중에 무엇보다 사나운 맹수 같은 눈동자를 하고 있는 홍수월이 잡혔다.

뚝! 뚝!

홍수월은 너덜해진 왼팔을 늘어뜨리고 있었다. 다섯 개의 검이 조각나며 튄 파편을 모두 왼손으로 막은 것이다. 왼손의 호신강기를 믿었다. 하지만 그러한 호신강기(護身剛氣)마저 뚫고 들어와 상처를 만들어 준 것이다.

꾸욱!

홍수월은 주먹을 굳게 쥐었다. 주먹 쥔 손 사이로 핏방울이 흘러내렸다. 하지만 홍수월 역시 고통을 느끼지 못하고 있었다.

'마지막이다, 마지막. 이놈만 죽인다면 진정한 천하를 얻을지 모른다.'

문득 그런 생각이 머리를 스쳤다. 홍수월은 이빨을 지그시 물며 전신의 기운을 온몸으로 돌렸다.

슈아악!

홍수월의 옷자락이 펄럭이며 머리카락이 위로 올라갔다. 그러자 주변의 돌 조각들도 허공중에 떠오르기 시작했다.

"경천동지(驚天動地)할 무공이로고……."

장무성이 고개를 끄덕이며 중얼거렸다. 역시 맹주라는 믿음이 담긴 목소리였다. 그 말에 모두들 고개를 끄덕였다. 인간의 능력을 훨씬 상회하는 모습이었다.

"확실히 네놈의 무공은 대단하다. 현 강호에서 자네 같은 인물이 어디에 또 있을까? 하지만 그것은 어디까지나 개인의 무공. 만인의 무공을 한 몸에 지닌 내가 어떻게 네놈에게 죽을까? 알게 될 것이다, 만인의 위에 올라서게 되면 그 마음부터 달라진다는 사실을."

홍수월의 검이 부르르 떨리며 앞으로 천천히 뻗어나가기 시작했다. 그 모습은 굉장히 느렸으며 느긋했다. 하지만 검끝에서 반짝이는 점 같은 빛살은 주변의 모든 기운을 집어삼키듯 맹렬했다.

"낙성천(落星天)!"

천마검법의 마지막 초식인 낙성천을 펼치는 그 모습에 일월맹의 인물들이 놀라 외쳤다. 아직까지 그 초식을 확실하게 시전한 사람이 없었기 때문이다. 그들의 놀라움처럼 대단한 위세였다. 검이 지나가는 주변으로 땅이 반 장가량 파여 나갔다.

쿠쿠!

땅이 파이는 소리가 선명하게 소초산의 귀에 들려왔다. 소초산은 가만히 검과 그 뒤에 서 있는 일그러지듯 헝클어진 홍수월을 바라보았다. 검이 내뿜는 경기로 인해 공기가 뜨겁게 변하며 일그러졌기에 그의 모습조차 그렇게 보인 것이다.

스릉!

소초산은 운중검을 처음으로 뽑았다. 더 이상의 검들이 없었기 때문이다.

쉬악!

그의 주변으로 한줄기 바람이 스치고 지나갔다. 그의 시선이 고요하게 가라앉았으며 그의 주변으로 훈훈한 바람이 일렁이는 것처럼 출렁이기 시작했다. 소초산은 눈을 감았다. 그 순간 그의 머릿속에 도화원에서 뛰고 있는 자신을 발견했다. 그 앞에는 몇 명의 여인들이 보였다. 일순간 그의 입가에 미소가 걸리며 그의 손이 움직였고 그의 검이 좌우를 갈랐다.

슥!

❖第九章❖

소문과 소문들

소문과 소문들

일월맹의 현판은 조각이 나 있었다. 거대한 대문 역시 어디로 사라졌는지 모르게 뻥 뚫려 있었다. 그 안으로 많은 사람들이 여기저기 기웃거리고 있었다. 소문의 진위를 확인하기 위해서이다. 그리고 거대한 문을 통해 수많은 사람들이 들어섰을 때 안에서 기웃거리던 사람들이 거대한 연무장의 구석으로 밀려갔다.

"허허……."

남궁초영은 어이없다는 표정으로 주변을 둘러보며 웃었다. 소문처럼 아무것도 없었기 때문이다. 그리고 그 소식이 사실이라는 것을 알게 되었다.

"정말 혼자서?"

풍호자가 놀라 주변을 둘러보며 말하자 무림맹의 수많은 사람들이 서로의 얼굴을 바라보았다. 남궁초영을 비롯한 조성정과 당마진이 연무장을 가로질러 걸어갔다. 그 뒤로 수많은 무림맹의 주요 인사들과 무림인들이 따랐다. 그들 대다수는 아직도 믿을 수 없다는 표정이었다.

그리고 그들의 발걸음이 대전 안으로 들어서는 순간 그들의 표정은 더욱 크게 변하였다. 대전의 끝에 쓰여 있는 글귀 때문이다. 태사의 뒤에 쓰여진 강하고 굳건한 글씨가 그들의 눈에 들어왔다.

청성은 강호를 잊지 않았다.

"풋!"

조영영이 참지 못하고 웃었다. 글씨를 너무 못 썼기 때문이다. 순간 모두의 따가운 시선이 닿자 조영영은 얼굴을 붉히며 고개를 숙였다. 그의 성격을 어느 정도 알기 때문에 그녀는 웃은 것이다.

"풋!"

이번에는 당마진이 웃었다. 순간 차가운 시선들이 닿았으나 당마진은 어깨를 으쓱하며 더욱 큰 소리로 웃어 보였다.

"하하하하하! 이 얼마나 놀라운 일인가!"

"하하하!"

조성정도 따라 웃자 남궁초영이 체면을 버린 채 큰 소리로 웃었다. 그러자 주변은 일순간에 웃음바다가 되었다.

"사실이었군, 사실이었어!"

남궁초영이 소매에서 문서를 꺼내 들었다. 그 내용은 지금까지의 모든 일들은 무효이며 앞으로 일월맹은 강호에 나오지 않겠다는 각서를 담은 문서였다. 그것을 바라보는 남궁초영의 눈동자가 빛나고 있었다.

"당장 소초산, 아니, 소 대협을 모셔오게!"

남궁초영이 소리 높여 외쳤다.

소초산은 대전 안으로 들어와 태사의 뒤쪽 벽면에 쓰여 있는 글을 발견했다.

"청성이 일월맹을 이기다……."

잠시 팔짱을 끼고 그것을 바라보던 소초산은 인상을 찌푸렸다. 이내 오른손을 움직이자 글귀가 사라지며 흙먼지가 바닥에 쌓이고 벽면이 밋밋하게 변하였다.

"마음에 안 들어……."

슥!

소초산의 손이 움직이며 괴발개발 같은 글귀가 빠르게 쓰여졌다.

청성은 강호를 잊지 않다.

자신이 강호에 나올 때 마음속으로 다짐했던 말이었다. 그것을 무림맹의 대전에 써넣은 것이다. 가슴속이 후련해지는 기분이었다.

*   *   *

삐걱! 삐걱!

노를 젓고 있는 소초산은 인상을 찌푸리고 있었다.

"이 천하의 영웅인 내가 직접 이렇게 노를 저어야 하겠나? 임가 놈이라도 있다면 시킬 텐데……."

문득 아쉽다는 생각이 들었다. 이럴 줄 알았다면 임파영도 데리고 다녔어야 했다고 여겼다. 그가 없으니 불편한 점이 한두 가지가 아니었다. 심부름시킬 사람이 없었기 때문이다.

"으랏차!"

소초산은 소리치며 노를 힘차게 저었다. 저 멀리 안개가 피어나는 곳이 보이기 시작했다. 넓고 넓은 포양호에 배를 띄운 지 삼 일 만에 발견하게 되자 소초산의 표정이 밝게 변하였다.

"으랏차!"

소초산은 다시 한 번 소리치며 노를 힘차게 저었다.

뚜벅! 뚜벅!

소초산의 발걸음은 가벼웠다. 전에도 와본 적이 있었기 때문이다. 소초산은 이리저리 주변을 살폈다. 사람의 인기척을 느끼기 위해서였다. 하지만 꽤 오래전에 이 작은 마을이 빈 듯 사람들의 인기척은 없었다.

소초산의 발걸음이 길을 따라 언덕 너머의 숲을 향했다. 그곳에 거대한 망루가 있다는 것을 생각해 낸 것이다. 그리고 은행나무 숲과 대나무 숲.

소초산은 빠른 걸음으로 마을을 지나 언덕을 넘어갔다. 그리고 숲을 지나쳐 맑은 하늘이 눈에 들어오자 시선을 돌렸다. 절벽 위에 놓인 거대한 망루에 사람의 그림자가 있었다. 소초산은 천천히 그곳으로 움직여 갔다.

살랑!

바람이 불었다. 강한 바람은 아니었으나 바람은 그녀를 스치고 지나쳤다. 고개를 돌리던 그녀가 바람에 머리카락이 얼굴을 가리려 하자 손을 움직여 귀 뒤로 머리카락을 넘겼다. 그런 그녀가 입가에 미소를 그렸으며 살짝 고개를 숙였다. 아름다웠다. 바람은 여전히 선선히 불어왔으며 그녀의 옷자락은 너풀거리듯 움직이고 있었다.

"오실 거라 생각했는데……."

바람을 타고 고운 목소리가 향기처럼 귓가에 전달되었다.

"그냥… 감이라고 해야 할까? 이곳에 오면 만날 수 있을 거라 생각했소."

소초산은 난간에 기대며 미소 지었다. 그녀의 얼굴을 바라보는 것만으로도 즐겁다는 생각이 문득 들었다. 그런데 그런 그녀가 살인을 저지르고 다녔던 일월맹의 부맹주였다. 아직도 그 사실을 부정하고 싶었다. 그런 마음이 솔직한 마음이었다.

"감… 좋은 감이에요."

그녀는 미소 지으며 눈웃음을 보였다. 그녀가 손을 들어 입을 가리며 살짝 웃는 모습은 귀엽다 못해 선하게 느껴졌다. 소초산은 그런 그녀에게 자신이 끌려간다는 생각이 문득 들었다. 그리고 그녀의 얼굴 위로 심아영의 얼굴이 스쳤다. 소초산은 입을 움직였다.

"아영……."

소초산의 입이 조용히 열리며 심아영의 이름이 입 밖으로 자연스럽게 흘러나왔다. 작은 목소리였지만 그녀는 그 이름에 반응하듯 눈을 깜박였다. 소초산은 가볍게 미소 지었다.

"당신과 닮은 것 같아서. 보면 볼수록 닮았다는 생각이 드는구려."

심아민의 시선이 살짝 내려가며 눈동자가 옆을 향했다. 그런 그녀의 매혹적인 모습에 소초산은 입가에 미소를 그렸다. 사실이란 확신이 섰기 때문이다.

"절강성의 안탕산은 천하의 명산이에요. 강호에서도 명산으로 소문난 곳이지요."

"그렇게 들었소. 한번 가보고 싶은 산이오."

심아민은 미소 지으며 고개를 끄덕였다. 그런 그녀의 입술이 다시 열렸다.

"안탕산의 밑에 있는 '심가'는 인심이 후하기로 소문난 곳이었어요. 그 소문은 절강성 전체에 퍼져 있었지요. 홍수가 나면 창고의 쌀을 풀었고, 다른 지방의 의원들까지 초청해 역병을 막으려고 했지요. 사비를 들여 치수공사도 행하여서 둑을 쌓고 사람들이 농사를 잘 짓고 평안하게 살 수 있도록 많은 노력을 하셨어요. 가뭄이 들면 다른 지역에서 쌀을 사 와 농민들에게 베풀었지요."

"좋은 사람이구려."

"그렇지요? 제가 생각해도 그분은 너무 좋은 이었어요……."

심아민은 살짝 미소 지었다. 그녀가 손으로 입술을 가리며 미소 짓는 그 모습에 약간의 쓸쓸함이 보였다. 소초산은 담담히 미소를 보이며 그런 그녀를 바라보고 있었다.

"그분은 좋은 부인이 있었고 사랑스러운 두 딸이 있었다고 해요. 뒤를 이을 후계자가 없었지만 그래도 행복했다고 들었어요. 하지만 시간이 지나 후계자에 대한 걱정을 하게 되었지요. 아무리 그래도 사내아이가 필요했던 것이에요. 그래서 그분은 양자를 거두려 했어요. 하지만 마음에 드는 양자를 구하는 게 쉬운 일은 아니었어요. 결국 양자는 포기하고 데릴사위를 생각했지요. 세상은 평화로웠고 그는 여전히 덕을 쌓았어요."

"그런 분들만 있다면 세상은 행복할 것이오, 분명히······."

심아민은 그 말에 고개를 끄덕이며 소초산에게 미소를 보였다. 그런 그녀가 살짝 고개를 숙이며 다시 말을 이었다.

"하지만 아무리 인심이 좋고 덕을 쌓는다고 하여도 무공 앞에는 무력할 뿐이에요. 무력할 수밖에 없지요. 관(官)이 존재하고 하늘 아래 황제가 있다고 하지만 당장에 눈앞에는 무공만이 최고였어요."

소초산은 입을 닫았다. 심아민은 신형을 돌리며 난간에 기대어 포양호를 바라보았다. 소초산은 그녀의 옆얼굴을 바라보며 그녀의 말뜻을 상기했다. 그 말에 부정할 수가 없는 자신을 알게 되자 그것 역시 슬픈 일이란 것을 알았다. 자신이 사는 세계가 그런 세계라는 것을 알았기 때문이다.

"그분은 데릴사위 때문에 고민에 빠졌어요. 심가의 돈과 인덕을 원하는 사람들이 많았기 때문이에요. 한 달에 한 번씩 매파는 계속 이어졌어요. 하지만 그분은 마음에 드는 곳이 없기에 아직 두 딸이 나이가 어려 생각지 않는다고 거절하셨어요. 그분의 실수라면 술자리에서 데릴사위 얘기를 꺼낸 것이 실수였겠지요. 그 말만 안 꺼냈다면 그렇게 매파가 안 왔을 테니까요."

"자고로 술이 문제요, 술이."

소초산이 고개를 끄덕이며 동조했다. 심아민은 미소를 보이며 소초산의 행동에 동조하듯 다시 말했다.

"그래요, 술이 문제예요. 저 역시 술을 좋아하는 남자는 싫어하지요."

"다행이오. 내가 술을 못하니 말이오."

심아민은 그 말에 옅은 미소를 보였다. 심아민의 목소리가 다시 들려왔다.

"매파를 보낸 사람들 중에 수보장(水寶莊)의 장주도 포함되어 있었어요. 수보장은 주변의 평판이 좋지 않은 곳으로 악덕 고리대금업을 하는 곳이었어요. 그런 수보장에서 매파가 왔으니 그분께서 화가 나셨어요. 하지만 매파가 왔으니 예의를 다해 거절을 했지요. 그런데 수보장은 끈질기게 그분을 귀찮게 했지요."

"흠……."

"그분은 끝끝내 거절을 했지요. 그러자 자존심이 상했는지 수보장은 하오배들을 동원해 심가를 괴롭혔어요. 물론 심가를 직접적으로 해하지는 않았지만 마을 사람들이 피해를 입었지요. 그것을 보다 못한 그분께서 몇몇 친구 분들을 불렀어요. 친구 분들 중에 강호에 이름이 있는 무인들이 계셨기 때문에 쉽게 하오배들을 몰아낼 수가 있었어요. 하지만 문제는 그 후에 일어났어요."

"전형적인 수법이군."

심아민은 그 말에 고개를 끄덕였다.

"가장 흔한 수법이면서도 더러운 수법이지요."

소초산이 그 말에 긍정을 표시하자 심아민은 다시 말을 이었다.

"수보장의 장주가 자신들의 뒤를 봐주던 하오문의 작은 문파에 돈을 준 것이에요. 그리고 그들은 심가를 공격해 왔지요. 명분은 하나였어요. 자신들의 동료가 피를 토하며 죽었다는. 하지만 그분의 친구 분들은 그들을 쉽게 물리쳤어요. 그런데 그 다음에 다른 사람들이 밤에 왔어요. 하오문과는 전혀 다른 사람들이었지요. 그들은 살인귀들……."

심아민의 눈꼬리가 미미하게 떨렸다. 소초산의 표정 역시 굳어졌다.

"맞아요. 그들은 살인귀들이었어요."

단정을 짓듯 심아민은 잘라 말했다. 소초산은 침묵했다.

"심가가 불타던 날 두 소녀는 공포를 느껴야 했어요. 죽을지도 모른다… 죽을지도 모르지만, 살고 싶다……. 살고 싶다는 생각만 두 소녀는 했을 거예요."

소초산은 고개를 끄덕였다. 심아민이 다시 말했다.

"그리고 두 소녀는 살았어요. 그곳에서 살아난 사람은 오직 두 소녀뿐이었어요. 그 소녀들을 구한 여자는 소녀들의 손을 잡고 강을 거슬러 올라 산을 타고 또 타서 그렇게 멀리까지 여행했지요. 그리고 도착한 곳은 궁전 같은 곳이었어요."

"비영단."

소초산의 짧은 말에 심아민은 고개를 끄덕였다. 부정하는 것도 없었다. 그저 고개를 끄덕일 뿐이었다. 그런 그녀의 입이 다시 열리기를 소초산은 기다리고 있었다. 잠시의 시간 동안 그녀는 호수에서 불어오는 바람을 맞으며 서 있었다. 여러 가지 복잡한 상념들이 표정을 스치고 지나가는 것 같았다. 소초산의 표정 역시 굳어져 있었다. 그 역시 많은 생각들로 가득 차 있었다.

"일월맹… 그 당시의 절강성은 일월맹이 암중으로 장악한 곳이었어요. 많은 사업을 일월맹은 하고 있었지요. 그리고 그들은 돈을 위해서 사람을 죽이거나 명예를 위해서, 그리고 자신들의 비밀을 위해서 살인을 했어요."

"살인이라……."

"그런 일월맹이 심가를 불태웠지요. 소녀는 그 사실을 알게 되었을 때 잠을 이루지 못했어요. 소녀의 머리에는 죽은 사람들의 얼굴이 떠나지 못하고 있었던 것이에요. 그들의 얼굴을 기억할 때마다 소녀는 다짐했지요."

소초산은 무엇을 다짐했는지 알고 있었다.

"복수… 원한……. 소녀는 그것을 위해 모든 것을 버리겠다는 각오를 하게 되었지요. 오직 하나, 잠을 자고 있는 동생의 편한 얼굴을 위해서……."

"그래서 일월맹에?"

심아민은 고개를 끄덕였다.

"전대의 단주는 소녀에게 좋은 계책을 가르쳐 주었어요. 그리고 소녀는 그 계책처럼 움직일 생각을 하게 되었지요. 일월맹의 맹주가 제자를 구하고 있다는 사실과 그 제자로 들어가 살아가라는 것, 동생의 곁을 떠나라는 명령과도 같은 그런 계획이었어요. 그리고 결국… 이렇게 당신이 제 앞에 나타났어요."

심아민은 살짝 미소 지었다. 길고 긴 이야기가 그렇게 끝이 났다. 소초산은 심아민의 옆에 다가가 난간에 기댄 채 포양호를 바라보았다. 복잡한 상념들이 머리를 스쳤다.

"알고 있겠구려."

"불론이에요, 당신이 누구인지. 그리고 아영과 어떤 관계인지. 비영 단주가 되었을 때 사실 기뻤어요. 또한 당신이라는 사람이 어느 정도의 능력을 가졌는지 알게 되었을 때 더욱 기뻤지요."

"그렇다면 내가 온 이유도……?"

심아민은 고개를 끄덕였다. 소초산은 신형을 바로 세우며 말했다.

"같이 갑시다."

심아민은 잠시 그 말에 흔들리는 시선을 소초산에게 던졌다. 그렇게 잠시 시간이 흐른 후 심아민은 고개를 저었다.

"미안하군요……."

"왜? 아니, 보고 싶지도 않소? 그녀는 지금도 당신을 생각하고 있소."

심아민은 미소 지었다. 그 미소가 서글퍼 보인다는 생각이 머리를 스쳤다. 심아민은 고요한 눈빛으로 소초산을 응시했다.

"제가 살아 있다면 분명 아영의 입장은 난처해지겠지요……."

소초산의 표정이 굳어졌다.

"무슨 소리를 하는 것이오? 그게 무슨 상관이라고? 내 이름을 걸고 맹세하지만, 절대 그런 일은 없을 것이오."

심아민은 옅은 미소를 보이며 고개를 저었다.

"소 대협, 세상은 언제나 둘로 나뉘어져 있답니다. 밝은 세상과 어두운 세상. 일월맹이 물러섰지만 사라지지 않았지요. 또 다른 일월맹이 있을 것이고, 없다면 다시 나타나겠지요. 사람은 그림자를 달고 다니듯 세상 역시 그림자를 달고 다닙니다. 그 둘은 설사 가족이라 하여도 하나가 되지 못하는 존재. 지금의 저와… 아영의 모습이지요. 정사는 함께할 수가 없어요."

"말도 안 되는 궤변이오."

소초산은 딱 잘라 말했다. 그렇게 말해야 할 것 같았기 때문이다.

"당신은 순수하고 좋은 사람이에요. 분명 아영은 행복하겠지요."

"아영은 당신을……."

스륵!

심아민의 신형이 한 발 다가섰다. 순간 소초산은 전신이 경직되어 굳은 것처럼 움직이지 못했다. 순간 심아민은 발끝을 들어 소초산의 이마에 입을 맞추었다. 잠시 동안 소초산은 스치는 여인의 향기에 온 신경이 마비되는 것을 느껴야 했다.

슥!

심아민이 뒤로 한 발 물러섰다. 그런 그녀의 입가에 미소가 걸렸으며 장난스러운 눈빛이 소초산의 시야에 들어왔다.

"행복하세요……."

"어……."

소초산은 저도 모르게 한 손을 앞으로 뻗었다. 순간 심아민의 모습이 시야에서 사라졌다.

"이런!"

소초산이 놀라 난간에서 고개를 내밀자 떨어져 내리는 그녀의 모습이 눈을 파고들었다. 소초산의 표정이 일그러졌다.

"비겁하게!"

소초산은 괴성을 지르듯 소리쳤다. 자신의 온 신경을 다른 곳으로 돌리게 한 후에 이렇게 혼자 마음대로 뛰어내린 것이다. 비겁했다. 그런 생각이 머리를 가득 채웠다. 말도 안 되는 일이었다. 소초산은 너무도 놀라 눈을 부릅뜨고 있었다.

떨어져 내리는 심아민의 주변으로 안개 같은 기운들이 퍼져 나갔다. 그런 그녀의 머리카락이 허공으로 솟구쳤으며 옷자락이 하늘을 향했다. 심아민의 눈이 소초산의 눈과 마주쳤을 때 심아민의 입술이 미미하게 움직였다.

'미안해요.'

소초산의 눈동자가 흔들리기 시작했다. 그리고 그녀의 모습이 완전하게 안개에 가려지자 소초산은 고개를 숙였다.

풍덩!

작은 소리가 귓가를 스쳤다. 소초산은 저도 모르게 난간을 굳게 움켜잡으며 어깨를 떨었다.

"왜! 왜 이렇게 돼야 하는 건데!"

배가 하나 안개 사이로 떠 있었다.

턱!

뱃전으로 손이 나타나자 노를 잡고 있던 청년이 노를 내려놓으며 손을 뻗었다. 이내 백색 옷을 입은 여인이 모습을 보였다.

"누님, 매혹적입니다……."

마장천은 물에 젖은 심아민의 모습을 바라보다 얼굴을 붉히며 고개를 돌렸다. 그녀의 완연한 몸매가 확실히 드러났기 때문이다. 옷이 물에 젖어 몸에 달라붙었으니 그럴 만도 했다.

"속았겠지."

"물론입니다. 저놈은 머리가 좀 돌인 것 같습니다. 누님의 연기력이라면 충분히… 무공에 비해 아주 단순한 놈이니……."

심아민은 한쪽에 앉으며 고개를 끄덕였다. 이내 소리없이 작은 배가 이동하기 시작했다.

"홍아는?"

"일 리 밖에서 대기 중입니다."

"그래?"

"예."

대답을 한 마장천은 수중기가 올라오자 고개를 돌렸다. 뇌살스런 그녀의 모습이 천천히 부드럽게 변하는 것을 눈으로 확인할 수가 있었다. 그리고 어느새 옷과 머리카락을 다 말린 그녀가 미소를 보였다.

"무림맹의 눈을 피해야 하니 앞으로가 걱정이구나."

"별일없을 것입니다. 항주에 거처를 마련했으니 그곳에서 시간을 보내는 것도 나쁘지는 않을 것 같습니다."

"항주라… 서호가 옆에 있는……. 천하의 절경이라고 들었는데 그곳으로 간다니 좋구나."

"한 번도 간 적이 없으시지요?"

심아민은 고개를 끄덕였다. 그러자 마장천이 얼굴을 붉히며 다시 말했다.

"좋은 곳입니다. 제가 안내하지요."

심아민은 미소 지었다. 그런 심아민의 시선이 멀리 안개 너머의 망루로 향했다. 안개로 인해 보이지는 않았지만 분명 아직까지 그는 그곳에 있을 것이다.

'언젠가는…….'

심아민은 고개를 돌리며 마장천에게 말했다.

"재미있는 곳이야, 강호는……."

"물론입니다."

배가 떠나가는 것도 모른 채 소초산은 한동안 멍하니 망루에 서 있었다. 믿을 수 없는 일이 눈앞에서 일어났다. 소초산은 주먹을 움켜

쥐었다. 마치 심아민의 손을 잡은 것 같은 착각이 일어났다. 방금 전까지 자신의 눈앞에서 웃고 있던 그녀였다. 그런 그녀가 뛰어내린 것이다. 이제 그녀의 모습은 어디에도 없었다. 망연자실할 수밖에 없었다.

틱!

소초산은 몸을 돌리다 발끝에 걸리는 무언가에 시선을 내렸다. 그런 그의 눈 속으로 팔찌가 하나 들어왔다. 봉황이 수놓아진 팔찌였다.

"하하……."

소초산은 허탈한 웃음을 흘리며 팔찌를 품에 넣었다.

"결국 원한 때문에 그 많은 사람들이 피를 흘리며 죽어간 것인가. 그 원한 하나 때문에 수많은 사람들이 다쳐야 했던 것인가… 나는 그저 놀아났을 뿐이고… 참으로 무서운 여자로구나……. 아영… 당신의 언니라는 사람은 정말 무섭소, 무서워……."

소초산은 가만히 중얼거리며 걸음을 옮겼다.

*   *   *

무림맹은 새롭게 개편되고 있었다. 일월맹과의 싸움으로 인해 수많은 희생자를 내고 피해를 입었지만 새롭게 개편되고 다시 많은 강호인들이 모여들어 노력하자 금세 예전의 모습을 찾아가고 있었다. 그리고 맹주로는 남궁세가의 남궁초영이 모두의 동의를 얻어 앉게 되었다. 남궁세가의 염원이던 맹주가 드디어 남궁세가에서 나온 것이다.

하늘은 맑았으며 바람도 선선하니 낮잠을 자기에는 딱 좋은 날씨였다. 그런 날씨 속에서 나무 그늘 밑에 앉은 두 명의 인물이 바둑판을 바라보며 인상을 쓰고 있었다.

"형님, 아무래도 제가 똥이 마려운 관계로 잠시 일어서야 할 것 같습니다."

"허허. 그래, 그러게. 사실 말이야, 나는 자네가 배 아파하는 것을 알고 있었네."

"역시 형님입니다."

소초산은 그렇게 말하며 자리에서 일어섰다. 그리곤 측간을 향해 막 걸음을 옮기려던 순간 고개를 팽 하니 돌렸다.

"형님!"

"헉!"

순간 양일의 손이 굳어졌다. 바둑판의 흑돌을 막 잡으려던 순간이었다. 그가 팔을 뻗은 채로 소초산을 바라보았다.

"승부는 정정당당해야 합니다."

"물론이지. 험험! 내가 누군가? 정파의 하늘이라는 화산의 사람이 아니던가? 그런 내가 설마 더러운 수법을 쓰겠나?"

양일이 헛기침을 하며 정좌했다. 소초산은 고개를 한 번 끄덕이곤 고개를 돌렸다. 그리고 그의 모습이 측간 쪽으로 완전히 사라지자 양일이 손을 움직였다.

"후후, 비겁과 치졸이 내 좌우명이거늘……."

스슥!

바쁘게 그의 손이 움직이기 시작했다. 그러던 중 몇 개를 움직이던 양일은 살짝 인상을 찌푸렸다. 형세를 보아하니 아무리 소초산이 노력해도 자신이 이길 것 같았기 때문이다.

'오늘 한 번만 정당하게 하자.'

양일은 원래대로 돌리며 소초산을 기다렸다. 얼마 후에 소초산이 바지 끝을 잡으며 나타나 양일의 맞은편에 앉았다.

"비겁과 치졸이 좌우명이신 선배님이시니 분명… 음……."

소초산은 아무것도 변한것이 없다는 것을 확인하며 인상을 찌푸렸다. 사실 바꾸기라도 했다면 뒤집으려 했던 참이다.

"분명히 약속하지 않았나? 오늘 술값 말이야. 후후후. 자, 두자고."

양일이 말을 하며 백돌을 들었다.

"어이! 놀러 왔다!"

그때 조영비의 외침이 들리며 그의 신형이 어느새 소초산의 옆에 나타났다. 순간 소초산이 반가운 마음에 벌떡 일어섰다.

"조 형님!"

벌떡!

쿵!

"켁!"

일어서는 순간 바닥판이 엎어지며 바둑알들이 '와르르!' 바닥에 쏟아졌다. 양일의 표정이 순간적으로 사납게 일그러졌다.

"이… 이……."

양일이 분노를 참지 못해 몸을 떨었다. 순간 소초산이 놀라 고개를 돌렸다.

"어? 파토군요. 어쩔 수 없이 다시 해야겠습니다, 형님."

"치졸한 녀석."

양일이 고개를 돌렸다. 그러자 소초산은 손을 흔들며 겸연쩍게 웃었다.

"그런데 형님은 무슨 일로 오셨습니까?"

"맹주님이 오라는데 가보자."

방 안으로 들어가자 존경과 염원의 눈빛을 담은 시비들이 소초산을 응시하며 얼굴을 붉혔다. 그녀들은 마치 신을 대하듯 소초산을 바라보고 있었다. 소초산은 그녀들의 뜨거운 시선에 미소를 입가에 담았다.

"어서 오게나, 소 대협."

"맹주님을 뵙습니다."

남궁초영이 자리를 권하자 소초산은 맞은편에 앉았다. 소초산은 뒷머리를 살짝 긁적거리며 웃어 보였다.

"대협이란 소리가 아직 좀 그렇네요. 하하."

"아니, 자네가 대협이 아니면 누가 대협이겠나? 이 세상에서 자네를 대협이라고 안 부르는 사람이 있다면 우리 무림맹의 이름을 걸고 처단하겠네."

남궁초영이 호기롭게 말하자 소초산은 얼굴을 붉혔다.

"감사합니다, 저를 그렇게까지 칭찬해 주시다니. 그런데 어쩐 일로 저를 부르셨습니까?"

"다른 게 아니고 말이네… 오늘 아침 조회 때 일신궁에 대한 회의를 하게 되었지. 그런데 모두의 의견이 일치되어서 이렇게 자네에게 특명을 내릴까 하고 부른 것이네. 어떤가, 해보겠는가?"

"들어봐야지요."

퉁겼다. 하지만 남궁초영은 별로 불만없는 표정이었다. 현 강호에서 무림맹주인 남궁초영의 말을 퉁길 수 있는 사람은 오직 그 한 명뿐일 것이다. 남궁초영은 부드러운 목소리로 말했다.

"일신궁에 쳐들어가서 궁주의 각서를 받아오는 일이네. 강호에 해악을 끼치지 않겠다는 각서가 필요하네. 그렇지 않고는 안심이 안 돼서 그러네. 자네도 알겠지만 무림맹의 힘은 일신궁의 절반 정도에 지나지 않네. 그런데 그들이 악한 마음을 품고 과거 청성산을 그렇게 만든 것처럼 강호에 피바람을 몰고 온다면 어떻게 되겠나? 또다시 강호는 시체의 산과 피의 강을 보게 될 것이네."

"무슨 말씀이신지 잘 알겠습니다."

"그럼 하겠는가?"

"강호를 위해서라면 해야지요. 사실 요즘 심심하기도 하고… 또 일신궁에 한 번 가보고 싶었습니다. 그 정도의 소문이 자자한 곳이라면 분명 대단히 화려한 곳이겠지요?"

"물론이지. 고강한 고수들도 많이 있다네."

소초산은 그 말에 만족한 듯 고개를 끄덕였다. 고수가 많다면 충분히 공부가 될 것이다. 물론 긴장감도 있었다. 하지만 이것은 좋은 기회라고 소초산은 생각했다. 무림맹을 벗어날 수 있는 기회.

그런 소초산의 생각을 모르는 남궁초영의 안색이 밝아졌다. 소초산을 설득했기 때문이다.

"대신 한 가지 부탁이 있습니다."

"무엇인가? 무림맹은 자네의 편의를 위해 최대한의 노력을 다할 것이네."

소초산은 이내 미소를 입가에 걸었다. 그리곤 남궁초영에게 말했다.

"임파영에 관한 일입니다."

남궁초영의 표정이 순간 굳어졌다. 그러자 소초산도 굳은 표정으로 그를 바라보았다. 남궁초영은 잠시 망설이다 이내 고개를 끄덕였다.

"그 문제는 내 독단으로 하기에는… 일단 의논을 해봐야겠지. 하지만 나를 믿게나. 그에 관한 일은 원만하게 해결할 것을 약속하겠네."

남궁초영은 무림맹주이다. 그런 그가 자신을 믿으라고 한다면 분명 믿어야 했다. 절대 허언을 할 자리에 있는 사람이 아니었기 때문이다. 소초산은 안심하며 포권했다.

"감사합니다. 그럼 한 가지만 더 부탁드리겠습니다."

"무엇인가?"

소초산은 주변을 둘러보다 남궁초영의 귓가에 손을 가리며 뭔가를 말하기 시작했다. 남궁초영은 고개를 끄덕이다 이내 표정이 부드럽게 변하였다.

"그리하겠네."

"감사합니다, 맹주님."

소초산의 얼굴에 미소가 걸렸다.

조영영은 놀란 표정으로 벌떡 일어섰다. 그녀의 옆에는 조영비가 팔짱을 끼고 앉아 있었으며 그 앞에는 조성정이 근엄한 표정으로 앉아 있었다.

"아니, 아버님!"

"어허… 내 말대로 하라니까. 아직 소 대협은 총각이다. 그러니 어떻게 해서라도 그의 아내가 되어야 한다. 내가 왜 삼룡대에 너를 넣었는지 아느냐? 무슨 수를 써서라도 쓰러뜨려서 남편으로 만들어라! 이건 명령이다."

어이없다는 표정으로 조영영이 조성정을 바라보았다. 고개를 돌리자 조영비가 눈을 감은 채 고개를 끄덕였다.

"맞아, 맞아."

조영비의 말에 조영영은 더욱 황당한 듯 조성정을 바라보았다.

"말도 안 되는 소리예요! 더욱이 그 녀석은 이미 비영단주와 그렇고 그런 관계에 있단 말이에요. 그런데 제게 어떻게 그 녀석에게 마음을 주라는 말을 하세요!"

조영영의 외침에 조성정이 눈을 부릅뜨며 말했다.

"어허! 조 대협에게 그 녀석이라니! 행여나 그런 말을 밖에선 하지 말거라!"

"맞아, 맞아."

조영비가 다시 고개를 끄덕였다. 소리친 조성정은 조영영의 표정이 기괴하게 일그러지자 부드럽게 표정을 바꾸며 다시 말했다.

"그는 천하제일의 무공을 지녔다. 그런 영웅에게 삼처사첩이 무슨 흉이겠느냐? 앞으로 천하제일의 문파인 청성파의 안주인이 되는 것이다. 그런데 첩이면 어떠하느냐? 수단과 방법을 가리지 말고 어떻게 해서라도 밤에 별을 따서 안사람이 되어야 한다. 소 대협보다 더 좋은 신랑감은 현 강호에 존재하지 않아! 알았느냐?"

"아버님……."

"거기다 남궁 놈이 맹주에 올라 그 위세가 대단해. 그 꼴불견인 모습을 내가 계속 보아야 하겠느냐? 그놈에게 천하제일인의 사위를 보여 줘야 속이 풀릴 것 같다. 이 아비의 소원이다. 제발 들어주거라."

조성정의 외침과 회유와 호소 섞인 부드러운 말에 조영영의 안색이 흙색으로 변하였다. 이런 적이 없었기 때문이다.

"맞아, 맞아."

"뭐가 맞아!"

퍽!

"컥!"

조영비의 안면에 주먹이 박히며 목이 뒤로 꺾였다.

"분명 다른 세가에서도 이번 일신궁의 토벌에 나서는 소 대협의 마음을 사로잡기 위해 많은 수단을 동원할 것이다. 어떻게 해서라도 소 대협의 마음에 들어 별을 따야 한다. 이건 사명이다."

남궁청은 아직 잘 모르지만 별을 따야 한다는 말에 대해서 고민했다. 아무래도 어른들의 말이란 생각이 들었다.

"알겠습니다, 아버님."

"수단과 방법을 가리지 말고 어떻게 해서라도 소 대주의 마음을 열어라. 아무래도 가장 큰 방해꾼은 조가 놈의 여식일 것이다. 그놈 역시 군침을 삼키고 있으니 말이야. 그러니 그 조가를 조심해야 한다."

"예. 조가는 저도 좋아하지 않아요."

"물론 내 딸이니 당연히 성공하리라 믿는다."

"열심히 노력하겠어요."

남궁청은 잘 모르지만 이렇게 대답해야 남궁초영이 기뻐할 거라 생각하고 대답했다.

"잘하거라."

남궁초영은 만족한 표정으로 고개를 끄덕였다.

'천하제일인이 사위로 들어온다면 제일 처음 조가 놈의 자존심을 긁어야 하겠지. 후후……'

남궁초영은 조성정의 울고 있는 표정을 떠올리며 웃음을 보였다.

그들 외에도 많은 문파들이 자신들의 여식을 잠룡대에 넣기 위해 노력했다. 또한 밤 교육 역시 잊지 않았다. 그리고 모용세가 역시 모용청을 열심히 설득했으나 이미 마음에 둔 사람이 있다는 그녀의 말에 울면서 포기할 수밖에 없었다. 그리고 사천의 패자라고 불리는 아미파의 거처에도 밤의 등불은 밝게 빛나고 있었다.

등불 사이로 가정려와 자정 신니가 서로를 마주 보며 앉아 있었다. 자정 신니는 편안한 안색으로 가정려를 바라보다 창밖으로 시선을 던졌다. 가정려의 앞에서만큼은 그 성격과는 다르게 따뜻하게 제자를 대하였다. 마치 친자식을 대하듯 가정려를 가르친 것이다.

"설마 하니 옆집에서 천하제일인이 나올 줄이야……. 과거에 일월신검을 보는 것 같구나. 하지만 그분은 천하제일인이 되지 못했지……."

아미파는 청성파를 옆집이라 불렀었다. 물론 청성파와 친분이 두터운 사람만이 그렇게 불렀다. 자정 신니는 젊은 날 청성에 신세를 진 적이 있었다.

"그분의 모습은 신선 같았지."

자정 신니는 중얼거리며 미소를 그렸다. 이내 상념을 접으며 가정려를 바라보았다.

"환갑이 다 된 나이에 추태로군. 그때가 일곱 살이었으니……."

가정려는 여전히 고개를 숙이고 있었다. 그런 가정려의 모습을 자정 신니가 바라보고 있었다.

"려아야."

"예."

가정려가 고개를 들자 자정 신니는 부드럽게 미소 지었다.

"청성파의 소 대협은 대단한 인재다. 그런 인재가 우리 아미파와 피를 나누는 형제가 된다면 둘도 없는 복일 것이다. 어떻게 생각하느냐?"

가정려는 자정 신니의 말의 속뜻을 파악하고 얼굴을 붉혔다.

"분명 그럴 것입니다. 하지만 소 대협의 마음에는 이미 다른 사람이 있습니다."

"비영단주라… 그렇지. 비영단주의 미모는 천하제일이라 불릴 만큼 뛰어나니 견줄 사람이 없을 것이다. 하지만 네 성정이 밝고 맑아 충분히 비영단주와 겨룰 수가 있다. 한번 생각해 보겠느냐?"

"그건……."

가정려가 망설이듯 대답을 피했다. 자정 신니는 미소를 그렸다.

"사실… 나라도 된다면 내가 첩으로 들어가고 싶은 마음이다."

"스승님!"

"뭐 그렇다는 말이지, 소리치기는……."

자정 신니가 은근한 시선으로 말했다. 가정려는 얼굴을 붉히며 고개를 숙였다.

"아마 다른 문파에서도 소 대협을 차지하기 위해 자신들의 자식들을 잠룡대에 넣어 보낼 것이다. 일신궁과의 거리는 두 달. 그 두 달 동안 어떻게 해서라도 소 대협을 수중에 넣으려고 하겠지. 려아야, 잘 생각해 보고 결정하거라. 하나 정이 없는 사랑은 허락하지 않겠다. 무슨 뜻인지 알겠지?"

"예, 스승님."

가정려는 곱게 대답했다. 그런 가정려의 마음에 소초산의 모습이 떠올랐다. 어수룩한 그가 이렇게 큰 인물이 될 줄 그때는 알지 못했었다. 하지만 그때의 소초산이 더 좋다라는 생각이 들었다. 지금은 거리감이 느껴졌기 때문이다.

아침이 밝아오자 소초산은 방을 나섰다. 방을 나서서 마당에 나오는 순간 붉은 여인을 발견했다.

"같이 가게 되었네."

"음… 부대주군."

소초산은 황유화를 바라보며 말했다. 그러자 황유화가 미소 지었다.

"란이에게 인사는 했어?"

"아… 그렇지. 먼저 가서 기다려, 인사만 하고 갈 테니."

"그러지."

황유화가 몸을 돌리자 소초산은 빠른 걸음으로 별원으로 향했다. 그 곳에 임파영이 있었기 때문이다. 따로 감옥 같은 곳에 가두려고 했으나 소초산 때문에 그러지 못하고 손님처럼 별원을 얻어 눌러 앉게 되었다.

"란아."

"아저씨!"

문을 넘자 마당의 한쪽에 앉아서 뭔가를 끄적이던 란이 일어나 달려 왔다. 소초산은 란을 안아 들고는 방으로 향했다.

"우리 아가씨 몸무게 많이 늘었네."

"많이 먹잖아요."

란의 대답에 웃으며 방 안에 들어서자 임파영이 침상에 걸터앉아 있었다. 잠에서 덜 깬 얼굴이었다.

"네 문제는 알아서 잘해준다고 하니까 염려 놓아라."

"그런가? 다행이군."

"일단 외출하니까 올 때까지 얌전하게 있고."

"걱정 말고."

"후후……."

소초산은 웃음을 흘리며 몸을 돌렸다. 그의 웃음소리가 심상치 않자 임파영은 고개를 들었다. 하지만 소초산은 이미 밖으로 나간 후였다.

'왠지 뒷골이 당기는데…….'

불안감이 맴돌았다.

"우와아아아!"

소초산이 등장하자 연무장에 모인 무인들이 떠나갈 듯 함성을 질렀다. 소초산은 그 소리에 놀라 눈을 둥글게 떴다. 이런 경험은 처음이기 때문이다. 그의 뒤로 남궁초영과 무림맹의 고위 인사들이 서 있었다.

"이거참……."

소초산은 입맛을 다시며 손을 들었다. 그러자 함성 소리가 멈추었다. 소초산은 다음에 어떻게 해야 할지 몰라 고개를 돌렸다. 그의 도움을 요청하는 표정에 남궁초영이 속삭였다.

"연설 같은 거라도 한번 하게나."

소초산은 그 말에 대중을 둘러보았다. 그들의 열화와 같은 성원과 뜨거운 시선이 온몸을 자극시키고 있었다. 곧 소초산은 큰 목소리로 외쳤다.

"이깁시다!"

"와아아아아!"

일순 무림맹이 떠나갈듯 함성 소리가 크게 울려 나왔다.

무림맹을 떠나는 잠룡대의 인원은 오십 인이었다. 그중 스무 명이 여자였다. 물론 모두 젊은 여자들이었으며 이름있는 명문가의 여식들이었다. 그리고 그녀들은 밤새도록 교육을 받았었다.

"칫!"

조영영은 인상을 쓰며 소초산의 뒷모습을 바라보았다. 촌놈이 감투를 쓴 것 같아 기분이 나빴다. 물론 마음속으로 존경의 시선을 던지는 사람들도 있었다, 소초산이야 별로 신경도 안 쓰겠지만.

"형님, 다시 모시게 되어서 영광입니다."

"오! 이게 누구야! 당 동생이 아닌가? 그래, 사매는 잘 있고?"

소초산이 반가운 표정으로 묻자 당수는 웃으며 말 머리를 소초산과 함께했다. 그 모습에 뒤에 있던 후기지수들이 따가운 시선을 당수에게 던졌다. 천하제일인이라 불리는 소초산과 말 머리를 함께하기 때문이다. 소초산과 말 머리를 함께하는 사람은 부대주인 황유화와 화산파의 풍영자뿐이었다. 부러움 반 시샘 반이 섞인 시선들이었다.

"물론입니다. 형님의 소문을 듣고 눈물까지 흘려가며 기뻐하셨습니다."

"오, 그래? 그 사매가 눈물까지… 감격했나 보군. 후후후."

소초산은 턱을 어루만지며 자기 도취에 빠졌다.

"그런데 형님, 형수님이 그러는데 언제 우화등선할 건지 물어보라고 하셨습니다."

"아, 맞다! 그게 있었지? 흐음… 지금부터 생각해 봐야겠지."

소초산은 심각한 표정으로 앞을 바라보았다. 지금까지 까맣게 잊고 있었던 일이 떠올랐기 때문이다.

　'망할 스승 같으니라고…….'

　소초산은 인상을 찌푸렸다. 당수가 그 모습에 옆으로 살짝 물러섰다.

❖第十章❖
생각지도 못한 반격

생각지도 못한 반격

"내 생각에는 쉽게 해결될 것 같지 않은데……."

"큰일은 없을 텐데 뭘 그러십니까? 소 동생의 명성 하나만 가지고도 충분히 제압 가능합니다. 일단 서안을 보냈으니 일신궁에서 알아서 하겠지요."

장도사의 말에 가부좌를 하고 앉아 있던 양일이 눈을 번뜩였다.

"지금 생각이 나서 하는 말인데… 소 동생을 사위로 삼는다면 그 집안은 강호에 우뚝 서겠지?"

"당연한 소리를 왜 하십니까?"

장도사가 책장을 넘기며 대답했다. 그의 시선은 책을 향하고 있었다. 장도사는 손을 뻗어 찻잔을 들어 마셨다. 평화로운 날이었다. 아주 오랜만에 이런 평화로움을 장도사는 만끽하고 있었다.

양일은 궁금한 듯 고개를 갸웃거리며 장도사를 바라보았다.

"비영단주하고 그렇고 그런 사이라던데?"

장도사가 시선을 들어 양일을 응시했다. 그 시선 속에 뭔 상관이냐는 날카로움이 있었다.

"저기… 다른 게 아니고, 비영단주의 미모가 천하제일이라는 소문을 들어서… 그런 여인일수록 내면에 담겨 있는 수심이 많은 법이야."

"그래서요?"

장도사가 날카롭게 물었다. 양일은 미소 지으며 말했다.

"그러니 나의 소우주 이론을 전파하여 그러한 근심 걱정을 없애주려 하는 것이네. 물론 나의 설법에 감화되어 나 없이는 못산다고 한다면 어쩔 수가 없겠지만……."

"그런 일은 없을 겁니다. 지금은 이와 같은 평화가 다시는 깨지지 않도록 바라는 일이 우선입니다. 소 동생이 잘해주겠지만 만에 하나 잘못되어 함정에라도 빠진다면……."

"흉이겠지."

양일의 표정이 굳어졌다. 장도사 역시 고개를 끄덕였다.

"그것까지 대비해서 여러 가지 준비도 했습니다."

장도사의 말에 양일은 웃음을 보였다. 장도사도 웃음을 보였다.

*　　　　*　　　　*

일신궁은 여전히 시끄러웠다.

"요 근래 늘 시끄러웠지 뭐."

일정신이 투덜거리며 시끄러운 대전으로 시선을 던졌다. 바로 무림맹에서 일신궁과의 협약을 위해 많은 무인들이 출발했다는 소식을 전해 들었기 때문이다. 그중에는 일월맹을 굴복시킨 최고의 기재인 소초산도 포함되어 있었다.

갑론을박이 계속되는 가운데 일정신만이 여유있는 표정으로 대전의 천장을 응시하고 있었다. 그는 이런 이야기에 별 흥미를 못 느끼는 것 같았다.

'그 녀석이 그렇게까지 성장할 줄이야… 대단해, 정말 대단해.'

탄복할 만한 녀석이란 생각이 문득 들었다. 그리고 자신이 보아왔던 소초산이 자신을 향해서 오고 있는 중이었다.

어떻게 변하였을까? 자신이 아는 그 소초산일까? 아니면 다른 정파의 떨거지들과 다를 것 없는 정파의 나부랭이가 되었을까?

'그렇다면 내 손으로 이 세상을 하직하게 만들어주지.'

일정신은 오랜만에 투기가 샘솟는 것을 느꼈다.

벌떡!

일정신이 갑자기 일어서자 대전은 일순간 침묵 속에 잠겨들었다. 그들의 표정은 모두 기대에 차 있었다. 아! 드디어 결론을 내렸구나 하는 확신이었다.

"나 간다."

순간 대전은 찬물을 끼얹은 것처럼 차갑게 식어버렸다.

휘릭!

일정신의 신형이 번개처럼 대전을 빠져나갔다. 좀 더 있는다면 분명히 헌무한의 잔소리가 들릴 게 뻔했기 때문이다.

일소소는 정말 오랜만에 집에 도착해서 쉬고 있었다. 그녀가 무사히 도착하자 모두들 기뻐했다. 하지만 전영림만큼은 화를 내었다. 그래서 한 달 동안 외출 금지라는 참혹한 시련을 겪어야 했다.

일소소는 오늘도 할 일이 없을까? 란 생각으로 궁 안을 이리저리 돌아다니고 있었다. 일신궁에서 그녀가 못 가는 곳은 그 어디에도 없었다. 그리고 모두들 그녀를 두려워했다.

'재미있는 일이 있어야 하는데……'

지루함을 달래기 위해서는 수하들을 다그치거나 괜히 시비를 걸어 약올리면 되었다. 하지만 요즘 들어 그런 일도 지겹다는 생각이 들었다. 그런 일소소의 눈에 가장 보기 싫은 인물이 들어왔다. 바로 전영림이었다.

전영림과 눈이 마주치는 순간 전영림의 얼굴이 일소소의 바로 앞에 나타났다. 일소소의 표정이 굳어졌다.

"어디 가지?"

"저기……"

"내가 쓸데없이 돌아다니지 말라고 했을 텐데?"

"하지만 어머니, 심심해서……"

"심심하면 무공이나 익히던가, 아니면 착실히 신부 수업을 받던가, 강호상의 도리와 예의를 배우던가. 그것도 아니면 글 선생에게 글을 배우고. 그것도 싫으냐? 그렇다면 그림을 배우던가, 그것도 아니면 음을 배워두던가. 할 일이 그렇게 없니? 심심? 우리 일신궁은 강호에서도 가장 거대한 세력을 자랑한다. 강호에서 우리 일신궁을 두려워하지 않는 곳이 없는데 그 집안의 근뗼이 심심해서 궁을 이리저리 돌아다닌다고? 엉? 그럼 내가 잘했다고 할 줄 알았니? 그런 소문이 돌아봐라, 내가 부끄러워서 어떻게 얼굴을 들고 다닐 것이며 어떻게 강호의 인사들을 만날 수가 있겠느냐!"

일소소는 양손으로 귀를 막으며 인상을 구겼다. 한 번도 호흡을 멈추지 않고 벌 떼처럼 몰아붙이는 그 기술에 일소소는 내심 탄복했다. 하지만 듣기에는 거북했다. 그리고 짜증이 났다. 그때 일소소의 귓가에 바람 소리가 들려왔다. 정원에서 들리는 바람 소리였다. 그곳은 일씨 친족만이 들어갈 수 있는 곳이었다.

"이왕 이렇게 왔으니 가자."

전영림이 신형을 돌리며 정원으로 향했다. 일소소는 그녀의 뒤를 조용히 따랐다.

슉!

빈 허공에 도가 지나갔다. 도기도 없이 그냥 도가 공기를 가르고 있었다. 도는 천천히 움직이고 있었다. 그리고 도를 잡고 있는 팔은 기운이 넘쳐 보였다. .

획!

도가 횡으로 그어지며 날카로운 눈빛이 그 사이로 번뜩였다. 도를 들고 있는 일정신의 눈이었다. 그 눈이 범을 닮은 듯 번뜩이고 있었다. 이내 일정신은 도를 늘어뜨리며 긴 숨을 토했다.

"휴우."

그렇게 마무리를 한 일정신이 신형을 돌렸다.

"오랜만에 도를 들고 있는 모습을 보는군요."

일정신은 정자에 앉아 있는 전영림과 일소소를 보았다. 그의 입가에 미소가 걸렸다.

"그런가? 하하, 갑자기 가슴이 터질 것 같아 참을 수가 있어야지."

일정신은 정자의 그늘에 들어서며 탁자 위의 찻잔을 들어 단숨에 마셨다.

"당신이 이렇게 수련까지 하면서 기다리는 사람이 누구인지 정말 궁금하군요."

대답은 일소소가 했다.

"소초산."

전영림의 시선이 일소소를 향했다. 일소소는 그 시선 속에 답을 구하고 있다는 사실을 알았다. 일소소는 어두운 안색으로 입을 열었다.

"그는… 강호에서 협명을 날리고 있는 인물이에요. 그리고 홍수월을 죽였어요."

쿵!

전영림이 탁자를 내려쳤다. 홍수월이 죽었다는 소리를 듣는 순간 일어난 일이었다. 전영림의 시선이 일정신을 향했다.

"그 아이가 죽다니요? 무슨 소리인가요? 강호의 일에 대해서 요즘 들어 통 말씀이 없으시더니… 그런 일이 있었군요."

"사실 숨길 생각은 없었는데…….."

일정신이 의자에 앉으며 입을 열자 그 말을 막으며 일소소가 다시 말했다.

"홍수월은 두 번 죽었어요."

"무슨 소리냐?"

전영림이 놀라 물었다. 그러자 일소소는 빠르게 자신이 보고 들은 설 말하기 시작했다.

"본래 홍수월은 소초산과 대결하여 죽음을 선택했어요. 그리고 그 죽음을 전해 들은 일월맹은 무림맹을 파죽지세처럼 몰아쳤지요. 그 사실도 모르셨어요?"

"무림맹이 패했다는 소식만 들었다."

"아버님이 단단히 수하들에게 입단속을 시킨 것 같군요."

일소소의 말에 전영림의 싸늘한 시선이 일정신을 향했다. 일정신은 그저 담담한 표정이었다.

"무림맹에게 승리한 일월맹의 맹주로 죽은 줄 알았던 홍수월이 다시 나타났어요. 전대 맹주인 용 숙부께선 은거하셨다고 했지요. 하지만 단신으로 일월맹에 쳐들어간 소초산은 홍수월을 죽였어요. 저 역시 그 부분은 소문을 통해 전해 들었어요."

"그럴 수가… 단신으로 일월맹에?"

전영림이 놀란 표정으로 일소소를 바라보다 일정신에게 시선을 돌렸다. 일정신은 담담한 표정으로 고개를 끄덕였다.

"대단한……."

전영림이 진정으로 놀란 듯 말했다. 전영림의 충격은 당연했다. 홍수월은 미래의 사윗감이었기 때문이다. 소소와 양이 둘 중 한 명을 홍수월의 처로 보낼 생각이었다. 그런데 홍수월이 죽은 것이다. 허탈한 마음이 가득했다.

일정신도 그 사실을 알기에 숨긴 것이다. 그런데 일소소가 나불거렸다. 일소소를 힘주어 노려보았으나 어디 일소소가 겁먹을 아이인가?

"소초산을 죽여 버리세요. 그놈은 우리와 원한이 깊은 청성파의 장문인이에요."

그 순간 전영림의 안색이 싸늘하게 변하였다. 청성파란 말을 들었기 때문이다. 그녀 역시 청성파에 원한이 깊었다.

"자자, 그만둡시다."

"헛소리 말아요!"

전영림이 소리치자 일정신의 표정이 순식간에 굳어져 버렸다. 그의 표정이 사납게 변하자 일순간 차가운 기운이 맴돌았다. 전영림도 그 모습에 놀라 잠시 머뭇거렸다. 일소소 역시 놀란 얼굴로 일정신을 바라보았다. 단 한 번도 저런 모습을 본 적이 없었기 때문이다. 만인을 압도할 것 같은 위압감을 일소소는 느끼고 있었다.

그 모습이 진정한 일정신의 모습이었다. 그것을 전영림은 잘 알고 있었다. 하지만 자신에게 이렇게 그 본모습을 보인 적은 없었다.

"여, 여보······."

전영림이 놀라 입을 열자 일정신은 이내 표정을 풀며 한숨을 깊게 내쉬었다.

"강호에서 나와 견줄 수 있는 무인이 몇이나 있다고 생각하시오?"

"두 명뿐이지요."

전영림의 대답에 일정신은 고개를 끄덕였다.

"용가 놈하고 화산의 진천자가 유일할 것이오. 그런데 용가 놈은 죽었소. 그 홍수월이란 아이의 손에 말이오."

전영림과 일소소의 표정이 크게 변하였다. 일정신은 굳은 표정으로 말했다.

"일월맹에서 그 사실을 알려왔소. 그것도 부맹주인 그 아이가 알린 사실이오. 나는 그 소식을 접한 후 홍수월이 죽었다는 소식을 알게 되었소. 나의 기분이 어떨 것이라 생각하오?"

"당신······."

일정신은 한숨을 내쉬며 자리에서 일어섰다. 팔짱을 낀 일정신은 밖을 바라보며 말했다.

"후안무치란 말이 있소. 그런 녀석을 내가 불쌍히 여길 거라 생각하시오? 당신도 미련을 버리시오. 더욱이 나는 이만저만 실망한 것이 아니오. 세상에서 나와 견줄 수 있는 놈은 용가 놈과 진천자뿐이었소. 상대가 있다는 것 하나만으로도 행복한 것이오. 그런데 용가 놈이 죽었소. 오직 나와 비무를 할 수 있는 그놈이 죽은 것이오. 마음 같아서는 내가 달려가 일월맹을 박살 내고 싶었으나 참아야 했소. 정파에는 진천자가 있기 때문이오. 더욱이 기인이사들이 모래알처럼 많아 어디에서 튀어나올지 모르는 일이오."

전영림은 고개를 끄덕였다.

"그런데… 그 소초산이란 녀석이 일월맹을 박살 내었소. 젊은 놈이 말이오. 더 웃긴 것은 우리가 그 명맥조차 유지하지 못하게 뿌리를 뽑아버린 청성파에서 나온 놈이란 것이오."

일정신은 고개를 돌려 전영림을 바라보았다. 그런 일정신의 눈이 불타고 있었다.

"대단하지 않소? 아무것도 없는 곳에서 어떻게 그런 놈이 나올 수가 있었겠소? 어떻게? 천부적인 놈이오. 정말 대단한 놈이 분명할 것이오."

일소소는 아버지의 모습에서 투기를 느꼈다. 싸움을 하려는 아버지의 모습이었다. 용맹하면서도 강인한 그 눈매에 일소소는 저도 모르게 긴장했다.

"그런 녀석이 이곳으로 오고 있소. 무림맹의 협약과 함께. 물론 무림맹의 제의는 거절할 생각이오. 그리고 싸움을 해야겠지. 그들도 그것을 예상하고 그놈을 내게 보낸 것일 테니……."

일정신은 차갑게 미소 지었다. 전영림은 고개를 끄덕였다.

"지금 강호에는 천하제일인이란 소리를 그 소초산에게 하는 모양이오. 하나 진정한 천하제일인은 바로 나 일정신이오. 그 사실을 정파 놈들에게 알려줄 생각이오."

일정신은 주먹을 불끈 쥐며 승리를 다짐했다. 전영림은 일어나 그런 일정신의 팔에 기대었다.

"미안해요, 당신의 그런 뜻도 모르고."

"부인은 그저 가만히 있으면 되오. 근 십 년 만에 나의 투지를 자극하는 녀석이 나타났소. 이 어찌 기쁘지 않을 수가 있겠소? 그러니 보양식이나 준비해 주구려. 젊은것들을 따라가려면 아무래도 기력을 채워야 하지 않겠소?"

"물론이에요."

전영림이 미소 지었다. 일정신은 전영림의 어깨를 다독거리며 미소 지었다.

'후후, 싸움을 해야겠지… 물론……'

일정신의 시선이 굳어 있는 일소소를 향했다.

'좋은 싸움이지……'

그 속을 아는 사람은 이곳에 없었다.

일소소는 자신의 방으로 돌아와 침대에 털썩 주저앉았다. 수많은 생각들이 머릿속을 지나갔다. 홍수월이 죽었다는 소식에 슬펐던 것은 사실이었다. 그리고 일정신의 말을 들었을 때 왠지 모르게 더욱 가슴이 아파왔다.

"왜!"

일소소는 소리치며 일어섰다.

"왜 청성인 거지?"

일소소는 문득 자신의 할아버지가 미워졌다. 청성과의 원한을 만들지 않았다면 자신이 이렇게까지 고민하지 않았을 것이다. 하지만 소초산은 청성파였다.

"내 것이 못 된다면 누구에게도 줄 수 없지… 차라리 죽는 게 백 번이고 좋은 일이야."

일소소는 중얼거리며 다시 침상에 누웠다. 자신의 것이 못 된다면 차라리 죽어서라도 그 누구의 소유도 못 되게 하는 것이 좋다는 생각을 했다. 그래야만 자신의 자존심이 살기 때문이다.

"망할 녀석……."

일소소는 죽는 것보다 사는 것도 좋다는 생각을 했다. 아무리 그래도 죽게 된다면 슬플 것이다. 일소소는 종잡을 수 없는 자신의 마음을 이해하지 못하겠다는 심정으로 방 안을 서성이기 시작했다.

*   *   *

숲은 조용했다. 밤이 깊어 사람들은 노숙을 하고 있었다. 십여 개의 모닥불이 숲 속을 밝게 비추고 있었다. 그리고 한쪽에는 소초산이 약간의 거리를 두고 누워 하늘을 바라보고 있었다. 포단을 덮은 그는 졸음이 오는 듯 눈을 깜박거리고 있었다. 그 옆으로 풍영자가 누워서 잠을 청하고 있었다. 번이야 그가 설 필요가 없었다. 워낙에 사람들이 많았기 때문이다.

"선배님."

문득 소초산이 생각난 표정으로 입을 열었다. 그러자 풍영자가 눈을 떴다. 이곳에서 소초산이 선배님이라고 부르는 사람은 풍영자뿐이었다. 소초산은 고개를 돌려 풍영자를 바라보았다.

"궁금한 게 있는데요."

"물어보게나."

풍영자가 대답하자 소초산은 자리에서 일어나 앉았다. 풍영자가 그 옆에 앉으며 소초산을 바라보았다. 소초산은 모닥불을 바라보며 입을 열었다.

"정말 일신궁과 청성파가 싸울 때 도와주는 사람이 없었습니까? 마치 이렇게 불을 구경하듯 바라만 본 것입니까?"

"흐음……."

풍영자는 수염을 쓰다듬으며 씁쓸히 숨을 내쉬었다. 소초산의 시선이 닿자 풍영자는 다시 한 번 숨을 내쉬고는 입을 열었다.

"그건… 잘못된 사실이네. 휴우……."

풍영자는 다시 한 번 숨을 크게 내쉬었다. 소초산의 눈동자에 빛이 일렁였다.

"옛날이야기를 하는 것 같군. 오래전의 이야기이니……."

풍영자는 과거를 회상하듯 허공을 바라보았다. 소초산은 호기심 어린 눈빛으로 그를 바라보았다.

"쾌도난마처럼 일신궁은 무림을 유린했네. 그 당시에 그들은 마치 악귀 같았지. 가는 곳마다 시신들이 산을 이루었고 피가 강을 이루었네."

소초산의 옆에 황유화가 앉았다.

"일신궁의 힘은 정말 강했지. 일월맹의 힘보다 더하면 더했지 약하지는 않았을 것이야. 그런 그들이 청성산으로 향한다고 했을 때 많은 사람들이 청성산으로 향했네. 물론 그중에 나도 껴 있었지. 하지만 청성산에는 갈 수 없었네……."

"무엇 때문입니까?"

어느새 풍영자의 옆에 앉은 당수가 물었다.

"참으로 창피한 일이지만, 내분이 있었네. 무당파의 청문 도장이 살해되었지. 그로 인해 생겨난 불신이 청성파를 돕지 못하게 한 계기가 된 것이야. 자네들이야 아직 잘 모르는 부분이 있겠지만 무림맹은 보기와는 다르게 권력 집단이란 특수성을 가지고 있네. 그러니 그 안에 얼마나 많은 음모들이 있겠나?"

"청문 도장께서는 은거하셨다고 들었습니다."

누군가가 묻자 풍영자는 고개를 저었다.

"대외적으로는 그렇게 알려졌지만 사실 살해되었네. 무림맹은 그 살수 한 명으로 인해 꼼짝도 못하게 된 것이네. 언제 어디서 자신이 죽을지도 모르기 때문이지. 우습게도 단 한 명의 살수로 인해 청성파는 불에 타고 말았네."

"재밌군요. 살수 한 명이 그 정도의 힘을 발휘할 줄이야……."

황유화가 중얼거렸다. 그녀의 말처럼 어찌 생각해 보면 우스운 일일수도 있었다. 하지만 다르게 생각하면 등골이 서늘해지는 이야기였다. 살수에 대한 생각을 다시 해보는 좋은 계기가 될 것이다.

"일신궁이 살수를 고용했겠군요."

"그렇겠지. 그렇지 않다면 그렇게 적절한 시기에 그런 일이 일어나지 않았을 테니까."

소초산의 물음에 풍영자는 고개를 끄덕였다.

"그것보다, 대주는 일신궁주를 어떻게 상대해야 하는지 알아두는 게 좋다고 여기네만?"

풍영자가 시선을 돌리자 소초산은 잠시 고민에 빠진 듯 하늘을 바라보다 말소리에 생각을 접었다.

"일신궁주요?"

"그렇네."

"대충은 들었습니다. 술을 좋아하고 호색한에다 또 도박도 좋아하고, 전형적인 불한당의 표본이라 들었습니다."

"허허… 그런가? 한 가지가 빠졌군."

"또 있습니까?"

풍영자는 그 말에 고개를 끄덕이며 미소 지었다.

"그자는 전형적인 무인이라네."

풍영자는 미안한 생각이 들었다. 옆에서 자고 있는 소초산에게 진실을 알리지 않았기 때문이다. 말을 할 수가 없었다.

살수가 들어와 청문 도장을 죽인 것은 사실이었다. 하지만 그 살수는 무림맹을 빠져나가지도 못하고 잡혔다. 살수를 잡아 죽인 인물이 화산파의 풍영자였다.

근본적인 이유는 따로 있었다. 그것은 일월신검이 이유였다. 일월신검은 대단한 인물이 확실했다. 하지만 무림맹의 다른 문파들은 일월신검을 좋게 보지 않았다. 권력 다툼에서 그는 사천무림을 등에 지고 다음 대의 맹주가 되려 했기 때문이다. 그러한 권력 다툼은 결국 일월신검의 고립을 가져왔다.

무림맹은 까다로운 일월신검과 사파의 천하제일이라 불리는 일신궁주가 싸운다는 말에 좋아했었다. 둘 다 양패구상하면 더없이 좋은 일이라고 여긴 것이다. 그리고 그들의 소원처럼 일월신검과 일신궁주는 양패구상하고 말았다. 그것이 일신궁의 청성산 공격을 알면서도 지원 보낸 무인들을 돌린 이유였다.

그리고 사천무림의 대표였던 일월신검의 죽음으로 맹주는 강북무림의 맹주라 불리는 소림사의 공원 대사가 된 것이다. 그러한 일련의 사건들을 파악하고 있는 풍영자였다. 그런데 이 일을 어떻게 소초산에게 말할까? 말을 해준다면 이 젊은 영웅은 무림맹에 대해서 어떻게 생각할까? 무림맹에 대한 좋은 인상만 줘야 했다.

풍영자는 잘 알고 있었다, 지금 이렇게 후기지수를 위주로 잠룡대를 만들고 소초산을 일신궁에 보내는 궁극적인 이유에 대해서. 그것은 일신궁주와의 양패구상일 것이다. 분명 그런 의도가 숨겨져 있음을 풍영자는 느꼈다. 떠나기 전 장도사의 전갈이 생각났다.

"싸우게 된다면 어르신은 아이들을 데리고 무조건 도망치십시오. 금룡대와 진천대가 퇴로를 확보하겠습니다."

장도사의 말처럼 싸운다면 자신은 이들을 데리고 도망칠 것이다. 일신궁은 절대 호락호락한 상대가 아니었다.

'걱정이군……'

풍영자는 눈을 감았다.

쿵!

대전의 문이 큰 소리로 열리며 사람들의 그림자가 양광을 받아 검게 음영을 만들었다.

"무림맹의 사자가 도착하였습니다!"

쩌렁쩌렁한 외침 소리가 거대한 대전 안에 울려 퍼졌다.

터벅! 터벅!

대전 안으로 두 명의 인물이 걸어오고 있었다. 그들을 바라보는 수 많은 시선들이 있었다. 하지만 그 둘은 여유있는 표정이었다. 풍영자 와 소초산이었다. 나머지는 모두 객실로 안내되어 간 후였다.

대전은 거대했다. 그리고 화려함이 보였다. 그런 거대한 대전의 저 멀리 태사의에 앉아 있는 인물이 눈에 들어왔다.

턱을 괴고 태사의에 반쯤 기대앉은 거만한 듯 보이는 인물… 그를 발견하자 풍영자의 안색이 굳어졌다. 일정신이었기 때문이다.

"오호… 왔는가."

일정신이 몸을 바로 하며 의자에 깊숙이 앉았다. 그런 일정신의 시 선이 풍영자를 지나 소초산을 향했다. 소초산의 눈이 번뜩이고 있었 다.

"하하… 참… 세상 살다 보니……."

소초산은 어이없다는 듯 웃음을 흘렸다. 그러자 주변이 시끄럽게 변 하였다.

"무례하구나!"

누군가가 외치자 일정신이 손을 들었다. 조용한 침묵과 함께 일정신 의 거대한 패도 같은 기상이 대전의 내부를 휘감았다. 그러한 긴장감 이 장내를 맴돌았다.

일정신은 자리에서 일어나 소초산을 위압감있는 눈빛으로 바라보았 다. 소초산 역시 차가운 얼굴로 일정신을 바라보았다. 일정신은 양손 을 들어올리며 입꼬리를 올렸다. 비틀어진 미소였다. 소초산 역시 비 틀어진 미소를 입가에 담았다.

일정신의 신형이 앞으로 한발 나섰다. 나서는 순간 일정신의 신형이 소초산의 눈앞에 나타났다.

"헉!

풍영자가 놀라 눈을 부릅떴다.

"우리 사위 왔는가! 하하하하하!"

와락!

소초산은 아무런 저항도 못한 채 일정신의 품에 허리가 끊어질 듯 안겨야 했다.

'무서운 공격⋯⋯.'

❖第十一章❖
우화등선(羽化登仙)하다

우화등선(羽化登仙)하다

"콜록! 콜록! 숨 막혀 죽겠다!"

소초산이 소리치며 밀치자 일정신이 뒤로 밀려 나갔다. 일정신은 굳은 표정으로 소초산을 바라보았다.

"이놈이 오랜만에 만나 반갑게 안아주었구만 그것을 거절해?"

"제가 안아드리겠습니다."

휙!

와락!

강하게 일정신을 안았다. 순간 일정신의 눈이 튀어나왔다.

"콜록! 콜록! 켁! 켁! 숨 막힌다, 이놈아!"

퍽!

"큭!"

소초산의 신형이 뒤로 밀려 나가 허리를 굽혔다. 일정신은 주먹을 들어올리며 미소 지었다. 소초산은 배를 잡던 손을 풀며 허리를 폈다. 그런 둘의 시선이 주변을 살폈다.

많은 사람들이 어이없는 얼굴로 소초산과 일정신을 바라보고 있었다. 그들은 지금의 이 일을 이해 못하는 것 같았다. 눈치가 빠른 헌무한이 웃었다.

"허허허허! 궁주님께서는 이미 소 대협을 알고 있었구려. 허허허, 괜한 걱정을 우리가 했습니다. 사위라면… 음… 앞으로 우리가 청성과 형제가 된다는 뜻도 있겠구려. 그렇지요?"

"물론이네. 내가 사실 이 녀석을 어릴 때 보았는데 그때부터 생각하고 있었네. 하하하하! 얼마나 대단한 놈인가? 어때? 마음에 들지 않나?"

일정신이 좌중을 둘러보며 말하자 모두의 안색이 굳어졌다. 그들은 서로를 바라보다 침묵하며 고개를 떨구었다. 확실하게 대답을 못하기 때문이다. 그러자 일정신이 풍영자를 바라보았다. 풍영자의 표정이 굳어졌다.

"오랜만이군, 풍영자."

"삼십 년 되었소."

"그랬지. 그런데 그대도 나에게 원한이 있소?"

"그럴 리가 있겠소? 그리고 오늘은 무림맹이 보낸 서신의 답을 얻기 위해 이렇게 온 것이오. 좋은 결정을 해주시길 바라겠소."

슥!

풍영자는 소매에서 비단서를 꺼내 앞으로 내밀었다. 일정신의 눈이 빛났다.

"이미 맹주님의 인장은 찍혀 있소. 이제 일신궁주의 인장만 찍힌다면 강호는 평화로울 것이오."

"그런가?"

일정신은 고개를 끄덕이며 풍영자의 손에서 비단서를 받아 쥐었다. 이내 펼쳐서 대충 훑어보더니 헌무한에게 던졌다. 헌무한은 재빠르게 받아 들었다.

"하하하하! 대답이야 이 녀석에게 들으면 그만이지."

"저요?"

일정신은 소초산에게 다가가 눈을 부라렸다.

"사위가 돼야지? 그때 약속하지 않았나? 이곳에 올 때는 사위가 되겠다는 각오를 하고 오겠다고 말이야."

"저기… 그런데 말입니다, 제가 까먹어서… 언제 그런 약속을 했습니까?"

순간 장내의 기운이 차갑게 식어갔다. 소초산도 그것을 느낀 듯 일정신의 시선을 회피했다.

"하하하하!"

일정신은 크게 웃으며 소초산의 어깨를 부여잡고는 자신의 가슴으로 끌어당겼다. 그리곤 귓가에 얼굴을 맞대며 속삭였다.

"야! 내 사위가 되기 위해 얼마나 많은 놈들이 줄을 섰는지 아느냐? 이건 기회라고, 기회! 사위가 돼라. 그럼 모든 게 편해져. 굳이 싸울 필요도 없고 얼마나 좋냐? 어때, 구미가 당기지 않아?"

"하지만… 제가 아직 아저씨의 따님들을 못 봤는데……."

"아, 그렇지. 여봐라! 소소와 양이를 불러와라!"

소리친 일정신은 소초산에게 미소를 보였다.

"보면 분명히 좋아할 것이네."

얼마 지나지 않아 일양과 일소소가 들어왔다. 그녀들이 들어오자 소초산의 표정이 기괴하게 변하였다. 일정신은 팔짱을 끼며 근엄한 얼굴로 고개를 끄덕였다. 마음에 들었기 때문이다. 자신의 딸들이지만 어딜 봐도 예뻤다.

"어떠냐?"

일정신이 소초산에게 고개를 돌리며 묻는 순간 말소리가 흘러나왔다.

"저 새끼……."

일소소가 입술을 깨물었다. 일정신이 고개를 돌리자 소초산이 일정신의 뒤로 반쯤 몸을 숨겼다. 일소소를 보는 순간 머리에 뇌전이 스쳤기 때문이다.

"저기… 좀 사실과 틀리지 않습니까? 전에는 분명 예의 바르고 여성스럽다고……."

"하하하! 다 잊어, 잊어!"

탁! 탁!

소초산의 어깨를 두드리는 일정신이었다.

"저놈은 청성파예요!"

일소소가 소리쳤다. 순간 전영림이 측문에서 모습을 보이며 걸어 들어오고 있었다. 전영림의 표정은 차갑게 식어 있었다.

"어떻게 청성파와 사돈을 맺습니까?"

"부인이 나설 문제가 아니오."

일정신이 말하자 전영림은 인상을 굳히며 일정신을 바라보았다.

"사위라고 하셨나요? 그렇다면 이 문제는 제가 나설 문제 같은데요?"

일정신은 굳은 표정으로 소초산을 바라보았다. 이내 고개를 돌려 전영림을 바라보자 전영림은 태사의의 옆에 놓인 작은 의자에 몸을 앉히며 말했다.

"절대 청성파와 인연을 맺을 수는 없어요."

"절대로?"

"그래요."

"정말로?"

"물론이에요."

"진짜?"

전영림은 차가운 살기를 뿌리며 고개를 끄덕였다. 일정신은 한숨을 내쉬며 양손을 벌렸다. 그리곤 이내 고개를 저으며 신형을 돌렸다.

"그렇다는군."

일정신은 이내 걸어서 태사의에 올라가 섰다. 그의 시선이 소초산을 스쳤다. 그리곤 좌우로 늘어선 일신궁의 인물들을 바라보며 물었다.

"너희들도 그렇게 생각하나? 청성파와 인연을 맺을 수 없다고 말이야."

모두가 침묵했다. 입을 여는 사람은 없었다. 그러자 헌무한이 대표로 한 발 앞으로 나서며 말했다.

"궁주, 그것은 복잡한 고리가 연결되어 있는 부분이오."

헌무한이 말하자 전영림이 고개를 끄덕이며 소초산을 응시했다. 그런 그녀의 눈은 살기에 가득 차 있었다.

"은원의 고리를 깊게 맺고 있는 청성파예요. 그런 청성파의 장문인을 사위로 맞이하겠다고요? 당신 제정신이에요?"

"제정신이오."

"당신… 정말 미쳤군요!"

전영림의 막말이었다. 하지만 아무도 뭐라 하는 사람은 없었다. 소초산은 난감한 표정으로 그들을 바라보고 있었다.

"저기… 저 때문에……."

"닥쳐!"

일소소가 팔짱을 끼며 외쳤다. 소초산은 입을 닫았다.

"흠……."

소초산은 그저 굳게 입을 다물고 상황을 지켜보았다.

일정신은 고개를 끄덕이며 눈을 감았다. 그리곤 잠시 뭔가를 생각한 듯 숨을 크게 들이마시더니 눈을 떴다. 번뜩이는 섬광이 그의 눈동자를 스쳤다. 그런 그의 강맹한 기도가 대전 안에 퍼졌다.

"그렇다면 할 수 없지. 싸워야지. 도."

일정신이 오른손을 내밀자 옆에 있던 무사가 재빠르게 도를 들고 다가가 손 위에 올려주었다. 일정신은 도를 늘어뜨리며 소초산을 바라보았다.

"그렇다고 하는군. 모두들 그렇게 생각한다는군."

횡!

도가 허공을 가르자 천장에 금빛 도기가 날아올랐다.

퍽!

천장에 긴 흉터가 생겨났다. 소초산은 눈을 빛내며 일정신을 바라보았다.

뚜벅! 뚜벅!

일정신은 계단을 내려갔다. 그가 걷는 자리에 깊은 발자국이 생겨났다. 일정신의 굳건한 목소리가 대전에 울렸다.

"자, 말해보시오. 대답을 듣고 싶소. 무림맹과 싸운다면 나 자신도 언제 죽을지 모르고 또한 내 뒤에 서 있는 두 딸도 언제 죽을지 알 수가 없소."

전영림의 표정이 굳어졌다. 일정신의 목소리가 다시 울렸다.

"여기 서 있는 모두 역시 언제 죽을지 모르지. 무림맹의 그 자식들도 언제 죽을지 모르고, 언제 어떻게 우리 일신궁이 사라질지도 모르오."

쉭!

일정신의 명월도가 앞으로 뻗었다. 순간 명월도의 크기가 거대하게 변하며 소초산을 찔러갔다.

쾅!

폭음 소리가 울리며 사방으로 강력한 회오리가 휘몰아쳤다. 모두의 신형이 비틀거렸다. 그 충격 때문이다. 일신궁의 모든 인물들이 소초산을 바라보았다. 그의 상태를 알기 위함이다.

소초산의 전신으로 가벼운 바람이 회오리치는 것 같았다. 그의 옷자락이 가볍게 펄럭이며 머리카락이 흔들리고 있었다. 소초산의 왼손은 뒷짐을 지고 있었으며 오른손은 가볍게 허리 어림에서 손바닥을 벌리고 있었다.

횡! 횡!

그 손 위에서 회전하는 운중검이 보였다. 손바닥에서 한 치 정도 떨어진 위에서 운중검은 맹렬히 회전하고 있었다.

"의형검!"

누군가 외쳤다. 검이 뜻에 따라 움직인다는 상승의 경지였다. 그 정도의 경지에 이른 사람은 이곳에서도 세 손가락을 꼽는다.

소초산은 고요한 눈빛으로 일정신을 바라보았다. 일정신은 만족한 듯 고개를 끄덕이며 도를 늘어뜨렸다. 그런 그의 목소리가 다시 크게 울렸다.

"싸움을 원한다면 싸움을 해야지. 자, 우리가 이렇게 싸워서 누가 죽든 한 사람은 죽을 것이고, 그게 나일지 아니면 자네일지 그건 하늘만이 알겠지? 그리고 우리는 무림맹과 피 터지게 싸우겠지. 어떤가? 좋은 일이지 않은가? 다시 수많은 사람들이 죽을 것이며 수많은 고아들이 태어나겠지. 그리고 수많은 원한들도 태어날 것이고! 하지만 이 녀석을 사위로 삼으면 우리는 청성과의 원한을 깨끗하게 백지화시킬 수가 있네. 그뿐인가? 힘 한 번 들이지 않고 그 누구의 피도 흘리지 않은 채 강남을 차지할 수가 있다! 그뿐인가? 무림맹과의 마찰도 없을 것이야. 이 얼마나 멋진가?"

슈앙!

순간 명월도가 열십자를 그리며 앞으로 베어갔다. 순신간에 거대한 도기가 사방에서 몰아쳐 왔다. 하지만 일정신은 그 자리에 그대로 서 있었다. 그 역시 의형도를 펼친 것이다. 날카로운 도기만이 대전을 가로질러 소초산을 덮쳐 왔다.

소초산의 눈동자에 빛이 일렁였다. 순간 그의 검이 앞으로 뻗어나가며 마치 붓처럼 움직이기 시작했다. 그의 검이 움직일 때마다 도기가 날아들어 부딪쳤으나 도기를 쳐내며 하나의 붓이 춤을 추듯 허공중에서 춤을 추었다. 그리고 도기가 모두 사라지자 소초산의 입술에 미소가 걸렸다.

"꽃은 사람들에게 향기를 전해줍니다. 그리고 사랑을 전하지요."

쉬앙!

검이 소초산의 검집에 박히는 순간 밝은 백색의 빛이 소초산의 앞에서 빛났다. 그것은 백색의 연꽃이었다. 연꽃 하나가 거대한 모습을 드러낸 채 소초산의 앞에서 빛나고 있었다. 모두의 표정이 굳어졌다.

벌떡!

전영림은 놀라 자리에서 일어섰다. 자신도 모르게 일어선 것이다.

"심의검……."

파앗!

소초산이 손을 옆으로 휘젓자 연꽃이 안개처럼 사라지며 소초산의 모습이 나타났다. 소초산은 일정신을 바라보았다. 일정신은 대단히 만족한다는 표정으로 소초산을 바라보고 있었다.

"정말… 정말 대단해……."

일정신의 전신이 미미하게 떨리기 시작했다. 그의 입꼬리가 위로 올라가며 미소를 그렸다. 진정으로 싸워보고 싶었기 때문이다. 순간 전영림의 목소리가 울렸다.

"그만 하세요."

"잉?"

일정신이 고개를 돌렸다. 전영림이 이마를 짚으며 신형을 돌렸다.

"이제 막 재미있으려던 참이었소."

"그만두세요, 잘 알았으니까."

전영림은 소초산을 한 번 보더니 대전을 빠져나갔다. 그런 그녀의 입에서 말소리가 작게 흘러나왔다.

"연꽃은 내가 가장 좋아하는 꽃이다."

그녀의 말이 조용하게 대전에 울렸다. 소초산은 전영림의 목소리를 기억하며 일정신을 바라보았다. 그런 그의 시선이 그 너머의 일소소에게로 향했다.

"오랜만이오."

"흥!"

일소소가 고개를 돌렸다. 일양은 그런 일소소의 모습에 눈을 빛냈다. 곧 일정신이 도를 거두며 큰 소리로 말했다.

"단 한 사람의 피해도, 그리고 더 이상의 원한도 없이 강남의 패자가 될 것이오. 내 말이 틀렸나?"

일정신의 시선이 임정에게 향하자 임정이 한발 나서며 고개를 숙였다.

"물론입니다. 확실히 궁주님의 복안에 탄복하고 있습니다. 저희가 청성파와 지난 은원을 잊고 형제가 된다면 일신궁의 명성은 더욱 높아질 것이고 강남의 패자가 될 것입니다. 물론 무림맹과의 관계 역시 원만해질 겁니다."

임정의 말에 모두의 표정이 밝아졌다. 그들은 고개를 끄덕이며 웅성거리기 시작했다. 일정신은 고개를 끄덕이며 소초산을 바라보았다.

"싸운다면 말이야… 아무래도 서로 간에 힘들겠지? 지금의 무림맹도 과거에 비해서는 많이 약해졌고 우리 역시 십이가문 중에 대다수가 사라졌으니까. 어차피 싸워봤자 서로 간의 손해만 커질 뿐이네. 그래도 자네가 사위로 안 오겠다면 싸울 생각이야. 어떤가?"

소초산은 그 말에 인상을 굳혔다.

"제가 거절한다면 천하와 싸우시겠다는 말입니까?"

"물론."

"일신궁이 강호상에 사라져도 말입니까?"

"물론이지. 천하보다 자네 한 명이 더 중요하거든. 장담하는데 수천

명이 아니라 수만 명이 죽을 것이네. 자네 한 사람을 얻기 위해 나는 그렇게 할 생각이야."

"에고… 두 손 두 발 모두 들었습니다."

소초산이 숨을 크게 내쉬며 양손을 들었다. 순간 일정신의 표정이 밝아졌다.

"하하하하! 그렇게 해야지. 암! 하하하하!"

순간 일소소의 안색이 크게 굳어졌다.

"저는 용납할 수 없어요!"

획!

일소소가 달려나갔다.

"사랑도 없는……."

일소소는 침상에 걸터앉아 고개를 숙였다. 곧 문이 열리며 일양이 들어왔다.

"언니……."

"왔니."

일소소는 고개를 들어 일양을 확인하곤 고개를 다시 숙였다. 일양이 다가와 옆에 앉았다.

"언니, 그렇게 싫으세요?"

"응……."

"그럼 제가 대신 갈까요?"

"뭐!"

순간 일소소가 놀란 표정으로 일양을 바라보았다. 일양은 얼굴을 붉히며 미소 지었다.

"아직 아버님은 누가 정해졌다고 말하지 않았어요. 언니가 싫다면 제가 대신 갈게요. 그래도 천하제일이란 소리를 듣는 사람이에요. 어떤 여자가 안 좋아하겠어요?"

일양의 말에 일소소의 표정이 굳어졌다.

"넌 안 돼!"

일소소가 소리쳤다. 일양은 놀라 눈을 크게 떴다. 일소소는 이내 자신의 실책을 깨닫곤 고개를 숙였다.

"제길! 그게 문제가 아니란 말이야, 이 바보야. 저 녀석은 비영단주를 사랑한다고. 그 심가 계집을 말이야. 그런 계집하고 한솥밥을 먹는다고 생각해 봐라!"

"의식하네요."

일소소가 고개를 들었다. 일양은 눈을 반짝이며 일소소를 바라보았다.

"천하제일미라고 소문난 그녀이니 의식할 만도 해요. 뭐… 그래도 어때요? 영웅은 호색한이라 삼처사첩도 흉이 아니라고 하잖아요? 정 그렇다면 제가 갈게요."

순간 일소소가 어깨를 미미하게 떨었다.

"안 돼."

일소소는 고개를 돌리며 딱 부러지게 말했다.

"왜요?"

"어떻게 언니보다 동생이 먼저 출가를 하려고 하니? 이건 가법에 어긋나는 일이고 불효야, 불효. 알았니? 불효라고."

일소소의 말에 일양은 웃으며 일어섰다.

"그럼 아버님께 그렇게 말할게요."

순간 일소소의 표정이 크게 굳어졌다. 그러자 일양이 혀를 내밀며 밖으로 달려나갔다.

"큭… 당했군."

일소소는 양손으로 얼굴을 잡으며 고개를 숙였다. 일소소는 어떻게 해야 할지 망설였다. 하지만 생각만이 머리를 헤집고 있었다.

"일 소저."

그때 문이 열리며 소초산의 모습이 나타났다. 일소소의 표정이 크게 굳어졌다. 그런 그녀의 얼굴을 바라보며 소초산은 천천히 걸어 들어왔다.

"같이 가겠소?"

일소소는 잠시 동안 소초산을 바라보다 뭔가 결심한 듯 차가운 표정으로 자리에서 일어섰다.

"지금 당장!"

일소소가 소초산의 팔을 잡으며 밖으로 달렸다. 끌려가는 소초산은 당황했다.

"응? 응? 저기……."

"닥쳐."

"……."

*   *   *

쓱! 쓱!

빗자루가 움직이고 있었다. 움직이는 것처럼 세월은 흘렀으며 꽤나 많은 시간이 흐른 듯했다. 주변에서 울고 있는 새들의 노랫소리는 여전히 시끄럽게 시간이 간다고 하는 것 같았다.

쓱! 쓱!

청년은 빗자루로 여전히 길을 쓸고 있었다. 산 위에서 밑으로 내려오며 일정한 간격으로 비질을 하는 청년은 잠시 허리를 펴고 고개를 들었다.

일정한 간격, 일정한 줄들이 단정하고 바르게 마치 자로 잰 것처럼 곧은 가로 선들을 만들며 저 위에서 지금의 청년이 서 있는 곳까지 이어져 있었다. 청년은 고개를 끄덕이며 만족한 표정으로 자신의 실력을 감상했다.

"훌륭하군."

저절로 입에서 흘러나온 말이다. 청년은 잠시 그렇게 자신이 닦은 길을 바라보다 이내 다시 비질을 하기 시작했다.

쓱! 쓱!

청년은 일정한 힘과 일정한 보폭으로 비질을 하였다. 그리고 점점 길을 내려와 산의 입구까지 내려왔을 때 사람들의 말소리가 청년의 귀에 들려왔다.

"올라가자고."

슥!

십여 명의 사람이 막 청년을 지나쳐 앞으로 나가려는 순간 청년은 눈을 무릅뜨며 빗자루를 늘어 길을 막았다. 사람들의 시선이 청년을 향했다. 청년의 차가운 눈동자가 사람들을 향했다.

"뭐, 뭐야?"

"발."

청년은 짧게 말했다. 사람들은 고개를 숙여 밑을 바라보았다. 그들의 한쪽 발이 청년이 쓸었던 곧은 가로줄들을 함몰시키며 도장을 찍고 있었다.

청년은 신형을 돌리며 사람들을 바라보았다. 그런 청년의 눈동자는 차갑게 가라앉아 있었다. 무서운 기도가 청년의 주변으로 흘렀다.

"돌아가."

"뭐? 여기까지 어떻게 왔는데 그냥 가라니?"

"넌 뭐 하는 놈이야?"

"빗자루를 들고 있는 것으로 보아 청소부 같은데, 막지 말고 비키지?"

사람들이 삿대질을 하며 화난 표정을 지었다. 그러자 청년은 시선을 돌려 반쯤 깨진 바위를 향해 빗자루를 움직였다.

쾅!

바위가 다시 터지며 사방으로 돌조각들이 비산했다. 그 모습에 사람들의 표정이 굳어졌다.

"이, 이럴 수가……."

청년은 싸늘한 표정으로 사람들을 노려보았다.

"가."

"예."

"흥!"

사람들이 물러가자 청년은 다시 비질을 하며 올라가기 시작했다. 청년은 모르고 있었지만 이곳은 청소부조차도 천하일품의 무공을 소유했다는 소문이 자자했다. 청년은 그런 사실을 모르고 있었다. 그러던 어느 순간 청년은 걸음을 멈추고 고개를 들었다.

"망할 새끼……."

지난 일이 떠오르자 저절로 욕이 튀어나왔다.

"죄는 크나 여러 무림의 동도들이 기회를 주라고 하였다. 청성산에서 빗
자루질을 십 년 동안 하거라. 그럼 모든 원한은 없었던 것으로 하겠다. 이
상."

"크크크."

무림맹주의 목소리가 끝나는 순간 어디선가 들리는 음흉한 웃음소
리가 미약하게 귀를 자극했었다. 그리고 그 목소리의 주인이 소초산이
란 것을 임파영은 알고 있었다.

"망할……."

임파영은 한숨을 내쉬며 고개를 저었다. 그래도 약속했으니 해야 했
다. 그 이후에 청성산에 도착해서 이렇게 비질만 하고 있었다. 천하의
마도가 이런 곳에서 빗자루질만 하고 있는 것이다.

"오빠!"

저 위에서 란이 뛰어내려 오고 있었다. 임파영이 고개를 들었다. 그
의 입가에 미소가 걸렸다.

"아니, 여기까지 뛰어온 거야?"

"응!"

란의 얼굴에 웃음꽃이 피어났다. 그런 란의 손에도 작은 빗자루가
들려 있었다.

"헤헤……."

슥! 슥!

란 역시 빗자루를 움직이며 임파영과 함께했다. 그 모습에 임파영은 옅은 미소를 그렸다. 그리고 둘은 어느새 호흡을 맞추며 같이 어깨를 움직이고 있었다.

"저기요."

"……?"

임파영은 고개를 돌렸다. 그러자 그곳에 비단옷을 입은 고귀한 신분의 여인이 서 있었다. 그리고 그 뒤에 처음 보는 청년도 있었다.

"누구시오?"

"사형을 찾아왔는데요."

"사형? 음…….."

임파영은 잠시 생각했다, 소초산에게 사매가 있었는지.

"그놈에게 사매가 있었나……?"

임파영의 말에 그녀는 미소 지었다.

"소 사형에게 당가에서 왔다고 전해주세요."

"아…….."

"저 따라오세요."

란이 웃으며 말하자 그들은 란의 밝은 표정에 마주 미소 지었다. 그리고 청년의 뒤에서 사내아이가 고개를 내밀었다. 이제 세 살 정도로 보이는 아기였다.

"헤…….."

"어머!"

란의 눈동자가 커졌다. 너무도 귀여웠기 때문이다.

"마침 나도 올라가려 했으니 같이 갑시다."

임파영이 빗자루를 옆에 놓으며 란의 몸을 잡아 무등을 태웠다.

"돌격!"

란의 손가락이 산 정상을 가르키자 임파영의 외쳤다.

"아자!"

쉬아악!

그 둘의 신형이 빠르게 올라가다 멈춰 서더니 뒤돌아섰다.

"어서 가요!"

란의 목소리였다. 남은 여인과 청년은 서로의 얼굴을 바라보다 이내 웃으며 빠른 걸음으로 산을 오르기 시작했다.

"랄라라……."

콧노래를 흥얼거렸다. 자연스럽게 나온 콧노래다. 시원한 나무 그늘 밑이었고 작은 마루 위에는 세상에서 가장 부드러운 베개가 있었다. 가만히 있어도 부채질은 해주고 있으니 이 어찌 행복하지 않을 수 있을까?

"아이고, 좋아라……."

소초산은 흥얼거리며 몸을 옆으로 돌렸다. 순간 소초산의 안면에 부드러운 옷과 따뜻한 살이 피부를 타고 전해졌다.

"어머."

심아영은 허리를 끌어안고 있는 소초산의 손길에 놀라 눈을 크게 떴다.

"다른 사람이 봐요."

"뭐 어때, 부부인데……."

그 말이 싫지는 않은 듯 심아영은 얼굴을 붉히며 소초산의 얼굴에 부채질을 해주었다.

"뭐야? 나만 빼고 잘도 논다."

염옥림이 튀어나왔다.

"어? 갔던 일은 잘 되었고?"

염옥림이 다가와 옆에 앉자 소초산이 물었다.

"대충은."

"아이고, 덥다……."

소초산이 중얼거리자 염옥림은 심아영의 손에서 부채를 뺏어 들었다.

휙! 휙!

"좋아?"

"응."

염옥림이 바람을 만들어주자 소초산은 다시 눈을 감았다. 심아영의 손길이 그런 소초산의 얼굴에 흘러내린 머리카락을 뒤로 넘겨주고 있었다.

"편하긴 편하군. 하인들도 많아… 시비들도 많아… 손 하나 까딱 안 해도 되니 말이야."

소초산의 말에 심아영과 염옥림은 고개를 끄덕였다.

"대낮부터 뭐 하는 짓이야?"

우렁찬 소리와 함께 일소소가 작은 정원을 가로질러 다가왔다.

"신선경에 들어서 무공을 수련하지."

"참내……."

어이없다는 듯 소초산을 바라본 일소소가 심아영의 옆에 다가와 앉았다.

"손님 오셨다."

일소소의 말에 소초산은 시선을 돌려 일소소를 바라보았다.

"누구? 올 사람이 있나?"

"사매."

"헉!"

소초산이 벌떡 일어섰다.

"사형!"

이령령이 정원을 가로질러 달려왔다. 소초산은 그녀의 모습에 양팔을 벌리며 감격적인 만남을 만들기 위해 훈훈한 미소까지 입가에 담았다.

와락!

끌어안아야 했다. 따뜻한 사매의 육체를 느껴야 했다.

"좋아?"

염옥림의 얼굴을 보자 소초산은 입가에 미소를 걸었다.

"물론."

"대낮부터 진짜……."

일소소가 팔짱을 끼며 인상을 찌푸렸다. 소초산은 어색하게 웃으며 염옥림을 옆으로 하고 이령령에게 시선을 던졌다.

"이야… 더 예뻐졌는데, 우리 사매?"

"고마워요. 그런데 스승님의 소원은 언제 들어주실 생각인가요?"

"소원?"

심아영과 일소소, 염옥림도 그 말에 관심이 있는 듯 다가왔다. 이령령은 그녀들의 얼굴을 바라보다 소초산에게 시선을 던지며 미소 지었다.

"우화등선은 안 할 거예요?"

"헉!"

"어머!"

순간 세 명의 여자가 놀란 표정으로 눈을 크게 떴다. 우화등선한다는 말은 곧 죽는다는 의미도 포함되었기 때문이다. 소초산의 표정이 기괴하게 변하더니 이내 부인들을 바라보았다. 그런 그의 표정이 곧 밝게 변하였다.

"하하하!"

소초산은 크게 웃었다. 그리곤 이령령을 향해 말했다.

"이미 우화등선했다."

"예?"

이령령이 안색을 찌푸리자 소초산은 양팔을 크게 움직이며 세 명의 여인을 한꺼번에 안았다.

"어머!"

그녀들의 표정이 붉게 변하였다. 그리고 소초산의 얼굴에 행복한 미소가 걸렸다.

"이게 바로 우화등선이지 뭐가 우화등선이냐? 하하하하!"

〈終〉

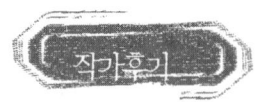

작가후기

지금까지 청성무사를 읽어주신
모든 독자 분들께 고개를 숙입니다.

"대단히 감사합니다."

青城武士

청어람 판타지의 재도약!!

혁신과 참신함으로 무장한
새로운 판타지 전문 브랜드의 탄생!

판타지계의 커다란 근간을 이뤄온 청어람 판타지 소설!
새로운 브랜드「알바트로스」라는 커다란 날개를 달고
거대한 웅비를 시작합니다.

알바트로스는 판타지의, 판타지를 위한 개척자이자 도전자로 존재하겠습니다.

알바트로스는 형식적이고 나태해진 판타지계의 구습을 벗어나겠습니다.

알바트로스는 판타지계의 도약을 위한 든든한 날개 역할을 묵묵히 수행합니다.

알바트로스는 변화와 혁신을 통해 새롭게 태어날 환상 공간입니다.

알바트로스는 판타지를 아끼고 사랑하는 이들을 향한 청어람의 굳은 약속입니다.

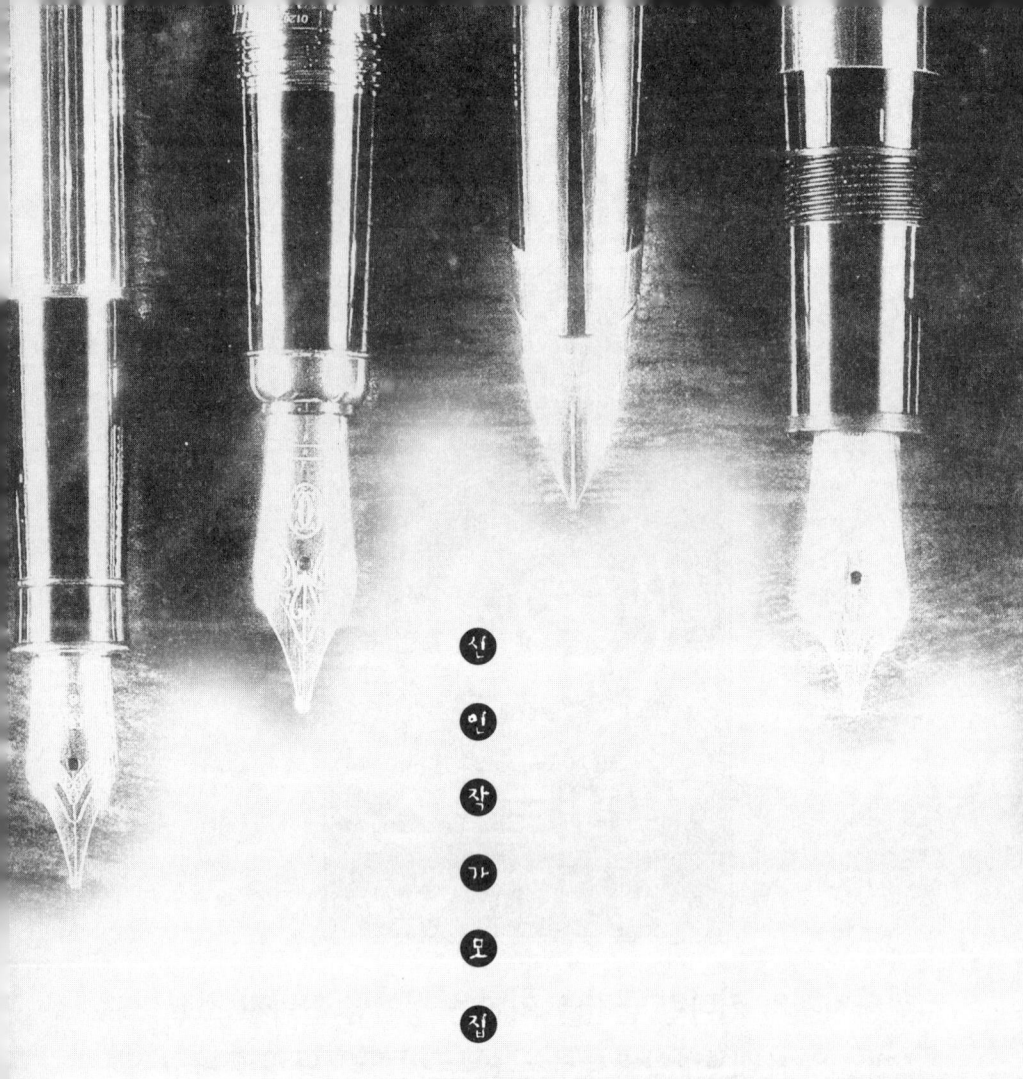

신 인 작 가 모 집

시작이 반이라고 했습니다.
작가의 길에 대한 보이지 않는 벽을 과감히 깨뜨리십시오!
청어람은 작가 지망생 여러분들의
멋진 방향타가 되어드리겠습니다.

저희 도서출판 청어람에서는
소설 신인 작가분들을 모집합니다.
판타지와 무협을 사랑하시는 분들의 많은 참여를 바랍니다.
소정의 원고(A4용지 150매)를 메일이나 우편으로 보내주시면
검토 후 출판 여부를 알려드리겠습니다.

주소:경기도 부천시 원미구 심곡1동 350-1 남성B/D 3F 우편번호420-011
TEL:032-656-4452 · **FAX**:032-656-4453
http://www.chungeoram.com
e-mail:chungeoram@chungeoram.com